RUE PARADIS

DU MÊME AUTEUR

Le Puits aux frelons, L'Archipel, 2009.

La Maîtresse du moulin, L'Archipel, 2008.

Néoules en Provence : écrevisses et bénitier, Ville de Néoules, 2002.

La Dérive, Éditions Blanc, 1998.

Des astres en politique, Acropole, 1991.

Vincent ou la Vertu déshabillée, Belfond, 1990.

ARLETTE AGUILLON

RUE PARADIS

roman

ARCHIPOCHE

Ce livre constitue une édition revue et mise à jour
de *Rue Paradis*,
paru aux éditions Belfond en 1986.

Si vous souhaitez recevoir notre catalogue
et être tenu au courant de nos publications,
envoyez vos nom et adresse, en citant ce
livre, aux éditions Archipoche,
34, rue des Bourdonnais 75001 Paris.
Et, pour le Canada, à
Édipresse Inc., 945, avenue Beaumont,
Montréal, Québec, H3N 1W3.

ISBN 978-2-35287-112-5

À Dalila.

1

Ça devait se voir comme le flambeau de miss Liberty. Comme le lumineux sur le toit des taxis. Le loquet de porte bleu des *lavatories ladies.*

LIBRE

Ça devait se voir : il a enjambé deux fauteuils sur la terrasse, il s'est laissé tomber à côté de moi.

— Garçon, deux cafés ! Deux !

Lui, sourire ravageur. Flash sur ses dents : éblouissantes. Moi, coup droit :

— C'est quoi ce cinéma ?

Lui, revers :

— Un porno.

Je suis montée au filet :

— Non mais dis ! tu en veux deux ?

— Chiche !

J'ai voulu souligner. De deux traits. De deux gifles. Il a cueilli ma main en plein vol. Contact. Atterrissage forcé sur la table. Paumes collées. Coude contre coude. Bras de fer. J'ai poussé. J'ai perdu. Il a souri :

— Petite joueuse…

J'ai baissé les yeux. Matée. On était devenus intimes. Il a tourné la tête vers le fond de la salle, il a dit :

— Mais qu'est-ce qu'il fout, ce taré ? Il le torréfie, son caoua, ou il est allé le chercher au Brésil ?

Et tout de suite :

— Si on allait le boire chez toi ?

On s'est levés. Il a fait un clin d'œil au serveur qui arrivait avec ses deux expressos.

— Trop tard…

Mais il a fourré dans l'une des poches de sa ceinture un billet froissé de 10 euros. Il m'a pris l'épaule. Mon pas dans son pas. Accordé. Synchrone. On a marché. Grimpé l'escalier sans un mot. Normal. On s'était tout dit.

Mon cerveau droit me soufflait : qu'est-ce que tu fais – Charlotte – qu'est-ce que tu fais – tu déjantes ?

Et le gauche : il te reste deux préservatifs – tu crois que ça suffira ?

Cafouillé deux secondes pour trouver la clé. Il est entré. Avant moi. S'est éventé avec la bande du journal. *Le Monde*. Il a grimacé. Est allé droit à la fenêtre et a regardé en bas. Le bac à sable. Le portique. Les préfabriqués.

— C'est quoi ça ?

— Une cour d'école.

— T'es instit ? Merde !

Et il s'est tiré. Choc. Nuit. Froid. Tunnel. Éclipse. Trou noir.

La lumière s'est rallumée à 16 h 30. Il m'attendait. Devant le portail. Avec son sourire plein de dents :

— J'ai réfléchi…

— ???

— Montre-moi ta classe.

Il m'a suivie dans le couloir désert en sifflotant. Nez en l'air. Il est entré en baissant un peu la tête. Comme quelqu'un qui se cogne souvent aux nuages. Qu'est-ce qu'il était grand ! Regard circulaire. Il a lu à voix haute la date écrite au tableau :

12 juin deux mille et des poussières…

Du plat de la main il a balayé tout ce qui était sur mon bureau. Posément. Avec application. Livres, cahiers, gommes, crayons, stylos. Au tapis. En vrac. Un carnage. Méthodique. Il m'a fait signe d'approcher. J'étais vissée au sol. Alors c'est lui qui est venu vers moi. Il m'a tordu un bras dans le dos. M'a poussée sur la table. Pliée en deux. La tête en avant. Parti comme il l'était, c'est pas dix grammes de nylon rose qui allaient l'arrêter. Ni un bout d'élastique. Vol plané à travers la classe rejoindre le chiffon à craie. J'aurais pu crier. Me débattre. Ou au moins me fermer à ce coup de trique qui m'a ouverte en deux. À sa main qui ronronnait entre mes cuisses comme un chat amoureux. Faut croire que je l'attendais. Parce que j'ai joui comme jamais. Là. Sans un mot. Sans un cri. Velours rouge qui se déchire. Fenêtre ouverte à la volée qui claque contre le mur. Verre brisé. Vent du large.

— Crime prémédité. T'aurais pas pris ton pied, je t'avais violée.

— !!!

— Mais là… acquitté !

— Ben voyons…

Il a refermé sa braguette, il a lancé le préservatif dans la corbeille à papier :

— Panier ! il a fait.

Et puis :

— Ah ! Putain ! Ça fait du bien ! Depuis le temps que j'avais envie de baiser une instit sur son bureau !

Il est allé au tableau. Il a effacé la date avec ma culotte. Il a écrit à la place, en rouge, en travers et en majuscules :

SIGNÉ RACHID

C'est comme ça que je l'ai connu. Et que j'ai commencé à vivre avec sept dièses à la clé.

2

La vie prenait un drôle de coup d'accélérateur avec lui. Mais j'ai pas pensé, sur le coup, à regarder le compteur. Il était parti. Devant. Il arpentait le couloir sur ses jambes de sept lieues. Bonjour pour suivre avec mes petits pieds ! Et puis j'avais un peu de mou dans les rotules.

— Hé ! Dis ! Toi ! Attends…

Dis. Toi. Le « Rachid » avait un peu de mal à passer. Faut comprendre. Je m'en étais pas doutée une seconde. Des gars bruns, c'est pas ce qui manque à Marseille ! Des Italiens, des Espagnols, des Portugais, des Juifs, des Grecs, des Arméniens, des Roumains et même les cacous de la Canebière.

En passant devant M. Vidal, le directeur, il lui a fait un grand salut mousquetaire. En traînant sur les dalles de granito un panache imaginaire. L'autre, le sourcil levé, l'a regardé passer comme une mobylette qui roule sur le trottoir. Et puis :

— Mademoiselle Maurin, pour la conférence pédagogique, lundi, à l'école Marie-Curie, vous déjeunez à la cantine avec nous ?

— Bien entendu, monsieur le directeur !

Non mais je rêvais ? C'était lui qui avait répondu. Pour moi.

Il m'attendait sur le trottoir. Casque intégral. Faisant ronfler une grosse Yamaha qui lui ressemblait trop pour être à lui. Il a pesé mon hésitation. Sourire.

— T'inquiète ! Je l'ai pas volée. Allez ! Monte !

Je suis montée. C'était autre chose que la *peutitauto* de Bernard. Ça décoiffait. Et mes seins contre son dos. Mes mains sur son ventre. Méchant délire.

Comme je ne savais pas où on allait et que je m'en foutais, j'ai fermé les yeux. J'aurais bien roulé-volé par-dessus la mer comme ça, peut-être même jusqu'en Algérie va savoir.

Mais c'était la route de la corniche qu'il avait choisie. On traversait pas la mer. On la longeait. C'était plus raisonnable. Pour le moment.

Juste avant d'arriver à La Ciotat, il a pris un chemin défoncé qui plongeait entre les pins. Amarrez vos soutiens-gorge : macadam connais pas. Personne avait dû passer là depuis la fuite des Maures en 700 je sais plus combien. On est arrivés dans une minuscule anse de galets rose et blanc.

— Allez, zou ! On se baigne !

— Mais j'ai pas...

— De maillot ? T'as déjà plus de culotte, tu balances le reste et on y va ! Y'a que moi, ici. Et je sais tout de toi. Au fait, comment tu t'appelles, sainte Pédagogie ?

— Charlotte.

— Charlotte ? Comme la pouffe qui a dégommé Henri IV ?

— Marat ! j'ai dit.

— Marrant ! Tu l'as dit ! Mais un peu vieillot, si tu vois ce que je veux dire...

— Normal, c'est le prénom de ma grand-mère…

Il a éclaté de rire.

— Merde ! Une famille marseillaise traditionnelle ! Qui donne le nom de la mémé à sa petitoune ! Elle serait pas morte en 14 à Verdun, ta grand-mère ? Ce serait encore plus tricolore ! *Allons enfants de la patri-i-yeu !*

Il m'a pris une rage ! Non mais ! pour qui il se prenait celui-là ? Il venait de me violer et, en plus, il me chambrait ? Qu'est-ce qu'il allait encore me sortir ? Nique ta grand-mère ?

— D'abord, Verdun, c'était en 16 ! Et puis ma grand-mère, elle bouge encore ! Elle s'appelle Gomez ! Carla Gomez ! Elle est pied-noire et elle se fiche bien de toi !

Il s'est mis à doucement rigoler :

— Elle se fiche bien de moi… c'est pas mignon, ça ? Elle me pisse à la raie, tu veux dire !

Et avec un air d'intense satisfaction :

— Une pied-noire… ça va saigner !

Mais revenant à son idée première :

— Allez ! À poil ! Si c'est pas malheureux ! Faire ce boulot de merde avec un cul pareil…

Il avait déjà enlevé sa chemise. Tombé son jean. Pas de caleçon. Rien. Même pas une marque. Brun. Doré de la tête aux pieds. Parfait comme un bronze antique. Une peau précieuse. Qui l'habillait sur mesure. Il a couru dans l'eau.

— Amène-toi, Pédagogie, c'est génial !

Et comme j'hésitais :

— Affole ! C'est pas bon pour la trique, l'eau froide. Si je déchausse, on est bien !

Dire des trucs pareils ! Avec cet air nature !

Comme toutes les filles, elle craignait un peu l'eau fraîche, Pédagogie. Mais ce grand type tout mouillé lui plaisait vraiment trop.

— Je parie que t'as jamais baisé dans l'eau !

— Gagné !

Ce rire qui gicle. Bernard, baiser dans l'eau ? Sans ses lunettes ?

En fait, c'était pas tellement l'eau qui changeait quelque chose. Mais plutôt ses yeux. Sur moi. Dans moi. Noirs. Sans fond. Chute libre. Expérience de mort rapprochée. Je gardais ses dents pour la bonne bouche. C'était pas croyable des dents pareilles ! Un attentat à la pudeur. Le froid de l'eau dehors. Sa chaleur à lui dedans. Tout ce sel. Tout ce soleil. Tout ce ciel. Les étoiles en plein jour. Noires sur bleu. Naufrage. Un cri. Le premier. Son rire. Dans l'écroulement blanc des vagues.

Il m'a rattrapée. Plutôt un peu par les cheveux. C'était pas les bretelles du maillot qui donnaient beaucoup de prise…

— Te noie pas, petite ! On m'accuserait d'homicide volontaire…

On s'est allongés sur les galets tièdes. Ça me gênait plus du tout d'être nue. Il s'est levé sur un coude et il m'a dit :

— Qu'est-ce que ça t'a fait ?

Un peu déçue par le manque de modestie. J'étais tombée sur un macho con, style : tu la sens ma grosse queue, dis, tu la sens ? Dommage… Tiens, je n'allais pas le laisser triompher. J'ai arrondi les yeux :

— Quoi ?

Il a haussé les épaules.

— Pas la bite, merci bien, ça j'ai vu. Le nom.

— Quel nom ?

— Rachid.

— Ra… chid ?

Voilà je l'avais dit ! Finalement, ça passait. Ça raclait un peu, mais ça passait. Ça lui ressemblait. Précis. Inévitable. Comme un claquement de fouet. Ou un coup de fusil.

— Oui… Rachid…

Cette fois c'est moi qui ai haussé les épaules :

— Bof… j'ai dit en détournant la tête.

Il a pris mon menton et m'a forcée à le regarder :

— Tu crois ?

Alors j'ai ri. Un rire un peu faux. Un peu lâche.

— Je crois… un peu… mais… pas trop…

Il a poussé un soupir de soulagement :

— Ouf ! Je préfère ça…

Il était si près de moi, j'ai dit :

— Embrasse-moi, bougnoule. On fera de la politique après…

— Bon ! Je crois qu'on pourra s'entendre. Tu m'aurais dit que tu t'en foutais, je me serais méfié…

Je ne sais pas s'il embrassait mieux qu'un autre ou si j'étais déjà amoureuse. En tout cas, le coup de la terre et du ciel qui chavirent cul par-dessus tête dans les bouquins gnangnan de la collection Harlequin, tu me croiras pas, mais c'est l'exacte vérité.

3

On avait un peu traîné à la mer. Quand on est rentrés, il faisait presque nuit. Heureusement. Vu que la rocade du Jaret, sur le coup de 18 heures, ça vaut bien le périph. Il a arrêté sa moto devant une épicerie-boulangerie de quartier.

— J'ai la dalle, Pédagogie ! Va acheter de quoi croquer, je m'occupe du liquide.

Et il a traversé la rue, direction les Caves de Luminy.

J'ai pris de la charcuterie, une pizza surgelée, du pain complet et on a fourré le tout, avec ses bouteilles, dans le coffre de la moto. On est repartis.

Comme j'avais les bras chargés, dans l'escalier je lui ai demandé de presser le bouton de la minuterie. Il a fait le sourd. On est montés dans le noir. Après tout je connaissais chaque marche par cœur. Et lui, il avait des yeux de chat. En cherchant la clé dans la poche de ma jupe, il a promené sa main un moment :

— Putain… Pédagogie ! Ce cul !

Ça commençait à bien faire. Mes jambes mollissaient. Les paquets me glissaient des mains.

— Arrête un peu tes âneries ! Ouvre !

La serrure n'a pas résisté. Il était totalement irrésistible. Même pour de la quincaillerie haut de gamme Leroy Merlin. La lumière m'a fait cligner des yeux. J'ai posé mes paquets sur la table. Il est arrivé avec ses deux bouteilles. Une dans chaque main.

— T'as de la glace ?

J'ai pris une des bouteilles. J'ai lu l'étiquette : « Dom Pérignon 1994. » Je l'ai regardé :

— T'es pas fou ? Ça vaut au moins…

— Plus que ça !

Et il a ajouté :

— Pour une fois que tu te fais un Arabe, ça s'arrose !

— J'ai pas de glace…

— C'est vraiment plus nul que nul, les instits.

— On pourrait peut-être le mettre au frigo ?

— Tu rigoles ? Du champagne de cette classe au frigo ? C'est un crime !

Il était déjà sur le palier et frappait à la porte d'en face. La porte de Bernard.

— Soir ! Z'auriez pas des glaçons, siouplaît ?

Bernard. Dérangé en train de corriger ses cahiers. Avec son *outil scripteur rouge pointe fine* à la main et ses Afflelou sur le nez. Bernard. Un peu étonné mais poli. Comme toujours.

— Oui ! Entrez !

Trop tard. Il était déjà au frigo en train de décoller les bacs du freezer.

— Merci ! C'est sympa ! Toi au moins, tu sais vivre, jeune ! Allez, à plus !

Jeune ? Bernard avait au moins dix ans de plus que lui. Mais il faisait gamin avec son air gauche. Il me regardait avec des yeux de hibou ébloui par des anti-brouillards. Depuis la cuisine, Rachid gueulait :

— Ferme, Pédagogie !

Il avait vidé le seau de la serpillière et mis ses deux bouteilles à rafraîchir.

— Il craint, ce type ! C'est un pédago ?

— C'est mon ex.

Il s'est plié en deux.

— Putain ! Tu devais pas avoir une surprise tous les matins !

J'ai ouvert les papiers sulfurisés, j'ai étalé la charcuterie sur une assiette. Il m'a regardée. Je l'ai regardé. La gaffe. C'est bien la peine d'avoir un menu spécial à la cantine pour les… les… les quoi ?

— Oh ! Pardon ! Excuse-moi ! J'avais pas pensé…

Il a pianoté deux secondes sur le formica de la table avec une petite grimace. Puis il a pris un couteau.

— Tant pis ! J'ai trop faim !

Et il s'est coupé une tranche de saucisson, épaisse comme une roue de formule 1. Il a arraché la peau avec ses dents, l'a crachée à deux mètres dans la poubelle.

— Panier ! j'ai dit.

Il a ri, il m'a tendu une rondelle dépiautée.

— *Khalouf !* La bête immonde. N'empêche, c'est drôlement bon !

Il a soupesé mon air étonné :

— Je te choque ? Tu sais, l'interdiction du porc, c'est tombé chez les croyants civilisés avec l'invention du frigo. Mais si tu veux, je te récite un verset du Coran pour compléter ton bain d'exotisme.

— Tu sais, le poisson du vendredi, c'est loin derrière moi…

— Preuve que tu es civilisée ! Nous, on est encore un peu sauvages. Mais on s'applique. On commence par le cochon et le champagne. Dans un siècle ou deux, on se contentera peut-être d'une seule femme…

Il mangeait. J'ai jamais vu quelqu'un manger comme ça ! Ses dents, bon Dieu ! Ses dents ! Une drôle de chaleur me grimpait le long des cuisses. Faisait son nid dans mon ventre. Et commençait à fuser vers mes joues. Je me sentais rougir. Il s'en est aperçu. S'est arrêté de mastiquer. Un morceau de pain en transit devant sa bouche ouverte :

— Pas faim ?

Comme je restais muette, il s'est mis à rire :

— Minute, Monamour ! Faut alimenter la machine en carburant. Je marche pas à l'énergie solaire, moi…

J'ai voulu me lever pour me sortir de ses yeux. Rien à faire. Je suis restée assise. Les jambes molles comme des pieds de méduse. Avec une soif ! Une soif que j'aurais pas crue possible. Et que j'ai exprimée. Trop vite et malgré moi. Comme on dit aïe ou attends. Avant de penser.

— Erreur, petite ! C'est le coup du chamelier du désert. T'as pas soif, t'as envie de baiser. Mais tu sais pas encore trop faire la différence…

Il est parti dans la cuisine. Je l'entendais qui secouait les placards. Il est revenu, le front barré de sombre :

— Où t'as fourré les coupes ?

— Les coupes ? Quelles coupes ?

— À champagne, tiens ! Les coupes ou les flûtes, d'ailleurs, je suis pas raciste. Et ne me dis pas que t'en as pas !

— On pourrait peut-être boire dans des verres ?

— Du Dom Pérignon dans du Duralex ? Tu charries ?

Le temps de dire ouf et j'entendais sa moto qui démarrait sous la fenêtre ouverte. Combien de temps il est resté ? Ma foi… Mais je me souviens que je me disais : s'il revient pas, je meurs.

Il est revenu. Il a posé deux flûtes sur la table, il est tombé à genoux, les bras écartés :

— Demande ce que tu veux à Rachid : tu l'as !

Il a débouché la première bouteille, il a rempli les deux flûtes. Pas une goutte dehors. Mais la mousse bien bombée qui retombe tout de suite. Forcément. C'était pas de la Kronenbourg. Il m'a tendu un verre en me tenant sous ses yeux. J'allais le prendre, il s'est ravisé. Il a passé son bras replié autour du mien, il m'a dit :

— Cul sec !

C'était difficile. Son coude serré bloquait le mien. Mais j'ai bu. Ça piquait. Ça m'a donné le hoquet.

— T'en as jamais bu, c'est pas possible !

J'avais les yeux pleins de larmes. Alors, il a pris ma tête dans ses mains et m'a regardée sans rire, si loin et si nu que j'ai senti un coup de lance en plein cœur. Et c'est parti tout seul, rouge et brillant comme un jet de sang :

— Malheur, Rachid ! Je crois que je t'aime…

— Tu vas rire, Pédagogie… moi aussi !

On a jeté les flûtes par-dessus l'épaule comme des Russes. Des flûtes qu'il était allé chercher à l'autre bout de Marseille. Et on a fini la bouteille au goulot.

4

Un qui digérait mal le champagne, c'était Bernard. On l'a compris quand la sonnerie de ma porte s'est mise à grelotter.

— Qu'est-ce que c'est ?

J'avais parlé la première. Rachid venait de m'expliquer le coup du chamelier du désert.

— Tu fais rouler un caillou dans ta bouche, un caillou ou… n'importe quoi d'autre, et…

On en était aux travaux pratiques. Pas encore tout à fait au point. J'avais soif – justement – d'apprendre. Une vocation de première de la classe.

— Réponds ! On laisse pas quelqu'un derrière une porte fermée. On doit voir la lumière par-dessous.

La lumière ? Elle était restée allumée ? Pas trop le style de Bernard, ça non plus…

— Allez ! Fissa ! C'est peut-être un représentant en brosses à dents et j'en ai pas pour demain matin.

Demain matin ? Waouh ! Il reste ? Le bonheur…

Je me suis levée. J'ai enfilé un peignoir et je suis allée ouvrir. Bernard. En chair et en os. Enfin, si j'ose dire.

Parce que la chair et les os, je commençais à peine à entrevoir ce que c'était.

— Charlotte, je crois que j'ai oublié mon pyjama dans ta salle de bains.

Coup d'œil furtif pour voir si le chasseur de glaçons était toujours là. Il y était. Nu comme un œuf. Derrière moi. Il a balancé le pyjama réclamé à la tête de Bernard.

— Tiens ! Bloque ! Moi, je dors à poil.

Moue contrariée et vaguement méprisante du gardien de but :

— Tu n'as pas été longue à me remplacer...

— ... avantageusement ! a terminé Rachid en lui claquant la porte au nez. Non mais ! il est grave, ton ex ! Comment tu as pu baiser avec ça, Pédagogie ?

— On a jamais « baisé », comme tu dis. On appelait ça « faire l'amour ».

— Sans blague ! C'est encore pire que ce que je croyais !

— Si pire que rien ça existe. Une année entière de rien...

Il riait de plus en plus.

— Dis-moi, ton pédago, il doit avoir une bite comme un capuchon de stylo ? C'est pour ça que tu l'as plaqué ?

— C'est lui qui m'a plaquée...

Incrédulité.

— Et pourquoi il t'a plaquée, ce blaireau ?

— Paraît que je l'empêche de travailler : il veut devenir conseiller pédagogique.

— Con... quoi ?

— ... seiller pédagogique.

— Putain ! L'ambition !

Et tout de suite :

— Attends ! On va rigoler...

Il avait déjà récupéré les bacs à glaçons et frappait à la porte de Bernard. Avec pour tout vêtement une gourmette en or d'un demi-kilo au poignet. L'autre a reçu ses ustensiles en vrac dans les bras.

— Tenez, mon cher ! Qu'il n'y ait plus rien entre nous ! De plus, je ne vous félicite pas ! Après tout ce temps passé avec vous, elle était vierge ! Complètement vierge !

Demi-tour impeccable. Au garde-à-vous. Ses chevilles nerveuses claquant l'une contre l'autre. Il est rentré chez moi. Raide. Digne. Sans se retourner.

Je pleurais de rire. Et il conservait son air sérieux pour me détailler des horreurs :

— ... car vois-tu, Pédagogie, la baise, c'est le contraire de tout le reste ! L'important, c'est de ne pas être assortis. Le fin du fin, c'est une grosse bite avec un petit con. Et tu as le plus petit con que j'aie jamais vu...

— Moi ?

J'avais un petit con ? J'en apprenais des choses ce soir !

— ... et tu le savais même pas ! Tu l'aurais jamais su si t'avais pas rencontré Rachid, le roi de la bite en branche. Heureusement pour toi qu'Allah est grand ! Il vous a pris en pitié, toi et ton petit con. Dis merci à Allah, Pédagogie ! À genoux ! Mieux que ça ! Le cul en l'air ! La tête en bas ! Deuxième leçon coranique : le coup de la chèvre des Nementchas.

Et il me claquait les fesses en bramant d'une voix de fausset :

— *Allah Akbar ! Allah Akbar !*

Il était complètement dingue, déchaîné. Et moi éblouie, déchirée. Autant de rire que de sa fameuse bite qui était partout à la fois. Il bondissait sur le lit en rugissant, m'enroulait dans les draps, me coinçait la tête sous les coussins, m'étouffait à moitié, me ranimait au bouche-à-bouche, m'affolait de chatouilles. Le lion, le boa, l'autruche, le chimpanzé. Toute la ménagerie d'Afrique y est passée.

Et ses capotes ! Jamais j'aurais cru qu'il pouvait exister des trucs pareils ! J'en étais restée à la boîte hygiénique qu'on achète tristement au Leclerc du coin. Rien à voir avec ses loufoqueries. Il en avait des rouges, des bleues, des vertes, des violettes, des imprimées, des rayées en long, en travers, en spirale, des picotées, des bourrelées, des avec des oreilles, des avec un nez, des à la fraise, des à la menthe, des au café. Il en faisait des ballons, des chapeaux, des bombes à eau, des chemins du Petit Poucet... Bon Dieu ! Que c'était drôle avec lui ! Quelle santé !

5

C'est le bruit des enfants entrant dans la cour de l'école qui m'a réveillée. J'ai sauté dans mon jean.

— Zut ! Je vais être en retard !

Il me regardait m'habiller avec un petit air de se payer ma tête. Qu'est-ce qu'il pouvait être beau avec sa peau mate sur mes draps roses ! Miel et dragée. Pâtisserie orientale. Archi-sucrée.

— Prends une douche, Pédagogie. Tu sens la baise…

Il avait raison. Mieux valait arriver deux minutes en retard. Je lui ai crié, depuis la salle de bains :

— Et toi, tu travailles pas ?

— Pas le matin.

J'ai profité de ce que j'étais loin pour poser la question qui me tarabustait.

— Qu'est-ce que tu fais ?

— Je me gratte le ventre.

— Non, comme job ?

— Moi ?

Il était dur à manœuvrer.

— Oui, toi ! Il y a quelqu'un d'autre dans mon lit ?

Un silence.

— Je me débrouille…

Aïe aïe aïe ! nous y étions. J'ai voulu faire preuve de bonne volonté. Peut-être de grandeur d'âme.

— Tu es au chômage ?

Cet éclat de rire !

— Au chômage ? J'ai une gueule à être au chômage ? Tu regardes trop la télé !

Cette fois la cloche venait de sonner. Il me restait trente secondes pour descendre prendre mon rang les cheveux dégoulinants. Heureusement, on était en été. À 8 h 30, il faisait déjà chaud.

Je l'avais laissé là-haut dans mon lit. Les bras croisés derrière la tête. Baignant dans son mystère. Mais tranquille. Détendu. L'impression qu'il était là pour une ère géologique. Sans boulot, peut-être sans appart, il était à moi. Non mais que j'étais conne, avec mes idées reçues !

Mes élèves étaient les derniers dans la cour :

— Maîtresse ! On croyait que vous *étez* malade !

— Étiez malade ! *Étiez !*

— Ça fait rien puisque vous êtes guérie !

Exact. CQFD.

— Tu as raison. Ça ne fait rien. Absolument rien.

Le sourire fracassant de Rachid m'a traversé la tête. J'ai eu chaud. Partout. Pouvait pas savoir à quel point ça faisait rien, un crime sur l'imparfait, mon brave Kevin. Acquitté, lui aussi. Que ça peut rendre indulgent, le bonheur !

Décidément, j'avais bien fait de prendre une douche. Il était dit que je devais avoir chaud, ce matin. Cet horrible caoutchouc dans la corbeille à papier. Ma culotte rose dans la gouttière du tableau. Et juste au-dessus, ces lettres énormes :

Coup de chalumeau. En pleine figure. J'allais prendre feu. J'ai jeté une feuille roulée en boule dans la corbeille. Fourré ma culotte dans le tiroir du bureau. J'ai pris le chiffon à craie, et puis je n'ai pas eu la force d'effacer. J'ai retourné le tableau.

Tous les matins, on commençait par le calcul mental. Ils avaient déjà l'ardoise et la craie en main. Tables de multiplication. Comme je pensais à Rachid, j'ai envoyé comme ça 6×9 et j'avais oublié la réponse. C'était d'ailleurs sans importance, puisque, sur toutes les ardoises levées, il n'y avait pas un nombre, mais :

Bon anniversaire.

Au-dessous, vingt-cinq sourires radieux, enchantés de la bonne blague qu'ils venaient de me faire. J'ai récrit la date que Rachid avait effacée la veille : « 16 juin… » J'avais vingt-trois ans.

C'était Emmanuelle, la fille de ma collègue Claire, qui avait organisé la surprise. La petite perle du lot. Une fille d'instit. Comme moi. Et à côté d'elle, l'abominable Kevin. Le cancre et la bonne élève. Rachid et moi. J'avais de plus en plus chaud.

Je les ai tous embrassés, et puis, comme j'avais la tête ailleurs, je leur ai lu *La Chèvre de monsieur Seguin*. Mais je pensais à la chèvre des Nementchas. Si fatalement amoureuse du loup. C'était honteux. Délectable.

Kevin, du fond, me regardait avec un drôle d'air :

— Vous êtes sûre que vous êtes pas malade, maîtresse ? Vous êtes toute rouge ! Moi, je crois que vous avez la fièvre ! Peut-être que vous devez aller vous coucher…

Me coucher ? Là-haut ? À côté de la lance thermique ? Heureusement, il était 10 heures et la cloche de la récréation a sonné. J'avais besoin d'air. Il n'y en avait plus. Nulle part. Même pas dehors, puisque Rachid m'attendait. Appuyé des deux coudes à la grille du portail. Il m'a jeté un sachet avec un croissant chaud.

— Tiens, Pédagogie ! T'as guère eu de temps, ce matin…

Et comme je m'approchais, il a ajouté avec un clin d'œil :

— Tu maigrirais, il faudrait décréter un jour de deuil national…

Le croissant était bon. Rachid était beau. Gentil. J'étais bien. J'en ai oublié de lui dire que c'était mon anniversaire. On est rentrés.

Je n'aurais jamais cru qu'une longue aiguille de montre puisse mettre tout ce temps pour faire un seul malheureux petit tour. Et si je m'en offrais une à quartz ?

À midi, j'ai planté mes élèves à la sortie de la classe, je suis partie ventre à terre dans l'escalier en criant :

— J'ai vingt-trois ans ! Rachid ! J'ai vingt-trois ans !

J'ai failli renverser Bernard qui s'est vrillé la tempe d'un doigt en mèche de perceuse. Sur le palier je me suis arrêtée. Net. Ma porte était ouverte. Il n'était pas là. Il n'est pas revenu. Ni le soir. Ni le lendemain. J'ai passé tout ce temps à plat ventre sur mon lit. Même pas pleuré. Vomi. Le croissant et le champagne. Charlotte et Pédagogie. Mais pas lui. Pas lui. Je l'avais là. En travers de la gorge. Planté comme une arête de poisson. Avec le goût sucré-salé de sa peau exotique. Malheur ! Quel anniversaire ! J'avais vingt-trois ans et je voulais mourir.

6

Mon T2 avait pris un coup de vieux. Après le stéréo numérique, on retournait au 8 millimètres. Noir et blanc. Muet.

Un peu de verre brisé sur les carreaux de la cuisine. À ramasser à la balayette. Comme moi.

Le reste ? Un rêve.

Dans la soirée, je suis sortie pour aller m'attabler au bar où il m'avait draguée.

Personne pour m'offrir un café. Personne, même, pour me regarder. Faut croire que sur mon front ne devait plus être marqué LIBRE. On devait y lire plutôt : OCCUPÉ. Et même peut-être :

FERMÉ
CHANGEMENT DE PROPRIÉTAIRE.

J'ai traîné dans les rues. Il faisait aussi beau que la veille. Le soleil était noir. Les trottoirs bouillonnaient à travers mes larmes. Je suis rentrée. Je me suis roulée habillée dans les draps qui gardaient son odeur. J'étais glacée. Par 30 °C à l'ombre. J'ai fini par m'endormir.

Avec des semelles de plomb. Un sommeil épais. Sans rêve.

C'est le klaxon de M. Vidal qui m'a tirée du lit. Je suis allée à la fenêtre.

— Mademoiselle Maurin ! Vous n'êtes pas encore prête ? Vous avez oublié ? La conférence pédagogique...

Je me suis secouée. Puisqu'il me croyait vivante, autant continuer à faire semblant.

— Mon réveil n'a pas sonné...

— Eh bien ! J'aime mieux ça...

Mieux ça que quoi ? Il t'a pas plu, mon bougnoule ? T'aimes mieux crever d'ennui plutôt que d'infarctus ? Coup de cafard sur coup de bite. Voilà que je parlais comme lui maintenant. Douze mots : oui non froid chaud faim soif peur mal rire con cul bite. Bonjour ma maîtrise de socio ! Je pensais reptilien. C'est ça, l'amour ? L'amour fou ? Et de là j'étais retombée dans le rien. Où prospérait la grammaire avec ses métastases. Double négation. Imparfait du subjonctif. Concordance des temps. Pluriel des noms composés. Point à la ligne, ouvrez les guillemets. Il m'avait traversée. Habitée. Aspirée. J'étais creuse. Vide. J'implosais. Et pourtant je vivais. De mort lente.

Mme Vidal était installée à l'avant. Était allée chez le coiffeur en l'honneur de la conférence. Comptait faire bander l'inspecteur avec sa permanente ? Je me détestais. Je me sentais méchante. Injuste. C'était la crème, Mme Vidal. Inquiète en voyant ma tête des mauvais jours.

— Vous n'allez pas bien, mon petit ? Vous êtes toute pâle.

Elle avait l'œil. Ça devait trancher sur ma coloration de samedi matin, cette face de carême. Mais non. Comment aurait-elle pu comprendre ? Devait pas l'envoyer bien haut, son légitime !

— Vous devez nous couver quelque chose. Samedi, déjà, je vous ai trouvée bizarre. Vous ne seriez pas allée vous baigner ? Une angine est si vite attrapée ! Et songez aux complications ! Tenez, le souffle au cœur, par exemple…

Le rire m'a pris. Pas le grand rire clair d'avec Rachid. Un rire aigre. Crispé. Qui me faisait mal aux coins des mâchoires.

— C'est ça, madame Vidal. J'ai attrapé un souffle au cœur. Un twister force sept.

Elle m'a regardée avec un air triste. Et pourquoi je lui faisais de la peine à celle-là, qui était toujours si gentille avec moi ? Pourquoi je me vengeais sur elle ? Que ça rend bête et méchant le chagrin !

M. Vidal a démarré. Marseille me semblait déserte. Immense. Géométrique. Avec des rues sans fin. Comme un jeu vidéo. J'aurais été incapable de marcher seule. Je me serais perdue. Ou cognée contre les murs avec des étoiles au point d'impact. Le monde s'était aplati. Réduit à deux dimensions. Il était devenu virtuel. J'allais disparaître avec un *plop !* à la fin de la partie.

Bernard nous attendait devant la porte de verre martelé. Sur son visage si convenable, le message rigolard faisait tilt : « Alors, vierge martyre ? C'est fini, le safari plumard avec le chasseur de glaçons ? »

Mais non. C'est Rachid qui aurait dit ça. Bernard se serait contenté de me demander, comme il me le demandait d'ailleurs :

— Tu as retrouvé tes esprits ?

Les esprits ? Quels esprits ? Pourquoi pas le Saint-Esprit tant qu'il y était ? Retrouver quoi quand on a tout perdu ?

Et va savoir pourquoi juste à ce moment c'est reparti. Peut-être parce que Bernard était trop pas assez. Je me suis dit : « C'est pas possible. Il reviendra. C'est sûr. Il reviendra. »

Et l'espoir a giclé. En spirale. Fou. Électrique. Quand Bernard s'est approché de moi presque frôleur – rien ne vaut une belle paire de cornes pour réveiller la libido d'un futur conseiller pédagogique –, je lui ai tiré la langue :

— Va te faire foutre, conard ! Cornard !

Il est devenu vert.

Conard. Cornard. Des mots qui sortaient de ma bouche pour la première fois et qui me faisaient un bien !

Et c'était comme si d'y croire l'avait réinventé.

7

Flash ! 100 000 watts ! À midi il était là. Appuyé d'une épaule contre le mur de la cantine. Mais alors sapé ! Pas le style costard-tergal-VRP. Ah ça non ! Un pantalon léger. Plein de poches. Blanc cassé. Une veste du même métal, déstructurée comme on dit. Armani ou Dolce & Gabbana. Le débraillé piaffant qui va avec la barbe coupée aux ciseaux, la coiffure *out of bed* et les pieds nus. Ça tranchait sur les frusques fonctionnelles de mes collègues. Mais ce qui tranchait le plus, c'étaient ses dents. En travers de sa figure. Au milieu de son sourire mortel. Il souriait comme on défouraille.

Je me suis jetée dans ses bras. Le genre de truc que tu vois filmé au ralenti sur le pont d'un paquebot qui vient de se faire un iceberg. Avec *Plus près de toi mon Dieu* en fond sonore. Cucul. Grave. Génial !

Dans la trajectoire j'ai écrasé un pied de M. Vidal. Il a grimacé. Reconnu, pas reconnu, le mousquetaire en jean de vendredi soir ? En tout cas, l'habit fait toujours plus ou moins le moine. Parce qu'il lui a demandé :

— Vous déjeunez avec nous, jeune homme ?

Rachid ne pouvait pas mesurer l'immensité de l'honneur qu'on lui faisait : partager, sans montrer patte blanche (!), un repas d'instit entre instits dans une cantine d'instits. Comme justement il ne mesurait pas, il a répondu :

— Excusez-nous monsieur, mais j'ai retenu une table chez Terrass. Elle sera peut-être un peu en retard. Excusez-la, je vous en prie…

Chez Terrass ? Le père Vidal en est resté baba. Manquerait pas de dire, entre le steak haché et la purée Mousseline, que le fiancé de Mlle Maurin avait… une classe !

Déjà Rachid me tirait derrière lui par le poignet. Il était redevenu lui-même. On repartait. À donf ! J'avais oublié toutes mes séries de pourquoi. On était de nouveau sur les rails. Roule !

En arrivant devant sa moto, il m'a tendu un casque. Neuf. Le même que le sien :

— Tiens, Pédagogie ! Ce serait con que tu t'ouvres la chetron ! Ça reste pas chaud longtemps un cul sous un crâne fendu…

Avant d'enfoncer le casque sur ma tête, je lui ai dit :

— Tu es bien beau ! Tu as fait un casse ?

Il a froncé les sourcils :

— Je t'ai dit qu'on allait chez Terrass. Dans un quatre-étoiles, on y va pas en jean. Sauf si on est millionnaire…

Moi, je le regardais. Je l'écoutais. Sans l'entendre. J'étais encore à jeun de son sourire et de sa voix. Je le badais, comme on dit à Marseille. Pour me ramener sur terre, il m'a fait un geste de la main. Des doigts plutôt. Obscène. J'en ai eu le feu aux joues. Et il a conclu :

— C'est un Arabe mais… un bel Arabe !

C'était pas une blague, il avait vraiment retenu une table chez Terrass. Parfaitement, Terrass ! Ce restaurant, c'était un mythe. À Marseille, on y allait une fois dans sa vie. Pour fêter son bac ou ses noces d'or. Et on en parlait pendant vingt ans.

Moi, j'étais plutôt pizzeria-cafèt-chinois du coin. Ici, nappes blanches damassées. Couverts en argent. Porcelaine à chiffre. Verres en cristal. Des baies ouvertes sur le large. Un petit air marin. Une rumeur feutrée. Lui à l'aise. Moi dans mes petits souliers.

On nous a reçus avec déférence : monsieur par-ci, mademoiselle par-là. Il répondait en demi-teinte. Comme un habitué. Quand le sommelier a apporté le champagne, j'ai commencé à baliser. Dans un endroit pareil, il fallait multiplier au moins par dix le prix des Caves de Luminy.

— Dis, Rachid, tu crois pas que tu exagères ? Comment tu vas payer tout ça ?

— T'occupe, Pédagogie ! Et mange de bon appétit : t'auras pas besoin de t'appuyer la plonge pour régler la douloureuse. Mais t'as pas tort. Le champagne avec la bouillabaisse, c'est un peu bling-bling…

Un signe. Deux doigts discrets au bout du bras à peine levé. Ni arrogant. Ni timide. Juste. Le sommelier est revenu vers nous. Il lui a montré le seau où la buée glissait en traînées métalliques :

— Apportez-nous un vin blanc de Cassis à la place.

Et comme l'habit noir s'éloignait, il a ajouté :

— Un 95, s'il vous plaît.

Envie de rire !

— 95 ! Sans blague ! Tu fais vraiment la différence ou tu cherches à m'épater ?

Il a pris un air outré.

— Bien sûr que je fais la différence ! Tu la fais pas, toi ?

Que répondre ? La bouillabaisse était parfaite. Et prête. Pas même dix minutes d'attente. En entrant il avait glissé :

— Nous sommes pressés. Mademoiselle a une réunion en début d'après-midi…

Une réunion ? Tout est question de vocabulaire. Ma conférence pédagogique prenait des allures de séminaire ultrachic. Il possédait donc deux idiomes, Rachid. Un patois pour faire chier son monde et une langue pour le séduire. Et il mélangeait les deux à l'occasion.

N'empêche, ça sentait drôlement bon ! Et j'avais une de ces faims ! Mais attention la mise en scène ! Quand tu penses qu'au départ, la bouillabaisse était un plat de fauchés…

Il me regardait me battre avec mes couverts à poisson. Amusé. Il s'est penché vers moi :

— Laisse-moi faire !

Et il s'est mis à décortiquer tout ça. Un numéro de cirque. J'étais de plus en plus intriguée. Je devais avoir les yeux bourrés de points d'interrogation. Parce qu'il m'a glissé en me visant par en dessous :

— Te monte pas en mayonnaise, Pédagogie. Je suis pas émir. Peut-être con…

J'ai essayé de me faufiler dans la brèche entrouverte :

— Si t'es pas émir, t'es quoi ? Con, c'est pas une raison sociale.

Il a fait semblant de réfléchir.

— Je suis… un Arabe qui passe et… qui a peut-être envie de s'arrêter…

— Dans une cour d'école ?

— Par exemple. Qu'est-ce que tu en dis ?

— Ben…

Alors, il a fait un truc bizarre. Sans me quitter des yeux, il a penché la tête d'un côté, puis de l'autre, et encore, et encore, et encore. Et moi, je le suivais lentement dans sa gymnastique comme un serpent charmé qui danse dans son couffin. D'un coup, il s'est redressé.

— Bon, je crois que c'est oui ! il a fait.

J'ai baissé les yeux. Me suis absorbée dans le mouillage de mes croûtons. Sans le regarder, j'ai dit :

— Et c'est quand, la prochaine fois que tu te tires sans dire bonsoir ?

Il a un peu hésité.

— Je me suis tiré…

— Merci. J'ai vu. C'est sympa de m'avertir deux jours après.

Il a haussé les épaules.

— Je me suis tiré parce que je voulais être sûr.

— Sûr de quoi ? Que l'eau coule à la pente ?

— Sûr que seul, j'étais moins bien qu'avec toi.

— Et alors ?

— C'est fait.

— Ah ?

— Tu comprends, c'est pas la peine que j'entre dans ton jardin pour le ravager comme Attila, si ça vaut pas le coup…

J'avais pas de jardin.

— Et pourquoi tu veux le ravager, imbécile ?

— Je veux pas le ravager ! Je vais le ravager !

— Mais non !

— Mais si ! Alors il faut savoir dans quoi tu t'embarques. T'as de fameuses parties de plumard en perspective, mais aussi pas mal de nuits blanches. C'est pas un cadeau, Rachid, avec son nom à coucher dehors !

Je l'écoutais. Et je croyais comprendre. J'étais à côté. Pour moi, le cadeau empoisonné, c'était cet argent qui lui tombait des mains. Et qui venait d'où ? J'étais tombée sur quoi ? Sur qui ? Un voyou ? Et c'était bien la pire chose qui pouvait arriver à une petite institutrice. Arabe ? Qu'est-ce que j'en avais à foutre ? D'ailleurs, ça se voyait même pas…

Il a poussé un soupir, il a regardé sa montre.

— Merde ! On a mangé plus vite qu'au snack ! Il nous reste une heure…

Déjà ses yeux s'étaient rallumés :

— T'as mis une culotte ?

Je m'en suis étouffée avec mon fond de vin blanc. Tandis que je toussais, il a glissé une main sous ma jupe. J'ai serré les cuisses. Il a insisté.

— Arrête, Rachid ! Arrête !

Je jetais des regards affolés sur la clientèle élégante, les serveurs stylés. Mais déjà, il avait réussi à cramponner l'élastique. Il tirait. Tirait. Et moi, je résistais. Les fesses crispées. Les genoux bloqués. Malade d'angoisse. Mais allumée, tiens… Brusquement, il a tout lâché, il s'est redressé :

— Mais pourquoi on s'emmerde ?

Et sans même me regarder, d'un claquement de doigts, il a appelé le serveur :

— Vous avez des chambres ?

8

Je serais passée sous la table. Morte de honte. Rouge jusqu'au fond des oreilles. Tenté de devenir aveugle. Sourde. Pas voir le sourire en coin du serveur. Ignorer le tremblement de sa voix. Escalier. Couloir. Une porte capitonnée s'est refermée sur nous. Il avait déjà les deux mains sous ma jupe :

— Pas de culotte avec Rachid, Pédagogie : faut toujours être prête !

Avant que j'aie eu le temps de protester, il l'avait arrachée et jetée par la fenêtre. Atterrissage gracieux sur le toit d'une Béhème. L'antenne en porte-étendard. Couinement de freins. Attendait, l'oreille tendue, le choc de l'impact. Rien.

— Raté ! Serait mort pour une noble cause ! Vol de culotte non identifiée…

Ouf ! Maintenant on n'avait plus de témoins. Je me suis laissée tomber en arrière sur le lit. Las Vegas. Deux mètres sur deux. Un péage d'autoroute. « Baisodrome de compétition », selon ses termes choisis.

Appuyé au mur près de la fenêtre, il me regardait en souriant. Je commençais à ramollir à petit feu. Il faisait claquer l'ongle de son pouce contre ses dents. Il plissait les paupières. Semblait réfléchir.

— Qu'est-ce qu'on pourrait bien lui faire à Pédagogie, pour fêter le retour du beau Rachid ?

J'attendais. Confiante. Il n'était jamais à court d'imagination, l'artiste ! Je poussais même un peu dans le lascif. Je me roulais sur le lit histoire de lui montrer la bête sous tous ses angles. Et soudain l'étincelle :

— Et si on l'enculait ?

L'angoisse ! J'ai ramassé mon paquet de jupe et mes genoux dans mes bras. Position fœtus. On m'aurait fait tenir dans une boîte à chaussures.

— Oh, Rachid ! Déconne pas ! J'ai jamais…

Il est parti à rire.

— Tu m'étonnes ! Devait baiser intégriste le pédago ! La fantaisie au rayon chaussettes pas au rayon calbute…

Il s'avançait vers le lit. Vers moi. En dégrafant sa ceinture. Il a enjambé son pantalon. Pas plus de caleçon sous Armani que sous Levi's. Il a sauté sur le lit. À genoux. Je paniquais.

— Dis, chochotte, écrase un peu, tu veux ? Tu me prends pour une brute ? L'Arabe violeur-égorgeur ? C'est quoi qui te fout la trouille ? La chose ou le mot ?

Je n'étais guère en état de me poser ce genre de question. J'ai tenté de lui échapper. Il m'a retenue par un bras. Sec. Sans réplique.

— T'as peur de moi ?

— …

— Réponds !

— Nnnon…

Ça devait manquer de conviction.

— Réponds : non, Rachid, j'ai pas peur de toi !

Là, je me suis rebellée :

— Oh, l'ayatollah ! Si t'as besoin d'une demi-fatma pour jouer dans ton sado-maso va prospecter dans ta smala !

Il s'est épanoui :

— Voilà comme je t'aime, Pédagogie ! La fuite en avant. Bravo !

Mais il a ajouté entre ses dents :

— Ce qui m'empêchera pas de t'enculer. Au contraire !

Rien à faire ? Fallait en passer par là ? J'avais le pouls à cent quarante. Je tremblais. Je crois que j'ai dû lui faire un peu pitié malgré tout. Il a renversé mes cheveux, il s'est mis à me caresser la nuque.

— Faut pas en faire un monde ! On raconte pas mal de conneries là-dessus. Pauvre Pédagogie ! Avec son si joli petit con ! Et ce grand salaud de Rachid qui en veut pas aujourd'hui ! C'est à son pauvre cul qu'il en a...

C'était pas croyable l'effet de ces cochonneries glissées à l'oreille. D'une voix un peu essoufflée malgré toute sa belle assurance. Je m'ouvrais comme une moule au soleil. Il en voulait pas de mon con ? Façon de parler. Parce qu'il a quand même commencé par là. Je croyais qu'il avait renoncé. Mais tiens ! Fume ! Sa main descendait le long de mon dos. S'arrêtait. Glissait encore. Sur ma peau hérissée. Plus de curiosité que de peur déjà. Je m'y attendais. Mais ça m'a fait une drôle d'impression. Je me suis cambrée. Le souffle court. Le cœur battant.

— Oh ! dis ! tu charries ? Qu'est-ce que c'est un doigt ?

Même deux c'est pas grand-chose. S'il s'agit de deux doigts de porto. Mais là... J'étais tendue comme une corde d'arc. Il cherchait à me faire rire. Il surprenait toujours. C'était le poignard et la compresse. Tu attendais l'un, tu avais l'autre.

Il y est allé si doucement que c'est moi en fin de compte qui me suis jetée sur lui, folle d'attente. Plongeon suicide. Sans l'horreur de l'éclatement au bas de la chute. C'était à des années-lumière de tout ce que j'avais imaginé. Plus question de fuir. Mais surtout plus envie.

Faire jouir une femme de cette façon la première fois, c'est pas à la portée de tout le monde. Mais c'était pas tout le monde. C'était Rachid.

Il est resté un moment la tête abandonnée sur mon épaule. Contre mon cou. Assommé.

— Tu m'as eu, Pédagogie ! Tu m'as eu.

C'était gentil. Mais je crois pas que c'était vrai. Il me tenait dans sa main. Il pouvait serrer. Il serrait pas. C'était formidable.

Mais la prostration était de courte durée avec lui. Il chantait déjà dans la salle de bains. Tous robinets ouverts.

— Bouge-toi, Pédagogie ! Tu vas être en retard.

— Où ?

Complètement oublié l'école et la conférence. Il s'est frappé le front de l'index.

— Ça te réussit pas le cocktail bite-bouillabaisse !

Il m'a collée sous la douche, savonnée, rincée, séchée, habillée et poussée dans l'escalier. Un garçon nous a raccompagnés jusqu'à la porte. Courbette. Re-courbette. Re-re-courbette. Rachid lui a glissé 20 euros dans la main. C'est sûr que c'était pas le prix du repas. Avant de sortir il lui a fait un clin d'œil, et :

— *Salamalek* mon pote !

On est sortis. Personne pour nous courser en braillant : « Au voleur ! » Devait avoir payé l'animal. Quand ? Ma foi…

9

Le vent sur la moto m'a un peu réveillée. Restait à faire le compte rendu de la séance du matin. Devant quatre-vingts collègues. Pire : devant lui !

— J'ai rien à foutre cet après-midi. Je reste avec toi…

Pauvre de moi ! Pourtant, j'avais toujours eu la parole facile. Je savais même lancer de temps en temps le mot tordu qui réveille l'auditoire. À l'IUFM, les copains me disaient souvent, lorsque les cours traînaient en longueur : « Vas-y, Charlotte, qu'on rigole un peu ! » Et j'y allais volontiers. Ça les changeait du jargon pédagogique, *outil scripteur fin, circonstanciel rebondissant et compétences transversales*. Troisième langue. Jalousement vouée à la non-communication. Au sommeil. Les profs faisaient semblant de s'indigner de mes néologismes. Mais ils s'amusaient. Dans les disserts, ils soulignaient mes élucubrations et osaient, quelquefois, en appréciation générale : « Des trouvailles dans l'expression. » J'avais le goût des mots. Des précieux, des précis, des bizarres. Mais j'ignorais presque tout des grossiers.

Et c'est peut-être ce qui m'avait tellement cisaillée chez Rachid. Quelqu'un qui me répondait, au lieu de se contenter de rire. Le one-woman-show transformé en duo-duel : « C'est quoi ce cinéma ? Un porno ! » C'était là qu'il m'avait eue ! J'aimais parler. Presque autant que baiser. Et il m'avait découvert un monde rauque où il mélangeait les deux. Mots crus. Brutaux. Tirés sans sommation. À bout portant. Aussi percutants et meurtriers que des balles. Aussi troublants que des caresses.

Parler avec lui. Mais parler devant lui ? L'avoir pour spectateur. C'était autre chose…

Il s'était assis au bout d'une rangée. Pas du tout vautré. Non. Genre bon élève. Chouchou de la maîtresse. Le dos droit. Les mains jointes entre les genoux. Mais le sourire exterminateur. J'en perdais ma syntaxe. Et puis mes collègues lui glissaient des œillades. Leur aurais arraché les yeux !

Va donc exposer un gnangnan sous-libertaire sur l'aménagement des cours d'école devant un sourire qui te fait cligner des yeux ! Dans ce rayon de la mort, c'était tout de suite les murs par terre. Les grilles défoncées. Les cloches arrachées. La récréation non-stop. Sans frontière. L'anarchie. Le contraire de l'école.

Les mots me manquaient. J'étais lamentable. Et je m'en rendais compte. Je me mordais les lèvres. Je sentais naître dans l'assistance une sorte de frisson rigolard. Ils se penchaient les uns vers les autres. Se passaient des trucs. Les épaules tressautaient, secouées de gaieté. Des mémés hors d'âge se cachaient derrière leur main. J'en voyais même qui pouffaient de rire…

Tous. Sauf Rachid. L'innocence même. Il me regardait avec candeur. Encourageant. Et aussi l'inspecteur. Assis au bureau à côté de moi. Sourcils froncés. Son stylo à la main. Cramponné à sa routine. Hors du coup. Comme d'habitude.

J'étais tellement mal à l'aise que j'ai commencé à abréger. Sauter trois mots. Une phrase. Un paragraphe. Une page. Je refaisais le coup des trois messes basses. J'ai liquidé mon exposé qui n'intéressait plus personne. Passée inaperçue, la fin en queue de poisson… Tout le monde rigolait.

J'ai regagné ma place à côté de Rachid. Vexée à mort. Il m'a souri.

— C'était très bien, Pédagogie ! Ça m'a beaucoup plu ! Surtout la fin…

Je lui ai jeté un regard meurtrier. Alors il a cligné de l'œil et m'a glissé un billet. Dessus, écrit en biais (allergique à la ligne droite, Rachid !) :

Elle a pas de culotte,
Charlotte !

Pendant que je me démenais pour captiver mon auditoire, il avait dépecé mon cahier-journal. Et inondé la salle de tracts. Le chahut de haut vol. Un chef-d'œuvre de cancre. Il avait réussi à déconstiper une classe de quatre-vingts instituteurs. Du flamboyant.

Le rire me prenait. Avec une envie de faire pipi intenable. Comme j'étais près de la porte, j'ai filé, courbée, vers le fond du couloir.

— Où tu vas ?

— Faire pipi…

— Attends-moi !

Sitôt franchie la porte des lavabos, il m'a retenue par un bras. Ses yeux en disaient long. Il leur a coupé la parole :

— Tu sais que c'est bandant, une intello ?

Je me suis dégagée :

— Minute, obsédé ! Je vais faire pipi…

— Non !

Un peu sciée, Charlotte-Pédagogie.

— Non ? Pourquoi ?

— Parce que… tu peux pas savoir ce que c'est bon de baiser avec l'envie de pisser ! Tu vas voir…

Il m'a retournée contre la porte. Soulevée comme une poupée. Enroulé mes jambes autour de ses hanches. Mais d'où sortait-il ses capotes ? Devait en avoir une provision dans une dent creuse…

— Tu vois qu'il faut jamais porter de culotte ! Ça fait perdre un temps !

Pouvait toujours causer. J'étais déjà partie. Ça picotait de partout. Ça crépitait. Comme je gémissais, il a mis sa bouche sur la mienne. Sans m'embrasser. Juste pour dire : « Silence ! » Peut-être : « Silence, on baise ! »

Il s'arrangeait toujours pour me rendre tout mouvement impossible. Livrée-liée. À sa merci.

Après, il m'a posée sur le sol avec une tape amicale sur la joue :

— Alors qu'est-ce que t'en dis ?

Et comme je me taisais :

— Allez, va pisser maintenant !

Facile à dire…

— Rachid ! Je… je peux plus…

Il riait ! J'en aurais pleuré…

— Tu le savais pas ?

— Non…

— Elle sait rien de rien, la pauvre petite. C'est tout à défricher !

Il m'a prise contre lui. Plongeait ses doigts dans mes cheveux emmêlés par le vent. Ma tête roulait sous ses mains. Alors il m'a embrassée. Cette fois, c'était la plongée en apnée. Je pouvais lui compter toutes les dents. Il en manquait pas une. De vrais rasoirs. J'en avais les tympans prêts à exploser. Reparti pour un tour en apesanteur entre étoiles et planètes. Sidéral. Il m'a quittée peu à peu en me mordillant les lèvres, le menton, le cou. Il m'a claqué les fesses. Gentiment :

— Va ! Tu as encore envie de pisser maintenant…

Et c'était vrai. J'étais complètement déboussolée.

— Comment tu fais ? Tu me connais mieux… que moi ?

— Pas toi en particulier. Mais je connais – un peu – les femmes. Tu es unique, d'accord, mais sans vouloir te vexer, tu fais tout de même partie d'une espèce. Comme les oursins et les escargots.

Délicate comparaison. Je ne sais pas si, ce jour-là, j'avais appris grand-chose, côté cour de récréation. Mais côté cul, on avait déblayé un fameux rayon !

10

Quand nous sommes retournés dans la salle polyvalente, tous mes collègues étaient partis. Les femmes de service rangeaient les chaises. Ça ferraillait dur sur les carreaux.

Même M. Vidal n'était plus là. Il m'avait abandonnée en toute confiance entre les mains de ce jeune homme « si élégant, si sympathique, un peu coquin, mais soyons modernes, si amusant ! »

Rachid a regardé sa montre. Fallait qu'il soit drôlement occupé pour avoir cette rage d'horaires.

— 17 heures ! Qu'est-ce qu'on pourrait faire ? On va se baigner ?

C'était reparti. J'étais en train de me convertir à la moto. C'était son cheval. Son paradis. On dansait entre les voitures coincées dans les encombrements. On doublait. À gauche. À droite. L'impression de voler entre des pachydermes. Légers. Libres. Jeunes.

Il devait sentir à quel point je me régalais : sur la rocade du Jarret, il a un peu exagéré. On devait rouler autour des 150. Ça n'a pas traîné.

Deux motards nous ont pris en chasse. Queue de poisson contre le rail. Avoir d'un seul coup peur des flics à ce point, je croyais pas ça possible. Enseignement-police, c'est pas le grand amour. Mais c'est un peu comme avec les curés : on n'a pas tellement l'occasion de se fréquenter.

Le premier CRS a demandé à Rachid les papiers de la moto. Avant de les regarder, il lui a demandé :

— D'après vous, vous rouliez à combien ?

Pas tellement méchant. Une Yamaha de ce calibre, c'est pas une mob. En général, le propriétaire est un amateur qui a pignon sur rue. Respect. Sans parler de la solidarité des deux-roues.

Rachid a été très bien. Pas du tout arrogant. Il a répondu :

— Trop vite. Vous avez raison.

Le gars a souri. Presque indulgent. Normalement, les choses auraient dû en rester là. Seulement, il a jeté un œil sur la carte verte. Tout a changé :

— Suivez-nous. Vérification d'identité.

Les deux motards ont démarré. Un devant. Un derrière. Nous au milieu. Avant de déboîter, Rachid m'a fait un clin d'œil :

— *Ravage*, acte I, scène 1.

Je l'ai serré plus fort. J'ai voulu appuyer ma tête contre son dos. Le casque me gênait. J'aurais tout cassé.

Contrôle d'identité ? Pourquoi ? Le fameux délit de sale gueule ? Même pas. Le délit de sale nom ? Ou alors pire ? Je recollais dans ma tête les pièces du puzzle. Ça s'emboîtait.

« Allez, monte… Je l'ai pas piquée ! »

« Qu'est-ce que tu fais ? — Je me débrouille ! »

« Je vais ravager ta vie. »

« Je connais les femmes... »

Et puis tout cet argent. Ce champagne. Ces frusques de luxe. Cette gourmette. J'étais tombée sur un voyou. Ou alors sur un mac. Des Arabes qui mangent du pain de fesses, à Marseille, c'est moins rare que les poissons volants... Qu'est-ce qu'il foutait avec moi, avec sa belle gueule et sa belle moto ? Il rabattait. Sans être une bimbo, j'étais plutôt mignonne. Je pouvais faire une gagneuse valable. Une intellectuelle, en plus. Il paraît qu'il y a des amateurs...

Le coup était classique : draguer une jolie dinde, la rendre dingue (j'étais dingue : mission accomplie) et la mettre sur le trottoir.

Une trouille intense me tordait le ventre. Complètement absurde. Mentalité retournée. Au lieu de craindre pour moi, je craignais pour lui. Qu'est-ce que j'allais faire si on me le mettait en prison ? Je me suis mise à sangloter dans mon casque qui se remplissait de buée. Je gémissais :

— Rachid ! Je t'aime ! Je t'aime ! Je t'aime...

Il me semblait que j'allais vomir mon cœur.

Quand on est arrivés au commissariat, il m'a regardée d'un air étonné :

— Là, tu pousses un peu, Pédagogie ! Y'a pas encore de cadavre...

Avec ses deux pouces, il a essuyé doucement mes joues où le rimmel coulait dans les larmes. Il dégustait, mon maquillage, aujourd'hui !

On s'est assis et on a attendu. Il a dit :

— C'est pas la première fois. Et ce sera pas la dernière. Mais c'est pas si grave ! Tu verras, on s'y fait... quand on est pas un vrai *sans-papiers*...

Comme je continuais à pleurer en silence, il m'a prise contre son épaule et s'est mis à me bercer. Nos motards accompagnateurs étaient déjà repartis vers de nouvelles aventures. On restait là, tous les deux, assis sur un banc. Ça sentait le dessous de bras et le cendrier plein. Mon estomac faisait des nœuds. En face, sur l'autre banquette, un SDF en écrasait. À côté, une pute. Rachid lui a fait un clin d'œil amical. Elle a répondu par un sourire coincé.

Derrière une espèce de banque, un policier écrivait. Il faisait chaud. Le ventilateur était en panne. Les vitres fermées. Sales. Une fin d'après-midi merdique. Le flic, le clochard, la pute et moi, on semblait sortis d'un film de Dupontel. Seul Rachid tenait la longueur. Toujours impeccable.

C'est sans doute pour ça que j'ai été appelée la première. Avec ma jupe trop longue et chiffonnée, je faisais nettement plus louche que lui. Je me suis approchée du comptoir. Baptême du feu :

— Votre carte d'identité, s'il vous plaît ?

J'en suis restée baba.

— Ma carte d'identité ?

— Oui.

J'ai regardé autour de moi, affolée. Ma carte d'identité ? C'était bien la première fois qu'on me la demandait ! Elle était dans le tiroir de mon bureau, ma carte d'identité. Avec ma carte d'électeur. J'ai bafouillé :

— Je… je ne l'ai pas…

Le gars a levé la tête. Un sourire goguenard sur les lèvres.

— Sans blague ! Tu l'as pas ? Tu m'étonnes…

Ce tutoiement ! J'ai vu rouge.

— Non mais dites ! vous vous prenez pour qui ? On n'a pas gardé…

— Ta gueule ! il a braillé.

J'ai pris ça comme un coup de poing au plexus. J'ai chancelé. Il a saisi un imprimé sur une liasse et, avec un soupir accablé, il m'a demandé :

— Nom ?

— Maurin.

— Prénom ?

— Charlotte.

— Profession ?

— Professeur des écoles.

L'œil étonné qui monte sous la paupière et redescend – après tout je m'en branle.

— Date et lieu de naissance ?

J'y suis allée de la date. Il a repris, impatient :

— Lieu ?

— Aix-en-Provence.

Je croyais que c'était terminé. J'allais retourner m'asseoir. Mais il a continué :

— Père. Nom, prénom, profession ?

Mais qu'est-ce qu'il en avait à foutre de mon père ? J'étais majeure. J'ai essayé de discuter. Pour toute réponse, j'ai obtenu la même question. « Père. Nom, prénom, profession ? » J'ai jeté un regard de détresse vers Rachid qui attendait son tour. Fataliste.

— Maurin André. Directeur d'IUFM.

— Ça s'écrit comment « diuéfème » ?

— Comme ça se prononce.

Et il a écrit ce qu'il a voulu. Après le père, la mère.

— Maurin, née Lagarde, Christiane. Professeur d'anglais.

Je me croyais au bout de l'inquisition. Erreur. La famille Maurin le passionnait. Il lui a fallu l'adresse et même le nom de mes frères et sœurs. Quelque chose s'était bloqué dans ma tête devant la stupidité de ce formulaire à remplir dans ce bureau étouffant alors que le soleil brillait dans la rue. J'ai laissé tomber :

— Pourquoi vous me demandez tout ça ?

Il m'a répondu :

— Parce que…

Et il a répété sur le même ton indifférent :

— Frères et sœurs. Nom, prénom, profession ?

Ça tournait au gag. Ou au rap.

— Maurin Christophe, dix-neuf ans, étudiant. Maurin Isabelle, treize ans, collégienne. Maurin Stéphane, Maurin Laurence, six ans, écoliers.

Il m'a demandé :

— Jumeaux, les deux ?

J'ai haussé les épaules.

— Où on téléphone pour vérifier ?

J'ai donné le numéro de portable de mon père. Le flic a levé un œil malin :

— Tu charries ? Les portables ça compte pas : au bout, on a n'importe qui ! Il me faut un fixe.

J'ai soupiré :

— Antoine Vidal. Directeur de l'école Jules-Ferry, n°…

Vérifier ! Vérifier quoi ? Que j'étais bien Charlotte Maurin, professeur des écoles, et que mon père et ma mère et mes frères et mes sœurs ?… Que je me recoupais pas dans mes déclarations ? J'étais suspecte ? Suspecte de quoi ? De coucher avec un Arabe ? Merde alors ! Mais des Arabes, de nos jours, monsieur l'agent, y'en a qui sont pédégés ! Y'en a même qui sont ministres, non ?

C'était le tour de Rachid

— Nom, prénom, profession ?

— Sahli Rachid. Employé d'hostellerie.

Il a ajouté, très gentil :

— Hostellerie avec un *s* au milieu, comme dans Sahli, un *h*. Un *h* inutile. À partir d'une certaine classe, on sucre l'accent et on le remplace par un *s*. Un *s* inutile.

Le flic l'a regardé avec un air méfiant :

— Quel accent ?

— Pas l'accent arabe. L'accent grâââve !

Le flic comprenait de moins en moins. Alors Rachid s'est mis à lui expliquer, patiemment :

— Avec un menu à 15 euros, on dit « resto » ! La même chose au bord de la nationale, c'est un « routier ». À partir de 45 euros, on commence à dire « hôtellerie » avec un accent. Quand y'a pas de menu, c'est une « hostellerie » avec un *s* ! On bouffe à la carte... pas de séjour.

— Dis, tu te fous de moi, petit con ? a braillé le flic en voyant que nous commencions à rire, la pute et moi.

— Grand con ! a rectifié Rachid, toujours très poli.

— C'est ça, fais le malin ! Date et lieu de naissance ?

J'ai mal compris la date. Mais le lieu, il aurait fallu être sourd pour ne pas l'entendre. Il a gueulé :

— À Marseille ! Bouches-du-Rhône ! France !

Curieux de faire connaissance par un interrogatoire de police, non ?

À ce point, Rachid s'est arrêté. Il a regardé le gars qui peinait sur sa machine à écrire et lui a dit :

— Cherchez un peu dans vos vieilleries, ça vous évitera du boulot. Vous en avez au moins cinquante de fiches sur moi ! Je porte toujours le même nom, je suis toujours né le même jour, au même endroit et j'ai pas changé d'adresse depuis dix ans.

L'autre a haussé les épaules.

— Père. Nom, prénom, profession ?

— Sahli Kassim. Sous-officier. Décédé. Je dis « décédé », mais en réalité je devrais dire « mort ».

— Pourquoi ? Mort ou décédé, c'est la même chose…

— Sauf qu'on dit pas « décédé pour la France ». Mais c'est bien vrai que c'est exactement la même chose. Surtout pour le principal intéressé. Bon, trêve de plaisanterie de mauvais goût : ma mère c'est Sahli Fatima, née Benhaya, et mes frères et sœurs… Attendez…

Là, il s'est mis à compter sur ses doigts. Une fois. Deux fois. Trois fois… Il avait bien dépassé les trente.

Finalement, il a laissé tomber :

— Leila, vingt ans, vendeuse. Alim, seize ans, étudiant.

— Tu te paies ma tête ?

Sourire angélique de Rachid :

— Faudra vous y faire, monsieur l'agent. Au risque de bouleverser votre philosophie, il semble bien, ce soir, que les instituteurs d'Aix-en-Provence font plus d'enfants que les Arrabes des quartiers nord !

Il avait craché le *r* d'Arabe. Le flic, furieux, lui a demandé sèchement :

— Téléphone pour vérifier ?

— Chez Terrass, boulevard de la Corniche.

Alors il a sorti sa carte d'identité. Il l'a claquée sur le comptoir comme un brelan d'as. Surpris, le flic :

— Dis, tu pouvais pas me la donner tout de suite ?

— Et pourquoi je vous l'aurais donnée ? Vous me l'avez demandée ? Vous étiez tellement certain que j'en avais pas…

Et il est revenu s'asseoir près de moi avec un air sombre. Méfiant, plutôt, devant mon sourire en croissant de lune.

— Tu t'es bien foutu de moi avec ton invitation fastueuse. Cette chambre, c'était…

— … ma chambre. J'habite chez Terrass. Ça te la coupe ?

En effet, ça me la coupait. Mais j'étais soulagée. Ce qui devait se voir comme le nez au milieu de la figure. Alors, il m'a jeté, presque mauvais :

— Dans le fond, malgré ton beau cul, t'es presque aussi con que les autres ! D'abord tu confonds un quatre-étoiles et un hôtel de passe. Et puis il te vient pas à l'idée qu'un Arabe puisse avoir un boulot, un père, une mère, des frères et des sœurs en nombre raisonnable. Pour toi, un Arabe, c'est une bite volante non identifiée qui passe dans le ciel au milieu des éclairs et du tonnerre, en laissant derrière elle une traînée blanche comme un avion à réaction.

J'étais vexée. Il n'avait pas tort.

— Mais, tu sais, Rachid, j'ai cru…

Il m'a coupé la parole :

— Oh ! ça je le sais ! Tu en as cru des choses depuis trois jours !

Trois jours ? Je le connaissais depuis trois jours ? Trois jours, cette éternité où j'avais plus vécu qu'en vingt-trois ans ? Mais il était remonté :

— Je la voyais, ta vidéo perso ! D'abord, vendredi, au café, tu m'as pris pour un Italien en chaleur. Quand je t'ai dit mon nom, je suis devenu un voleur de mobylettes et puis un chômeur. Ensuite je me suis transformé en casseur, en émir et, pour finir, en maquereau ! Ben voilà : je vais te décevoir, je suis cuistot. De père sous-off dans l'armée française. Même pas harki. Rachid : de l'arabe désarabisé. Né dans notre belle France, mais avec un nom à coucher dehors. Ce qui rend certaines nuits difficiles. Mais pas toutes. Si tu veux, tu peux encore inventer autre chose et me prendre pour…

C'était un peu exagéré. J'ai protesté :

— Dis ! Si tu me l'avais dit tout de suite, au lieu de jouer les mystérieux ? Oui, je t'ai pris pour tout ça ! Et alors ? Tu te prends pour qui, toi ? Pour Allah ?

— Allah ? Mais, ma pauvre, Allah est un pur esprit ! Il a pas de bite, Allah. Rien à voir avec votre barbu impuissant qui envoie un grand couillon à une hystérique pour lui faire un lardon sans la dépuceler !

Va savoir pourquoi cette synthèse gratinée du christianisme m'a énervée ? Moi qui ne mettais les pieds à l'église que pour les enterrements des voisins. Moi qui avais eu droit à un baptême républicain. Moi qui ne croyais ni à Dieu ni à Diable. Même pas à la Bonne Mère. Ce qui est rare à Marseille. J'étais blessée. Je découvrais un point sensible dont j'ignorais jusque-là l'existence. Est-ce que je l'emmerdais, moi, avec le voile islamique et les soixante-douze vierges de son paradis boxon ?

J'ai lancé, teigneuse :

— T'as rien compris ! C'est pas du tout ça, le christianisme ! C'est...

Et je me suis arrêtée. Je cherchais le mot. Oui mais quel mot ? J'avais salement manqué les cours de catéchisme. Il me regardait caler, avec l'air de se régaler.

— Oui, tiens, c'est quoi le christianisme ?

— C'est... c'est... c'est la Rédemption.

Voilà : la Rédemption ! Si quelque chose devait être sauvé dans cette religion, c'était bien ça : la Rédemption. J'étais contente de moi. Mon cerveau se frottait les mains. Mais pas le sien. Il ouvrait des yeux de poule qui vient de trouver un bouton de porte cerclé de cuivre dans son nid :

— La Rédemption ?

— Ça veut dire que même si tu fais une connerie, une énorme connerie, la plus grosse connerie du monde, tu peux toujours te racheter. À condition d'en baver un minimum…

Il a eu un léger haussement de sourcils :

— Ah ? C'est sympa, ça…

Et tout de suite, comme pour s'excuser :

— Bon, allez, j'ai rien dit ! Même si on n'y croit pas trop, on trempe là-dedans comme les babas dans le rhum. Qu'est-ce que c'est le baba sans le rhum, hein ?

Il comprenait vite. J'ai voulu saluer la performance :

— Bravo pour la métaphore !

Il m'a jeté un regard inquiet. Tout de suite sur la défensive :

— C'est quoi une métaphore ?

— Une comparaison surprenante. La rédemption du cancre…

Il a souri :

— Pour cette fois, ça ira. Mais arrête les gros mots. Deux en moins d'une minute, moi, j'en peux plus ! Je vais faire une méningite.

Il a pris le tissu de sa chemise entre le pouce et l'index :

— Tu vois, ça, je me le paie avec la thune que je gagne. Que je vole pas. Je travaille chez Terrass depuis dix ans. Je me fais plus de 5 000 euros par mois. T'es loin du compte avec ton salaire d'instit. Et pourtant j'ai même pas le BEPC. À partir de la sixième on m'a orienté. De transition en pratique. De stage en stage. Jusqu'à la porte de sortie. À seize ans, j'étais à la plonge, à dix-sept aux pluches, à dix-huit aux fourneaux. À dix-neuf, forcément, à l'armée. Comme tout pauvre petit Français qui a raté ses études. À vingt ans, j'étais en salle et, à vingt-trois, chef de rang. Tu sais ce que c'est, chef de rang ?

— Non.

— Ça m'étonne pas…

Comme il voyait que je perdais les pédales, il a daigné mettre fin à son CV.

Le clochard dormait toujours. Dans le silence revenu, je ne savais plus que dire. À ce moment, un policier en civil a entrouvert une porte au fond de la pièce. Il passé juste sa tête :

— Hé ! on a téléphoné à l'école et chez Terrass. C'est bon pour Maurin et Sahli. Vous pouvez les lâcher.

Puis, à moi, paternel :

— Et vous, mademoiselle Maurin, dorénavant, n'oubliez plus votre carte d'identité…

— Vous pouvez compter sur moi, monsieur le commissaire ! J'ai bien compris que quand on sort avec un Arrrabe, il vaut mieux oublier sa culotte que ses papiers…

La pute a éclaté de rire. Rachid m'a fait un signe du pouce, et il a dit :

— Un à zéro.

Je venais, d'un seul coup, de remonter à la cote. On est sortis. Mais il est retourné en trombe en se frappant le front. Comme s'il avait oublié quelque chose :

— Dites, monsieur l'agent, on va faire un tour à pied. On vous laisse la moto un moment. Jetez-y un coup d'œil de temps en temps : faudrait pas qu'on se la fasse piquer par un de ces enculés d'Arrrabes !

12

On est descendus de la Vieille Charité jusqu'à la Canebière. Il faisait bon. Le ciel était encore clair au-dessus des immeubles. Par les fenêtres ouvertes, on entendait en pointillé le cafouillage des télés : France 2, « Bonsoir… » ; TF1, les informations ; Canal, les *Guignols.* Arte faisait pas recette. Dommage. Moi, c'était ma préférée.

Ça sentait l'ail et l'anis, la petite friture, les beignets de courgettes et les tomates farcies. Comme à Gênes, à Barcelone, à Tel-Aviv ou à Alger. Que Marseille était belle et juteuse ! On y était chez nous.

Il avait passé son bras autour de mes épaules. Moi, je le tenais par la taille. Toutes ces odeurs de graillon et d'épices nous avaient donné faim. Sur la Canebière, on s'est fait un cocktail Méditerranée : pizza, churros, panisses… Il a acheté une petite galette en serpentins dorés :

— Goûte ! C'est un zellabiah. Si tu connais pas, tu sais pas ce que c'est un gâteau.

Il avait raison. Sous le craquant de la croûte, le miel explosait dans la bouche. Nu. Vivant. Il s'est mis à rire en voyant les traînées sucrées sur mon menton et mon cou :

— Y'a pas plus dégueulasse que la cuisine orientale. On s'en fout toujours jusque derrière les oreilles. Mais faut reconnaître que c'est bandant !

Et il s'est mis à lécher le miel sur moi. À pleine bouche. Tout en se léchant l'un l'autre, on est arrivés sur le Vieux-Port. À la terrasse d'un café, il y a eu des cris. Des chaises renversées. Un type a déboulé dans nos jambes. Le patron le suivait en gueulant, son tablier à la main.

— Arrêtez-le ! C'est encore un de ces crouilles de merde !

On a joué réflexe. Sans se concerter. On a été juste assez empotés et encombrants pour laisser au gars le temps de traverser et de disparaître du côté de la Bourse. Le limonadier était violet de rage. Il montrait le poing. La mâchoire bloquée en avant. Il nous a pris à témoin :

— Te vous foutrais tout ça à la baille ! Fainéants ! Assistés ! Érémistes ! Dealers ! Ça picole et ça se tire sans casquer !

Rachid a haussé les épaules. On s'est retrouvés sur le quai. Au bord de l'eau noire. Sans trop savoir comment on avait traversé. Les vedettes du château d'If dansaient doucement. Mais quelque chose s'était cassé. La nuit était moins belle. J'aimais plus du tout Marseille. Et j'ai recommencé à pleurer. Il a soulevé mon menton. Avec un sourire de grande personne qui veut consoler un gros chagrin de gosse.

— Mais c'est une fontaine, cette meuf ! Allez, Pédagogie, assure un peu !

Il m'a tendu un kleenex. Je me suis mouchée. Bruyamment. Mais qu'est-ce que j'avais à chialer sans arrêt ? C'était pourtant pas trop mon genre. D'habitude, j'étais plutôt branchée humour noir. Les mélos me faisaient rigoler. On me traitait de sans-cœur. De garçon manqué. Et depuis que je le connaissais, je n'arrêtais pas de renifler. J'avais le cœur dilaté. Instable. Spongieux. J'étais devenue liquide. Fille.

— T'avais jamais remarqué avant… avant… moi ?

Je disais non de la tête. J'avais honte. Non, je n'avais jamais remarqué avant lui. Je m'appelais Maurin, moi. Je pouvais me balader à bicyclette sans qu'on pense tout de suite que je venais de la voler. Je n'avais pas besoin de carte d'identité. Pas besoin de demander la permission d'exister. De prouver chaque jour que j'avais le droit de respirer l'oxygène français. Et voilà que ça me reprenait. Les larmes m'étouffaient.

— Et encore, il a dit, moi, c'est rien ! J'en ai pas l'air. Mais Alim, mon frangin, il a une vraie gueule de crouille. Et comme il roule en 49 cm^3, qu'est-ce qu'il dérouille !

Il s'est mis à mimer le match de boxe Occident-Alim en sparring-partner. Direct, crochet du gauche, swing, K.-O. C'était pas drôle ce qu'il disait. Mais, lui, il était drôle. Et j'ai ri. C'était tout ce qu'il voulait.

— Allez, Pédagogie ! T'en fais pas ! On est jeunes. On pisse loin. On les aura !

Il a fait un bras d'honneur vers les quartiers sud. Là où s'étageaient, le long de la corniche, les villas bourgeoises avec vue sur la mer. Là où était établi Terrass. Là où il habitait. Car il était le roi de la contradiction.

Et on est repartis, presque en courant, du côté du fort Saint-Jean.

On s'est attablés à la dernière terrasse au bout du port. Le serveur faisait de la percu sur son plateau. Les yeux dans le vague. Tout à son tempo.

— Ho ! Mouloud !

— Tiens ! ce con de Rachid !

Il est arrivé, il s'est penché vers moi :

— Princesse ?

Comme Rachid hésitait, c'est moi qui me suis présentée :

— Pédagogie…

Mouloud a levé les sourcils :

— Elle est pas française ?

— Non ! a répondu Rachid. Elle est corse !

Et, avec l'accent adéquat :

— Pas vrai, Pédagogie ?

Mouloud a fait un clin d'œil qui voulait dire : « Elle est bonne ! »

— Vous prenez la même chose ?

— *Yes !* a dit Rachid.

Cinq minutes après, Mouloud revenait avec deux grands verres. Rebord passé au sucre fin. Rondelle de citron vert à cheval. Un petit goût de menthe, frais, qui cachait deux secondes le parfum poivré. C'était chaud et froid. Fort et doux. Rachid me regardait. Attentif. Presque inquiet.

— Ça te plaît ? C'est mon invention. Le cocktail Terrass : 20 euros la coupe ! Mais lui, comme c'est un pote, il nous le fait au prix coûtant.

— Elle te ressemble, ton invention !

Il a esquissé un sourire un peu pervers.

— On me l'a déjà dit…

Alors, une samba a éclaté. Superbe. Noire. Assortie à la nuit. Il a crié.

— Oh ! Ça, j'aime !

Il s'est levé et il s'est mis à danser. Je crois que j'ai jamais vu personne danser comme ça. C'était complètement dingue ce garçon qui se tordait en cadence à une terrasse de café. Ça aurait pu faire minable « à la manche ». Ou exhibitionniste. Mais pas du tout. C'était vrai. Et tout le monde le voyait. Les autres clients du café se sont mis à frapper dans leurs mains. La nuit était devenue tropicale. On était à Rio. La Bonne Mère, en face, allait peut-être s'envoler ou se transformer en pain de sucre.

Quand la musique s'est arrêtée, ils ont applaudi. Rachid s'est laissé tomber à côté de moi. Il transpirait. Il sentait bon.

— Tu danses bien, dis !

Il s'est renversé sur son fauteuil.

— Les Arabes savent tous danser, Pédagogie. Comme les Nègres. En naissant. C'est l'Afrique, ça ! L'Afrique…

— Je croyais que tu étais né à Marseille…

— Et alors ?

Évidemment ! Marseille en France. Bouches-du-Rhône. Marseille capitale de l'Afrique. Et pourquoi pas du Brésil ?

J'ai haussé les épaules :

— Finalement, t'es arabe quand ça t'arrange !

— Ouais ! Ça te dérange ?

Il a ri. Il riait tout le temps. Peut-être qu'il riait depuis que je pleurais ? Le rire est le propre de l'homme. Une sale manie.

Quand on est rentrés, il était au moins 2 heures. Je dormais à moitié. Tout le long du chemin, j'avais eu peur de glisser de la moto. La fenêtre de M. Vidal, au premier étage, était encore éclairée. Il nous attendait. Le coup de téléphone du commissariat avait dû l'inquiéter. Le bruit de la moto l'a fait sortir :

— Que vous est-il arrivé, mademoiselle Maurin ?

— Rien de grave. Un excès de vitesse sur la rocade du Jarret.

Il a eu un hochement de tête. Indulgent. Rassuré. Ah, ces jeunes ! Mais il a ajouté :

— On vous a conduits au poste et on a fait tout ce remue-ménage pour un simple excès de vitesse ?

Autant le dire tout de suite :

— Le chauffard s'appelle Rachid, monsieur Vidal. Ça n'a pas simplifié les choses.

Soyons francs. Il n'a pas bronché. Mieux, même. Comme Rachid arrivait vers nous avec son casque sous le bras, il lui a dit :

— Bon ! Je vais me coucher. Bonsoir, Rachid.

Il m'a regardée, et il a ajouté :

— Bonsoir, Charlotte.

C'était la première fois qu'il m'appelait par mon prénom. En montant l'escalier, Rachid a dit :

— Il est pas trop con, pour… un instit !

Dès qu'il a été allongé, je me suis couchée sur lui. De tout mon long. Là, au moins, j'étais certaine qu'il ne pourrait pas s'en aller en douce. Au bout d'un moment, il s'est mis à gigoter :

— Dis, Pédagogie, tu pourrais pas virer d'un quart à bâbord ? Si t'as décidé de prendre Rachid pour matelas, faudrait commencer par un régime. On aime les femmes un peu rondes, nous, les Arabes, mais tant pis, je me résignerai…

Et, d'un coup de reins, il m'a virée.

— Je pars plus, Pédagogie ! Je pars plus ! Promis. Juré. Craché. Et maintenant, dors !

Il a pris ma tête sur son épaule. On a bien mélangé nos bras et nos jambes. Il restait de la place pour quatre dans le lit. Et pourtant, on avait même pas envie de baiser. On était bien.

13

Quand je me suis réveillée, il dormait encore. Pour une fois que je pouvais le regarder sans qu'il bondisse comme un zèbre, je m'en suis rempli les yeux.

Il était couché sur le côté. La bouche entrouverte. Ses belles dents n'avaient plus rien de crocs. Au bord des paupières dorées, de longs cils de fille.

Je me suis levée sur la pointe des pieds. De peur de faire du bruit, j'ai bu un verre d'eau à la place de mon café. Je me suis habillée en silence. Et je suis sortie. Sur le palier, j'ai un peu réfléchi. Et j'ai donné deux tours de clé : il m'avait déjà fait le coup.

J'étais en avance. J'ai traîné dans ma classe. Je me sentais un peu molle. Comme après un bain trop chaud. J'ai entendu le pas de M. Vidal, qui se dirigeait vers moi depuis le fond du couloir. Il a passé la tête par la porte entrebâillée :

— Ça va ?

— Ça va !

D'un mouvement des yeux il m'a montré le plafond. Traduction : « Il est là-haut ? » J'ai répondu d'un hochement de tête. Il m'a fait :

— Bon !

C'était sobre. Mais le courant passait. Il n'était sans doute pas apte à résoudre mes problèmes. Mais il ne m'en créerait pas de nouveaux. Mme Vidal, sans doute mise au courant de mes amours œcuméniques, était plus réticente. Bernard faisait la gueule. Je le soupçonnais de m'avoir fait cette comédie de la rupture pour me mettre au piquet. Pour me retrouver souple comme un gant. Fausse manœuvre. Le soir même j'étais dans les bras de Rachid. Et quelque chose lui disait qu'il n'était pas de taille à lutter.

Mlle Imbert est arrivée. Cinquante-cinq ans. Lunettes. Chignon. L'instit pleine peau. Dorée sur tranche à la craie de couleur. Émoustillée, ce matin, l'ancêtre :

— Mon dieu, Charlotte ! Quel charmant jeune homme ! Et si élégant, si drôle...

Elle pouffait de rire. Le « Elle a pas de culotte, Charlotte » avait dû la tenir éveillée une partie de la nuit.

— Mais, dites-moi, ma petite, comment s'appelle-t-il ?

— Rachid.

Smash ! Mais elle a encaissé sans broncher. Claire, à deux pas de nous, gloussait. Quand la cloche a sonné, elle s'est approchée de moi. Elle m'a glissé :

— Waouh ! L'oiseau que tu as déniché ! On le suivrait à La Mecque à tire-d'aile !

Kevin me couvait des yeux :

— Ça va, maîtresse ?

— Ça va.

— Je suis content que vous *êtes* guérie !

— Soyez, Kevin ! Soyez guérie !

— Eh ben, tant mieux, maîtresse !

Il ne comprendrait jamais rien à la conjugaison. Mais qu'il était sympa ! Et pétillant ! Va savoir ! Il sera peut-être un coup d'enfer. Comme Rachid. Et ma tête repartait en haut. Traversait les trois planchers. Jusqu'au lit rose où il était endormi, les quatre pattes écartées comme un chien heureux.

J'attendais la récréation pour grimper vers lui et le surprendre. Malheur ! La mère de Kevin m'attendait sur le perron pour négocier le redoublement de son cancre :

— Vous avez raison, mademoiselle Maurin ! Gardez-le encore un an. Il est jeune, et puis il vous aime tellement…

Je trépignais. Ça durait, ça durait… D'abord, mes qualités pédagogiques, et puis le père (un sous-off), qui ne le comprenait pas, ce pauvre petit !

— Vous savez ce que c'est, les militaires…

Non, je ne savais pas. Je ne savais pas et ne voulais pas savoir. Je n'allais pas m'emmerder avec les militaires ! J'avais assez à faire avec les Arabes. Les nés en Afrique et les nés à Marseille. Les vrais, les faux et les faux vrais.

Impossible de m'esquiver. La récréation s'étirait. La cloche a sonné. On est rentrés.

Je l'imaginais là-haut. Nu. En train de s'étirer sur mon lit. De s'ébrouer sous la douche. Ses cheveux gorgés d'eau. Les gouttes emprisonnées dans ses cils trop longs. Glissant sur son menton, son cou, la pomme d'Adam, fragile et dure. Sur ses épaules bombées. Le long de son dos. De ses reins. S'arrêtant dans la toison de son ventre. Et sa… oui sa… qui fait bec verseur et le rire me prend.

— 6 × 7 ? 6 × 7 ? Ah, oui, 6 × 7…

Je m'embrouillais dans les multiplications. J'oubliais les zéros. Un désastre.

À 11 h 30 je suis partie comme une fusée. Ouf ! la porte était encore fermée. Entière. Il n'avait pas arraché les gonds. Pas détruit la serrure. J'ai ouvert. Il a bondi sur le palier.

— T'es pas ouf de m'enfermer ? Je bosse, moi ! À midi ! Il va rigoler, Fernand ! J'ai tout Marseille à traverser…

Il était déjà dans l'escalier. Et en descendant les marches quatre à quatre :

— Te frappe pas ! Je rentrerai tard. Après minuit…

J'étais frustrée comme un gosse à qui on vient de voler une sucette. Une sucette ? Pourquoi une sucette ? Ça n'existe même plus, les sucettes ! Du bas de l'escalier, il a lancé :

— Dis ! Comme je m'emmerdais, j'ai fait un peu de ménage.

J'ai traversé l'appartement en courant pour le voir partir depuis la fenêtre. Je me suis dit, honteuse, dans un éclair : « Tiens ! Pénélope… »

Avant de mettre son casque, il m'a jeté un regard. Je devais avoir l'air déçu. Alors, il a frappé d'un doigt sur sa montre, puis fait un geste d'impuissance des deux mains écartées. Du bas des trois étages, il a braillé :

— Si tu peux pas tenir, branle-toi !

Je suis rentrée en reculant. Les joues en feu. Les jambes coupées. C'est là seulement que j'ai vu le « ménage ». Le lit d'abord. Fait au carré. Impeccable. Rien à dire. Heureusement. C'était à peu près tout ce qu'il restait dans la pièce. Derrière la porte d'entrée, il avait aligné au moins quinze sacs-poubelles en plastique bleu. Bosselés de trucs incompressibles. De quoi ? De tout. L'appartement était vide. Plus rien aux murs. Il avait balancé la moitié de mes hardes. On voyait le fond des tiroirs ouverts. Mes pantoufles, mes sandales, la poêle Téfal, l'épluche-légumes, la cafetière électrique, les verres rouges achetés à Bendor, les cuillères design… tout !

Il n'avait gardé que les jeans, les pulls, les baskets, les casseroles et les assiettes. Une razzia.

L'indignation aurait dû m'étouffer : il m'a pris un fou rire ! Ça m'a ouvert l'appétit. Dans le frigo, deux œufs et un yaourt. J'aurais pu faire cuire les œufs au plat. Mais puisqu'il avait condamné la poêle... J'ai attendu que l'eau soit bouillante pour les faire durcir. J'ai mangé le yaourt. Sans sucre. Et j'ai grimpé sept fois les trois étages pour descendre tous les paquets à la benne à ordures. Deux par deux. Avec une allégresse masochiste qui me donnait des frissons de plaisir.

Intrigué par mes va-et-vient, Bernard est sorti :

— Tu déménages ?

— Non ! Il emménage.

— Alors, achetez-vous un congélateur !

Et il m'a claqué sa porte au nez.

L'après-midi est passé plutôt vite. En sortant de l'école, je suis allée faire des courses. Éviter la charcuterie. J'ai pris mon temps. Il faisait bon. J'avais l'impression que je connaissais tout le monde. Je souriais : on me souriait. Je disais : « Bonjour ! », on me répondait : « Bonjour ! » J'apprenais sur le tas que le bonheur est aussi contagieux que la grippe.

J'étais sûre qu'il reviendrait ce soir. Le temps n'avait plus la même forme. Il y avait, en haut de ma montre, entre le 12 et le 1, un gros bouquet lié en gerbe qui m'attendait.

Je me suis allongée sur le lit à me le raconter. Et je me suis endormie.

14

Il est entré sans frapper. En baissant la poignée de la porte avec ses fesses :

— Salut, Pédagogie ! C'est l'Arabe !

— Lequel ? Le Marseillais ou l'Africain ?

— L'autre !

Il avait un sac de toile. Énorme. Passé en bandoulière. Plus une caisse en bois dans les bras. Il avait dû l'amarrer sur sa moto avec des sandows. Il a posé son bazar sur la table et a commencé à en tirer de tout. En vrac.

Il m'a jeté à la figure une robe rouge, soyeuse, superbe. Sans emballage. J'avais à peine bloqué que je recevais des sandales à talons. L'une après l'autre. Kenzo. Prada. Il se foutait pas de moi. Personnellement, j'avais jamais été fan de marques. Je préférais cinq tee-shirts Décathlon à un Chantal Thomass. Le haut de gamme qui te casse la tirelire, c'était réservé aux cérémonies familiales. Preuve que je reconnaissais malgré tout la supériorité du couture sur le *made in Taiwan*. Comme celle de Terrass sur le snack Casino. Mais mon salaire était ce qu'il était…

— J'ai un peu mis le bordel dans tes culottes. Je pouvais pas te laisser aller à poil. D'autant que Fernand veut te connaître.

— Fernand ?

Il a esquissé une courbette cérémonieuse :

— Monsieur Fernand Terrass. Meilleur ouvrier de France. Il t'a trouvée rigolote, hier, quand tu pédalais dans la semoule en sortant de ma chambre. Rigolote mais mal fringuée. Et je voudrais pas qu'à cause de trois loques, il te prenne pour un cageot ! Allez, habille-toi ! Montre-moi la bête ! Taille 38, pointure idem. C'est ça ?

Il savait tout. J'ai enfilé la robe et les chaussures. Ça en jetait !

— Pas mal. Sauf les cheveux : on dirait une méduse.

Alors, il est allé dans la salle de bains. Il a pris un peigne, des épingles et il m'a coiffée. Mais alors coiffée ! Une moitié torsadée, l'autre hérissée. N'importe quoi. Mais avec un peps ! Il regardait son œuvre. Content de lui.

— Tu sais que t'es bandante ! On se tuerait pour toi !

— Je t'en demande pas tant...

Et il a replongé dans sa caisse :

— Aide-moi un peu !

Je me suis assise, j'ai croisé haut les genoux et j'ai dit :

— Non !

Il m'a bien regardée en passant sa langue sur ses lèvres et il a dit en souriant :

— T'es trop bien sapée : t'as raison !

— Et toi, tu crois que tu as raison, de jeter toutes mes affaires ?

— Oui.

— Et tu comptes les remplacer par ça ?

— Oui.

— Et qu'est-ce que je dois dire ?

— Rien.

— Je peux même pas discuter ?

— Si. Tu peux discuter. Mais comme j'ai raison, qu'est-ce que ça changera ? D'ailleurs, tu le sais bien, puisque tu as déjà tout descendu à la poubelle…

J'ai haussé les épaules :

— Qu'est-ce que tu me fais là ?

— Une cure de désintoxication.

Et il est reparti dans sa caisse.

Il sortait ses ustensiles un à un. Avec un commentaire de camelot :

— Pour pratiquement rien, nous allons vous offrir, madame : une poubelle garnie avec une pédale sur le côté. Et. Une grande poêle noire. Une vraie. Pas une saloperie silicone-conne. Une poêle qui accrrroche. Avec plein d'*r*. Comme arrrabe. Et puis des couteaux. Qui coupent. (Il faisait sauter des échardes du bord de sa caisse !) Et. Fini le jus de papier des matins de déprime. Un perco, 400 millibars. Eau chaude à tous les étages. Des cuillères normales. Plus longues que larges. Qui vous forcent pas à rigoler quand la soupe est trop salée. Et. Des verres, encore des verres. À vin, à pied, à dents. (Il faisait tinter le cristal entre ses ongles.) Des verres blancs. Qu'on voit à travers si on boit du bordeaux ou du café viennois. Et. Enfin. En prime et gratuit. Madame, vous ne pourrez plus vous en passer. Il remplace le beurre, le coca-cola et le fromage râpé. Enfin, madame, superbe et inoxydable, étanche et ignifugé, increvable et ne consommant presque rien, *tubeless*, autonettoyant, sans phosphates, sans colorant, sans sucre ajouté et bon pour le cholestérol, le beau, l'unique, le sublime : Rachid !

Et il a plongé. Sur moi. Il a renversé la chaise. Et Charlotte dans la foulée. Sur la descente de lit. Heureusement que la robe était pré-froissée ! Pauvre Bernard ! Il avait de mauvais voisins. Dormirait encore mal cette nuit.

Quand il s'est relevé, il m'a dit :

— Je mangerais bien un petit quelque chose.

Il est allé au frigo.

— Tiens ! tu t'améliores ! Y'a à croûter !

Je le regardais manger. C'était un spectacle. Ces dents ! À bouffer la terre entière !

Il me jetait de temps en temps un coup d'œil un peu tordu.

— Tu t'enverrais pas un peu de melon, à c't'heure, Pédagogie ?

Moi, naïve :

— Ça tombe bien ! J'en ai un au frais. Je vais te le chercher…

— Non ! non ! Surtout, ne bouge pas !

Il était déjà debout. Il est allé dans la chambre où il avait entreposé sa caisse. Comme il s'éternisait, j'ai demandé :

— Alors, ce melon… tu le sèmes ?

— Attends ! Viens ! Viens voir !

Je me suis levée. Il était allongé sur le lit. Recouvert du drap. Avec un air faux jeton.

— Qu'est-ce que tu fais là ? Et le melon ?

— Si tu veux du melon, Pédagogie, en voilà une fameuse tranche !

Et il a rejeté le drap. Fameuse tranche en vérité ! Le rire s'est tout de suite bloqué dans ma gorge. Pas tellement le goût du melon ! Un goût de sel et de kaki pas mûr plutôt. Le goût de l'homme. Nouveau. Bon. Très bon. Tellement surprenant que j'ai senti comme un serpent chaud s'enrouler autour de moi et me mordre la nuque. Son venin a coulé en moi jusqu'au fond de mon ventre où il s'est cristallisé. Comme il avait glissé une main entre mes cuisses, il s'est rendu compte que j'avais pris une longueur d'avance. Il s'est mis à rire.

— Oh là là, Pédagogie ! Quelle nature ! Je croyais que ça existait que dans les BD porno, ces dévoreuses ! Tu jouis rien qu'en…

— Tais-toi ! Une fois… une seule… tais-toi !

Mais il aurait fallu le tuer pour le faire taire !

— Dans le fond, c'est pas plus mal ! Tu vas pouvoir terminer ça la tête froide. Et te jette plus là-dessus comme un chien sur un os ! Je voyage tête nue, moi. Faut te reconvertir.

Me reconvertir ? Tu parles ! Comme si j'avais jamais fait une chose pareille à Bernard ! Il se payait ma tête ? Ma tête froide maintenant. Tête-à-tête. Tête de pioche. Tête de nœud. Attends un peu. Pour voir. Un sexe circoncis. Net. Précis. Sans fanfreluches. Comment ça marche ? J'y suis allée scientifiquement. L'œil grand ouvert pour juger de l'effet. La montée. Le palier. La débandade. Jusqu'à ce qu'il me dise :

— Qu'est-ce qui te prend ?

— Il me prend que j'ai la tête froide.

Il était un peu essoufflé :

— Allez… dis… déconne plus !

J'y suis retournée. Avec une main sournoise posée à plat sur sa poitrine. Stéthoscope. Contrôler. Les battements du cœur. L'oppression des poumons. Se guider sur les rythmes désordonnés. Ralentir ou accélérer. D'un pincement de lèvres. D'un frôlement de dents. D'une pression des doigts. Peu à peu, je l'ai colonisé. Il était à ma merci. Je le charmais comme un serpent dressé. J'ai fait semblant d'abandonner la partie au moment où j'ai compris qu'il allait exploser. J'ai levé la tête. J'ai rencontré ses pupilles dilatées. Encore plus noires. Ses côtes s'affolaient :

— Oh dis ! Oh dis !

Il a tenté de m'écarter pour se finir à la main. J'ai claqué sèchement les doigts bruns :

— T'as moins d'esprit, hein ?

Et j'y suis retournée. Du bout de la langue. Deux secondes.

— Oh ! Ah !

— Il faut choisir ! Oh ou Ah ?

Je me régalais. Je m'amusais comme une folle. Il avait perdu toute sa superbe, le beau Rachid ! Il se tordait sur le lit, se cambrait, gémissait. Mais, ma foi, il se laissait faire. C'était drôlement excitant d'affoler ce grand corps si sûr de lui. Il haletait :

— Pitié, Pédagogie ! Pitié…

Et moi, sèchement :

— Appelle-moi Charlotte !

Je lui ai à peine laissé le temps de le prononcer. Il a traîné un bon moment en *si* bémol sur le *i* avant de retomber sur le lit. Anéanti.

C'était moi qui riais, cette fois. Il reprenait son souffle. Lentement.

— Oh là là ! Quand on dit qu'il y a que les pédés pour savoir tailler une pipe ! T'es l'affaire du siècle, toi !

— Que j'aime ta délicatesse d'expression !

Je me suis levée. J'ai pris le bord du drap et j'ai tiré. Il a roulé jusqu'au bord du lit et il est tombé.

— Allez, ouste ! Maintenant au boulot, l'Arabe de Marseille ! Change les draps ! Je vais te montrer ce que c'est, une chrétienne athée !

On a ri un grand moment, debout, de part et d'autre du lit ravagé. Il était 5 heures. Le jour se levait. Partout on appelle ça une nuit blanche. Même en Afrique.

15

Mercredi. Rachid travaillait à midi. Nous avions la matinée entière à l'horizon. L'appartement était dévasté. Ses affaires traînaient dans tous les coins. Sur les dossiers des chaises. Sous la table. Comme il les avait tirées de sa caisse : un verre à pied, une chaussette, une BD... Pendant que je rangeais vaguement, il est descendu acheter des croissants. Et puis il a fait le café. Au perco. On avait un appétit de sportif.

— Qui dort dîne, Pédagogie, et le vice verse.

Le petit-déjeuner nous avait un peu engourdis. Il s'est secoué, il a passé une main sur son menton et ses joues qui crissaient :

— Je vais me raser !

Et il a disparu dans la salle de bains. J'attendais vaguement, du fond de mon brouillard digestif, le zonzon d'un rasoir électrique. Rien. Ce silence m'a réveillée. L'oreille aux aguets. Je me demandais ce qu'il faisait.

— Rachid ? Tu t'es endormi ?

— Non, je me rase.

— Tu te rases ?

Je me suis levée, intriguée. C'était vrai. Il se rasait. Comme dans un western. Avec de la mousse jusqu'aux yeux. Cette mousse d'où émerge d'un seul coup, virile à te couper les jambes, l'irrésistible fossette du menton de Kirk Douglas. Mais plus que la mousse, ce qui m'a saisie, c'est le rasoir. Un rasoir… un rasoir… un rasoir d'Arabe, quoi !

On s'est regardés à travers la glace. Un peu surpris. Il tenait sa lame en l'air. Brusquement, il s'est mis à fouetter l'air comme dans un film de karaté.

— Le choc de deux cultures… il a fait.

Il s'est retourné. Vif comme un samouraï. D'un coup sec, il m'a coupé une longue mèche de cheveux, il l'a passée à sa ceinture comme un scalp.

Je m'étais appuyée au chambranle. Suffoquée. Le sang cognait contre mes tempes. Et soif ! Mais je savais pourquoi maintenant. Il me regardait. Sans rire. Il recevait le message. Cinq sur cinq.

— Tu serais pas un peu tordue, quelque part, dans un coin ?

Il a jeté le rasoir dans le lavabo. On n'est pas allés plus loin que le tapis de la douche. C'était ce que j'attendais, non ? Mais va donc prévoir quelque chose avec Rachid ! Il m'a donné un coup. Un seul. Et il s'est arrêté. J'attendais. Tendue. Rien. Quand j'ai ouvert les yeux :

— Fais-moi jouir, Pédagogie !

J'étais coincée entre le bac à douche et la colonne du lavabo. Il tenait mes jambes bloquées sur ses épaules. Pas un millimètre de jeu.

— Fais-moi jouir, je te dis !

Affolement.

— Je veux bien mais comment ? Je peux pas bouger…

— Comme tu peux. T'es équipée. Un con, c'est comme une bouche. Remue-toi ! Mais je veux rien voir !

Ça, je savais pas, non plus. Et pourtant, il avait raison. Je me découvrais. Un peu ahurie par les ressources de l'animal. Vagues. Remous. Tourbillons. Je me transformais en marée montante. Et le bateau couché a lentement pris la mer. Sa bouche s'est ouverte. Sa tête a commencé à balancer d'une épaule à l'autre, au rythme du flux et du reflux. Ses yeux étaient grands ouverts, mais j'étais sûre qu'il ne voyait plus rien. Peut-être un oiseau rouge qui venait sur lui du fond de l'horizon à la vitesse de la lumière et qui lui a explosé en pleine figure.

Il est tombé sur moi avec un « ah ! » d'assassiné.

Qu'est-ce que je marquais, comme points, depuis hier soir !

J'étais couverte de mousse à raser.

16

Fernand. Une silhouette…

Juif. Pied-noir. À droite. Bourré de fric. Quatre bonnes raisons pour vomir les Arabes. Sa cuisine en était pleine. Va comprendre !

Il en avait fait du chemin, depuis le trou à frites et à merguez de Fort-de-l'Eau ! Quatre-étoiles. Une des dix meilleures tables de France. Le col tricolore de Bocuse autour de son cou de buffle. Un colosse. Cubique. La même taille que Rachid, mais le double en largeur et en épaisseur. Le poil blanc. Dur. Ras. Le teint bistre. Un nez de boxeur. Des mains d'étrangleur. Un port de roi oriental. Et, au milieu de ça, des yeux d'un bleu !

Rachid tout seul, c'était pas triste. Mais Rachid et Fernand : on aurait loué des strapontins.

Ils changeaient de masque dans les trois marches du tambour, entre cuisine et salle à manger. En haut, la classe. En bas, Bab el-Oued.

— La purée, Rachid ! C'est ça, ton nouveau brancard ? Un joli petit quatre-heures ! Elle est de la smala ?

— La smala de Charles Martel…

Il me détaillait comme une pièce de bœuf. L'œil connaisseur. Critique mais gourmand :

— Bonne bête ! Ça réduira pas à la cuisson !

Rachid enfilait son habit. Après un passage à poil. L'autre lui a claqué les fesses :

— C'est pas beau, ça ? Ça te rendrait pédé !

Rachid riait.

— Ta gueule, vieille tante !

Fernand a regagné sa cuisine en se tortillant, battant l'air de ses bras d'ogre. Rachid était prêt. Chemise blanche. Veste noire. Nœud papillon. Fernand le regardait en prenant la pose. Grande folle. Il faisait mine de lisser ses cils d'un index épais mouillé de salive. Il m'adressait un sourire de bonne copine. Puis à Rachid :

— Qu'est-ce que c'est déjà son job ?

— Instit.

— Alors elle sait rien faire…

— Rien.

Vexée, Pédagogie, mais vexée !

— Et pourquoi tu t'encombres de ça, tête de nœud ?

Rachid lui a fait un signe. Entre pouce et index. Que j'aurais jugé mystérieux une semaine plus tôt. Il y avait du calibrage dans l'air. Ce qui a semblé convaincre Fernand.

— Dans ce cas, rien à dire…

Rachid était déjà en haut des marches derrière la double porte battante. Moi, en bas. Les bras comme un Playmobil. L'air con. Fernand m'a montrée d'un revers de pouce :

— Hé, dis, bougnoule ! Qu'est-ce que j'en fais, de ta fatma ?

— Fais-lui calibrer des bananes ! Elle craint personne !

Le salaud ! Fernand s'est mis à rire. Puis il m'a regardée d'un air tendre :

— Tu vois, petite, moi, Rachid, je l'aime comme…

Il cherchait au plafond une comparaison digne de l'un et de l'autre. Je m'attendais à un truc gratiné. Bien solennel. Bien pesant. Bien pied-noir. Genre : « Je l'aime comme mon prôôpre fils ! » La dialectique des pieds-noirs, j'en connaissais un rayon avec ma grand-mère. Il m'a doublée à l'inattendu :

— Je l'aime comme mon bateau.

Évidemment ! C'était quelque chose ! J'ai fait mine d'apprécier. Il m'a tapoté l'épaule et demandé du menton de le suivre. C'est que ça circule dans une cuisine au moment du coup de feu ! Alors, il m'a collée dans un coin avec un cageot de petits pois.

— Tiens, ça, même un mongolien il peut pas le louper : tu mets les petits trucs ronds d'un côté et les longs machins plats de l'autre.

J'ai donné un coup de pied dans le cageot. Il a rigolé, et :

— T'es pas de la smala…

Qu'est-ce qu'il avait à m'empoisonner avec sa smala ? J'ai tout de même écossé les petits pois. Sous le regard amusé de tout le personnel. Et puis j'ai rôdé et reniflé. Ils étaient au moins quinze à courir et à s'engueuler dans un mélange croustillant d'arabe et de marseillais. On imagine mal l'affolement des coulisses quand on est derrière les trois verres à pied alignés. Les poêles ferraillaient. Les assiettes volaient. Le piano en prenait pour son grade.

— Trois gratins de fruits rouges…

— Je prends !

— C'est parti…

— Chaud devant ! Chaud !

Rachid entrait et sortait. En coup de vent. Entre le loup du 5 et la dorade du 12 qui « couraient ». Pas cuistot ni serveur. Chef de rang. Je comprenais maintenant de quoi il s'agissait : organiser le service dans la salle. Il menait son monde sec. Pas tendre et le verbe haut. Efficace. Le patron plus que Fernand qui se contentait d'insulter les cuisiniers et d'aller faire des risettes aux tables les plus huppées. Les trois plongeuses le dévoraient des yeux. Fondantes de convoitise. Mendiant un reproche comme une marque d'intérêt. Leur hostilité me grillait le dos.

À 15 heures, c'était fini. Dans la salle, on enlevait le couvert. Nous nous sommes mis à table. Dans la cuisine. Rachid s'est laissé aller sur une chaise en poussant un soupir. Il a tombé sa chemise. L'a jetée sur une espagnolette où elle s'est accrochée par une manche. Et il est resté torse nu. Une goutte de sueur perlait à la racine des cheveux. Elle a glissé sur son front. Dessiné l'arcade sourcilière et la pommette saillante. S'est effacée dans le creux de la joue pour renaître à la pointe du menton. Tremblante. Hésitant entre la chute brutale et la glissade voluptueuse le long du cou. Vers sa poitrine dorée. J'attendais, fascinée, la conclusion de la caresse liquide. Envie de boire. Soif ! Mais soif ! J'ai rencontré son regard. Comme par hasard. J'ai baissé les yeux. Une fois. Deux fois. Trois fois. À chaque battement de paupières, je retrouvais le rayon de la mort braqué sur moi. Mon cœur battait dans mes oreilles. Faisait des loopings dans ma poitrine. D'un revers de main très lent, il a essuyé son menton et porté la goutte à ses lèvres. J'ai tressailli. C'est Fernand qui m'a tirée de là.

— Dis, Rachid, à quoi tu joues ? Et rhabille-toi un peu, qu'elle va nous faire *l'infractus*, cette pôvre petite !

Manu, Pavlo, Raphaël et Loule, les quatre serveurs, rigolaient, étalés sur leurs chaises. Ils se faisaient servir à leur tour. Comme des pachas. Fernand a continué :

— Ou alors, on se met tous à poil : ça neutralisera. Une, deux…

Trois ! C'était déjà fait. Ça neutralisait. Complètement. Pavlo avait les omoplates décollées, Manu, le bréchet en carène, Raphaël, deux pneus autour de la taille, Loule, douze mentons, Fernand, la marque du marcel en rose sur sa peau cuite. Et ça sentait la ménagerie. Ce qui les empêchait pas de se marrer. À grands coups de millésimés abandonnés sur les tables.

Les rougets n'étaient pas congelés. Forcément : un quatre étoiles… On arrosait au gevrey-chambertin et au Château-Margaux. On séchait à la queue leu leu les fonds de bouteille. C'était de sacrés fonds ! Et puis Fernand a dit :

— On va fêter l'arrivée de la calibreuse de bananes. On va la baptiser. On l'appellera : *Banana Slip* !

— C'est neuf, ça ! Ça vient juste de sortir… j'ai dit en haussant les épaules.

Mais il s'en foutait. Il était aux anges. Content de lui et de sa bulle nulle. Il a sorti une bouteille de champagne. J'ai soupiré :

— Encore !

Les yeux ronds de Fernand :

— Encore ? Putain, Rachid, d'où tu nous la sors, celle-là ? Du Prado ?

Rachid m'a fait un clin d'œil.

— Non mais ! En se faisant un Arabe, elle s'attendait à du trash : barre de béton, incendie de bagnoles, RMI et beu trafiquée. Depuis trois jours, elle carbure au Dom Pérignon. Ça la perturbe. Faut pas trop bousculer les idées reçues. Pas vrai, Pédagogie ?

Je commençais à en avoir assez de me faire mettre en boîte. J'étais venue gentille, moi. Remplie de bonnes intentions. Prête à aimer la terre entière. Je me suis levée. J'ai pris l'unique banane qui restait dans le compotier. Je l'ai épluchée avec des lenteurs de strip-teaseuse. Ils me regardaient tous. Sans un mot. Intrigués par le *happening*. Quand la banane a été nue, je l'ai bien léchée. Dans tous les sens. Porno à mort. Je l'ai trempée dans le champagne de Rachid et puis dans celui de Fernand. J'ai touillé pour faire bien mousser. Et puis je l'ai retirée, dégoulinante. Je l'ai bien montrée à l'assistance, je l'ai coupée en deux : un morceau pour Rachid, un morceau pour Fernand. Ils me regardaient. L'air idiot, avec leur demi-banane à la main. Alors j'ai dit :

— Maintenant, elle glisse : vous pouvez vous la mettre où je pense !

Fernand a pris la main de Rachid à tâtons, en regardant droit devant lui, comme un aveugle :

— Rachid ! Prête-la-moi ! Je bande ! Ça m'est plus arrivé depuis les accords d'Évian !

Rachid hoquetait de rire :

— Tu vois, je te l'avais dit : c'est un cas !

Ils étaient durs à manœuvrer, les pirates de la gastronomie. Mais j'avais franchi la passe à la voile. En vrai matelot. Fernand Terrass ne m'appellerait pas *Banana Slip* mais Charlotte. Pour Rachid, ma foi, j'étais Pédagogie. Je commençais à m'y faire…

17

17 heures. Fin juin. Entre Fernand et Rachid. Sur la terrasse surplombant le golfe. Dans l'ombre fauve des parasols. Une guêpe énervée s'obstine contre la toile. Le soleil ouvre une balafre d'or dans la passe du Vieux-Port. Contre l'enrochement de la jetée, quelques mâts se balancent. Mollement. Les voiles vides de vent. Cliquetis des haubans. Grincement des bômes. En face, le fort Saint-Jean. Les vedettes du château d'If, tout excitées, à la pointe d'un grand V de vagues en cuisses ouvertes. À droite, à gauche, devant, derrière, la mer. La mer. La mer. Du bleu partout.

Le café de Fernand valait celui de Rachid. Un coup de soleil dans la bouche. Il souriait. Me racontait Rachid. Le Rachid de seize ans. Le caractériel incontrôlable que le collège l'avait supplié de prendre à la plonge. Parce que, dans Marseille, plus aucun patron n'en voulait.

— Tu aurais vu ça, petite : un lapin écorché ! Long comme aujourd'hui, mais avec quinze kilos en moins. Des omoplates qui lui trouaient la chemise. On aurait dit des ailes et qu'il allait s'envoler. Par la fenêtre, ou plutôt par le vide-ordures. Et teigneux ! Une vraie tronche de con ! Il avait sérieusement manqué de coups de pied au cul.

Rachid jubilait en l'écoutant.

— Il avait dû faire la joie de ses profs, celui-là ! D'abord, ils l'avaient envoyé chez un mécano : il faisait la vidange et oubliait (tu parles !) de remettre de l'huile…

L'autre ajoutait son grain de sel :

— Non mais ! tu me vois couché sous une bagnole, les ongles remplis de noir ?

— Alors, ils lui ont trouvé un coiffeur : il l'a assommé avec un séchoir à cheveux.

— Me mettait la main au panier, la tante ! Pensait que les Arabes, c'est tout pédé et compagnie !

Fernand continuait son numéro :

— Ils l'ont envoyé au savon…

— Ça puait !

— Au sucre…

— Ça collait !

— Aux petits-suisses…

— Ça glissait !

— Au café…

— Ça énervait…

— Et pour finir chez Terrass…

— Ça cognait !

— Parfaitement ! Je lui ai remboursé l'arriéré de coups de pied au cul avec les intérêts. Le jour où il m'a fait tomber deux douzaines d'assiettes, je lui ai mis une branlée à le laisser pour mort et je lui ai dit…

Là, c'était Rachid qui terminait la phrase. En imitant l'inimitable accent de Fernand. Mi-pied noir, mi-marseillais, avec un drôle de fond rocailleux :

— … jeune, moi je suis juif. Les ratons, tu t'en doutes, je peux pas les blairer ! Alors, quand je vois un petit con comme toi qui se prend pour Mahomet et emmerde scientifiquement les populations, je me dis : « Nathan, faut pas t'en faire : ils sont nuls ! Ils se suicident ! Un jour ou l'autre, ils auront le monde entier sur le dos ! »

Il était heureux de sa trouvaille, Fernand.

— C'était torché, ça ! Ils se suicident ! Fallait le trouver !

— Tu l'as trouvé !

— Tu vois, petite, le suicide, c'est leur drame. Et les bobos, les syndicats les poussent sans savoir au suicide. Faut pas revendiquer. Faut se battre. Se battre. Seul. Pas en meute. Ce qu'on te donne, c'est sans goût. Y'a que ce que tu prends qui est bandant !

Manu le regardait en riant sous cape :

— Ça, tu vois, Charlotte, c'est ce qu'on appelle l'ultralibéralisme ! Franchement, je sais pas comment je fais pour le supporter…

Et Fernand de lui balancer :

— C'est moi qui te supporte, petit ! Mais je le fais de bon cœur : le dernier communiste vivant, il faut le protéger. Comme les baleines bleues…

Et puis, se tournant vers nous :

— Alors, les jeunes, qu'est-ce que vous comptez faire ?

— Un tour à Cassis, a répondu Rachid, imbattable pour le tir vicieux à côté de la plaque.

Fernand a haussé les épaules :

— T'as fini ton numéro, oui ? J'ai pas de conseil à vous donner, mais moi…

Rachid a eu un petit rire nerveux.

— Ça y est ! Je vois venir de loin le refrain chandelier à sept branches ! « Moi, je suis né Nathan Estérazy, mais je préfère qu'on m'appelle Fernand Terrass… »

— Parfaitement, petit con ! Et si tu étais malin, tu en ferais autant ! Tu transformerais ton *h* en *l* et tu te ferais appeler Salli. Avec Rachid, tu ferais Richard et tu serais plus emmerdé !

Rachid secouait la tête.

— Je larguerais mon prénom ? Si tu savais comme elle le dit…

Et il m'a jeté le regard qui tue. Je me suis laissée mourir vaillamment. Droite dans mes sandales. Il a ajouté :

— Allez, Fernand, tu déconnes plein tube !

— Si tu veux garder ton nom, tirez-vous. En Australie. Je te file tout le fric que tu veux pour monter ta boîte. Le monde entier veut manger français…

— En Australie ? Pourquoi pas sur la Lune ?

Il a balayé d'un geste théâtral le travelling panorama du château d'If à la passe du Vieux-Port. Dans le fond, Marseille se tassait, décolorée par la lumière.

— Mais pourquoi tu veux qu'on se tire, c'est pas beau, ça ? Le soleil… le ciel… la mer…

— Sydney, c'est pareil. En plus grand…

— En plus loin…

— Et alors ?

Rachid a haussé les épaules :

— Un contrôle d'identité de plus ou de moins… on va pas en chier une pendule avec un ressort en bois.

— Ça part toujours petit, a répondu Fernand. Quand tu le vois, c'est trop tard. Tu te prends pour Rachid-de-Marseille. Tu te goures ! Tu en trouveras pour te le rappeler !

— Putain ! Je suis né à Marseille ! Né ! Si je suis pas d'ici, d'où je suis ?

— Du mauvais bord !

— Qu'est-ce que vous pouvez être chiants, les Juifs, a dit Rachid en secouant la tête.

18

— Comment tu l'as trouvé, mon père ?

— Ton père ?

Il a eu un petit rire.

— Fernand !

Le sourire fondant du géant. Le « Rachid, je l'aime comme mon bateau ». Tout était tellement inattendu.

— Je croyais que ton père était mort…

— Mon père *est* mort. D'une blessure ramassée au Tchad, et qui a traîné dix ans. Il était pas harki. Il était dans l'armée française. La vraie. Sous-off. Adjudant-chef, pour être précis. C'est pas général. Mais pour un Arabe, c'est pas mal… Bonne famille d'Oran, les Sahli. Ayant choisi la France une fois pour toutes. À tort ou à raison ? Un peu les deux avec le recul. Quand il s'est installé à Marseille, à moitié bousillé, il avait cinquante ans. Il était réformé à 100 %. Comme il avait besoin d'une infirmière, il s'est marié. Ma mère avait seize ans. On la lui a donnée. Et elle l'a suivi. D'hôpital militaire en hôpital militaire. Je crâne parce qu'on est seulement trois à la maison. Mais c'est parce qu'il était en pièces détachées. Sinon, on serait dix. Chaque fois qu'il allait un peu mieux, il la mettait en cloque.

Les sourcils froncés, il regardait loin devant lui, un point invisible.

— Mon père, c'est Fernand.

Et il s'est mis à rire. Comme si cette évidence lui avait rendu la gaieté.

J'ai demandé :

— Il n'a pas d'enfants à lui, Fernand ?

— Un neveu, je crois… En Pologne.

— En Pologne ?

Il s'est arrêté un moment. Et il a dit :

— Ouais. Il est polonais, Fernand. Mais son histoire est tellement catastrophique que tu la croiras jamais.

— Dis toujours…

— D'abord, il est né à Auschwitz…

Effectivement, ça partait mal.

— … d'une mère juive violée par un SS. Bloc 14. T'as vu ses yeux ?

Les miens ont dû s'agrandir. Bon Dieu ! Ça avait vraiment existé, ces trucs-là ? Et il restait encore autour de nous des gens qui l'avaient vécu ? Enduré ? Des gens qui parlaient. Riaient. Buvaient du champagne. Faisaient griller des rougets. Mais c'était seulement le premier épisode…

— En 45, il a été libéré par l'Armée rouge. Élevé en Pologne dans un orphelinat. Et puis il a fait une école d'hôtellerie. Il aime pas les cocos, Fernand, mais d'après lui, question enseignement, ils craignent personne. Ma foi… Là, comme il était costaud, il s'est trouvé inscrit d'office dans un club de sport. Rowing. Un beau jour, à Vienne, au cours d'un championnat sur le beau Danube bleu, tsoin-tsoin, tsoin-tsoin, il a « choisi la liberté » comme on disait à l'époque. Il a traversé l'Autriche et l'Italie à pied. Il s'est embarqué pour l'Afrique et a fini en Algérie. Manque de bol, c'était en 60. Deux ans plus tard, retour à la mère patrie. C'est rigolo, pour un Juif polonais, non ?

J'étais sciée.

— Alors, il est polonais, Fernand ?

C'était donc ça le fond rocailleux…

— Plus maintenant. Mais il en a bavé pour devenir français ! Il a dû se farcir cinq ans de Légion étrangère…

— C'est un vrai roman… j'ai dit.

— Oui, un roman noir.

Et il s'est mis à rire triste. J'ai voulu faire diversion :

— Pourquoi Fernand m'a demandé si j'étais de la smala ?

— Tu t'en doutes pas ?

— Non… pourquoi ?

— Mais parce que tu en as l'air, ma pauvre ! Tu t'es jamais regardée dans un miroir, ma parole !

— Moi ?

— Eh oui ! Toi. Charlotte Maurin. Française de France. Je sais pas où t'es allée chercher ça, mais tu l'as trouvé. D'ailleurs, quand je t'ai draguée au café, j'ai cru que tu en étais. Moi, tu me connais : les meufs, j'aime ça : blondes, châtains, rousses, chauves (non ! pas chauves) et comme, sans me vanter, j'assure, en général je me casse pas trop pour recruter : ça vient tout seul ! Mais quand je t'ai vue, avec ta tignasse brune bouclée, tes yeux noirs, ta bouche violette et ta peau mate, je me suis dit : « Putain, Rachid ! Y'a de drôles de lots dans la smala. Celle-là, si tu la rates, t'es un con ! » Et j'y suis allé.

J'ai pouffé de rire. Quelle rencontre ! Je l'avais pris pour un rital, il m'avait prise pour une moukère !

— Quand j'ai vu ton nom sur cette saloperie de bande de journal, ça m'a tué ! J'ai débandé. Valait mieux se tirer.

— Mais qu'est-ce qu'il a, mon nom, de si terrible ?

— Rien ! Mais je m'attendais à trouver un peu plus d'*h* inutiles au milieu.

— Tu es vraiment nul ! Tu sais ce qu'il veut dire mon nom étymologiquement ?

— Éty… quoi ?

— L'étymologie, c'est la rédemption des mots d'après leur racine. Grecque ou latine. Ou même arabe…

Il avait dans les yeux une étincelle, qui hésitait entre l'admiration et la moquerie.

— T'en sais des choses ! Allez, accouche ! Il veut dire quoi, ton nom ?

— Tu vois, Maurin, c'est fait avec *Maure* et *in*.

Il m'a coupée, rigolard.

— Pas besoin d'avoir le bac pour piger ça !

J'ai ignoré l'interruption.

— *Maure*, mon beau, tu le sais peut-être, malgré ton ignorance plus profonde que l'eau du Vieux-Port, c'est à peu près la même chose que « arabe ». Et *in* c'est tout simplement « petit ».

— Alors, comme ça, tu t'appellerais « Petit-Arabe » ?

— Exactement. Ce qui fait que si je grimpe assez haut dans mon arbre généalogique, je risque d'y rencontrer un bonhomme avec la « bite » aussi décapitée que la tienne. Mais petit, forcément, à cause du *in* !

— On serait un peu cousins, alors ? Allez, Pédagogie, amène-toi ! On se paie un inceste ! C'est vachement défendu, ça ! Par le Coran, par la Bible et même par le

Code civil ! Faut que ce soit drôlement bandant pour faire cette unanimité !

Arabes. Juifs. SS. Viol. Inceste. Qu'est-ce qu'il faut pas faire pour intégrer son ADN à l'humanité…

19

Vendredi. Sept jours. L'éternité en technicolor. Couleurs saturées. Dominante rouge. Fermeture chez Terrass. Rachid à moi. Rien qu'à moi. Enfermé là-haut tous volets clos, comme une favorite de harem dans l'ombre des moucharabiehs. Il riait de cette rage de clés et de serrures qui me tordait le ventre :

— Eh ! c'est moi, le mâle ! C'est moi, l'Arabe…

Nu. À plat ventre sur mon lit défait. Avec ses cils de fille et ses cheveux noirs. Sa peau trop belle. Grain serré. Satin-velours. Tension féline de la longue cuisse repliée dans le sommeil. Violet d'iris sur l'ambre nacré des paupières. Trop beau. Trop chaud. L'enfermer.

L'espace était en vrille entre ma classe plate et son corps endormi. Mes mains refusaient le sec de la craie, le mouillé de l'éponge. Le toucher. Le caresser de la paume comme un chat qui s'étire. M'allonger contre lui. Dans son rayonnement. Laisser sa chaleur couler sur moi. Dans moi. Boire sa soif. Manger sa faim. Dormir son sommeil. Être lui.

Délire sur trois étages. Regard étranger des enfants. Mots vidés de sens. Lettres creuses. Chiffres inconnus. Monde fermé. Lisse. Glissant.

Une truite se retournait dans mon ventre. Je suis partie en courant. Les marches quatre à quatre. La porte ouverte à la volée rebondissant contre le mur. J'ai couru jusqu'au lit. Il était là. Prêt à dormir jusqu'à midi. Réveillé en sursaut. Il s'est assis. Étonné. Encore engourdi. Il a bâillé et s'est étiré :

— Il est déjà 11 h 30 ?

À bout de souffle, j'ai crié.

— Je t'aime, Rachid ! Je t'aime ! C'est pas possible ! Je vais mourir…

Il a ri, enfin éveillé.

— Mourir… d'amour ?

— Mourir d'amour !

Et moi aussi, j'ai ri. Impuissance. Énormité de la bêtise sortie de ma bouche. Il aurait fallu d'autres mots. Dans d'autres langues. La seule chose qui passait, sans frontières, c'était ce rire. Son rire et mon rire. Mélangés. Jumeaux. Pleins de larmes et de gaieté. Cette tendresse dans ses yeux…

— T'es un peu folle ! Grimper trois étages en courant pour venir me dire que tu m'aimes ! Ça fait un peu cinéma, non ?

Je me sentais fondre. Il en a profité, le salaud, pour me prendre la clé de l'appartement.

— Allez, dégage ! Descends retrouver tes élèves ! Va savoir ce qu'ils foutent, pendant que leur instit essaie de se faire sauter pendant la récré…

— Rachid…

— Non ! Apprends un peu à avoir envie, merde ! Envie !

Je suis redescendue. Avec l'envie. De lui. De lui et de moi ensemble. Un drôle de poids entre les cuisses. Une drôle de chaleur.

C'est un pain au chocolat qu'il m'a jeté, à 10 heures, par-dessus le portail. Ses yeux riaient.

— T'as envie ?

J'ai fait oui de la tête.

— Bien envie ?

Oui, oui, oui ! Toujours sans dire un mot. Il a secoué sa longue main brune devant sa bouche.

— Et moi... alors !

Je m'y perdais.

— Rachid, à quoi tu joues ?

— À t'apprendre à vivre, Monamour.

Monamour. Il disait ça d'un trait. Comme un seul mot. Comme une bonne blague. Mais il le disait.

La cure de désintoxication continuait. Énième leçon. Travaux pratiques. J'avais déjà compris qu'à midi il reculerait encore. Malgré l'envie. À cause de l'envie. Je faisais des progrès. Drôle d'initiation. Drôle de type.

Il a dévoré, en râlant, le repas remonté de la cantine. Maria, la brave femme de service qui m'avait prise sous son aile au début de l'année, avait pratiquement doublé ma ration. Sans autre allusion qu'un bon sourire.

— C'est vraiment dégueulasse, cette bouffe d'école !

Le regarder manger me fascinait. Il enfournait des deux mains. Avalait à une vitesse ! Parlait en mâchant. Mâchait en parlant. Sans avoir jamais la bouche pleine. Sans laisser tomber une miette ni écorcher un mot. Synchronisme parfait. Efficace. Toujours. À la dernière bouchée, d'un seul geste, il lâchait ses couverts, essuyait sa bouche et se levait. Prêt. À quoi ? À rien. Et à tout.

J'en étais encore à mastiquer mon bœuf-mode, à le tourner et retourner dans ma bouche sèche. Je poussais désespérément la viande filandreuse avec de grandes lampées d'eau javellisée. Je le regardais aller et venir autour de moi. Bricoler le perco. Déboucher un tuyau. Ouvrir et fermer les tiroirs comme s'il voulait démolir la maison. J'avais l'impression d'être devenue la femme invisible.

Il a posé tasse et soucoupe devant moi. Absent. Comme un bistrot derrière son zinc. La gourmette tombait sur sa main brune. Grande mais fine. Déliée. Presque délicate. L'or sur sa peau. Bijou d'homme. Lourd. Oriental. Un peu vulgaire. J'aimais pas. Ou j'aimais trop ? J'ai renversé la tasse et le café en crochant son poignet.

— Rachid ! J'ai envie de toi…

Petit rire.

— Je sais. Et alors ?

Les larmes me montaient aux yeux. Mes genoux tremblaient. Et ce poids, cette chaleur qui gonflait jusqu'à m'étouffer. J'avalais ma salive qui refusait de passer.

— Là, tu vois, Pédagogie, il faudrait me violer. Et même, j'arriverais peut-être pas à bander…

Je comprenais mal. J'avançais à tâtons. Ma montre aussi. Une heure et quart. Dans dix minutes… Je m'affolais. Je criais presque :

— Mais quoi ? Pourquoi ? Qu'est-ce que tu veux ?

Il a un peu hésité avant de dire :

— Toi. Pas ton cul. Je suis un bon coup. Je le sais. Mais faut pas tout confondre…

Miracle ? Miracle ! Le calme est revenu quand il a posé sa main sur ma tête baissée.

— Descends, maintenant. Tu vas être en retard.

C'était bizarre tout à coup. Différent. Dans l'escalier, chaque marche semblait me rapprocher de lui. Difficile à expliquer. Je me suis retournée sur le premier palier, avant de le perdre de vue. Il me regardait. Avec un autre sourire. Il m'a fait un petit signe de la main. À peine esquissé. Peut-être même qu'il en a pas fait du tout. Mais je l'ai vu. Ça suffisait.

20

Le soir, il avait retrouvé son look nervi marseillais.

— Bouge pas, Pédagogie ! C'est moi qui cuisine. Comme c'est vendredi, j'ai prévu du poisson.

— Pour si, des fois, j'aurais encore un peu d'eau bénite dans les chromosomes ?

— Les chromo… quoi ?

Je pouvais pas me défiler :

— De minuscules étymologies qui contiennent l'hérédité.

— Ben voilà…

Il m'avait préparé une dorade à l'oseille. L'oseille, j'en avais déjà entendu parler. Mais de là à en manger… Et le poisson, pour moi, c'était le carré panné congelé avec un œil dans chaque coin.

La cuisine de Rachid ! Comme sa baise. De l'écran large. Il balançait dans sa poêle accrocheuse des lampées de cognac qui flambaient jusqu'au plafond. Décortiquait sur mon assiette des trucs méconnaissables à force d'être sophistiqués. C'était somptueux. Il tournait, vrombissait autour de moi. J'étais immobile, dans l'œil du cyclone. Sourire tendre entre deux tourbillons.

— Ça te plaît, Monamour ?

Si ça me plaisait ! J'étais éblouie. Il a fini par s'asseoir. Face à moi. Le menton dans ses mains.

— Y'a un truc qui te tracasse ! Qu'est-ce que c'est ?

Oui, un truc me tracassait. De plus en plus. Au fur et à mesure que toutes mes idées reçues s'effondraient. Ce macho qui me servait si volontiers. Ce cancre qui en avait tant à m'apprendre. Difficile à exprimer…

— J'ose pas…

— Dis toujours !

— J'ai envie… d'exotisme.

Rire détendu tout à coup. Prêt à jouer.

— Tu veux dire : d'un Arabe ?

— Mmm…

— Un Arabe comment ?

Et il est parti dans un mime bondissant, hérissé de grimaces.

— Chômeur ? Érémiste ? Truand ? Islamiste ? Drogué ? Émir ? Pédé ?

— Je sais pas. Fais-moi un peu de folklore…

— OK !

Et il a disparu dans la chambre. Charivari de portes et de tiroirs. Attente cœur battant. On joue au loup. Retour d'enfance. Plaisir aigu de la fausse peur qui s'infiltre.

Il était déjà de retour, cheik d'opérette, drapé dans les rideaux, une serviette de table à carreaux bloquée autour de la tête par un collier en verroterie. Mi-Ali Baba, mi-Yasser Arafat. J'allais rire. Lorsqu'un détail m'a cisaillée : ses yeux. Maquillés. Inquiétants. Torrides !

— La salope ! Je savais que ça lui plairait !

Il a fait jouer sa gourmette sur son poignet.

— *Sourate number one*: bijoux, khôl, cruauté. Tout l'Orient !...

Et, tout à coup, j'ai vu, au bout de sa main levée, jailli on ne sait d'où, le rasoir...

Peur ? Déjà trop loin pour analyser. Pouvait couper tout ce qu'il voulait. Fermé les yeux. Il s'est mis à taillader la pointe de mes cheveux. Il tirait sur les mèches. Ça crissait. Craquait avant de céder. Encore heureux que la mode fût aux coiffures en pétard. Parce que je me serais laissé tondre. Peut-être marquer. Ma tête partait en arrière. Feu dans le crâne. Et puis il a arrêté le saccage. J'attendais. Il a dit, d'une voix rauque, une voix de loup pris à son propre piège :

— Tu t'en tireras pas comme ça !

Il m'a jetée sur le lit et m'a ouvert les jambes. Il tenait son rasoir.

— Alors ? Tu veux vraiment un Arabe ?

La gorge nouée, j'ai fait oui de la tête. Rire. Ricanement plutôt. Bref. Menaçant !

— Dans les mechtas, on fait ça avec du caramel, la veille des noces. À Marseille, on prend de la cire à épiler. Mais nous, on va innover !

Il a fait glisser lentement le froid de la lame tout le long de mon ventre sur la peau qui se hérissait. Il était parti presque méchant. Mais il s'est laissé aller à la mousse à raser. Et c'est devenu une franche rigolade. Surtout quand il a vu le résultat de l'opération. Exécution parfaite. Comme tout ce qu'il faisait de ses mains magiques.

— Mais que je suis con ! On dirait que tu as huit ans !

— Je croyais que les Arabes aimaient les petites filles ?

Il a écarté les mains, désolé.

— Je dois être en train de virer ma cuti...

Il ne restait plus que ses cheveux à mettre entre mes cuisses. J'ai planté mes doigts dans ses boucles. J'ai serré sa tête contre mon sexe retrouvé de fillette impubère. Fillette perverse déjà habituée à la chaleur de sa bouche. De sa langue incroyablement déliée. Au frôlement rêche de ses joues et de son menton où la barbe du soir renaissait. Contre ma peau lisse. Toute neuve. Étonnante sensation de fragilité. De nudité livrée. De viol consenti. Frisson nouveau. Double humidité qui se mêle et se multiplie. Je naviguais en surf sur une déferlante immobile qu'il retenait de ses deux mains entre mes genoux écartés. Et tout à coup, partie de moi, ou de lui, cette fusée jaillie d'un trou d'eau qui gicle, explose en gerbe, crépite et se noie.

Appuyé sur un coude, il me regardait retrouver mon souffle, un long sourire dans ses yeux maquillés de satrape pour conte érotique persan.

— T'as vu ? Sont pas si cons, finalement, ces Arabes…

Mais qui avait dit le contraire ? Alors, je lui ai demandé :

— Ce rasoir, c'est celui de ton père ?

Il a ouvert des yeux étonnés :

— N… non.

— Alors, pourquoi tu te sers pas d'un Philips ou d'un jetable à trois lames, comme tout le monde ?

Il m'a terrassée d'un regard torride. Et puis il a éclaté de rire :

— Pour me donner un genre, tiens !

C'était plutôt réussi.

21

Il a entrepris de séduire tous mes collègues. Qu'est-ce qu'il voulait prouver ? Qu'il était irrésistible ? Ou qu'il avait un besoin maladif d'être aimé ?

Première victime : la très bigote Mme Vidal. Oiseau rare dans l'Éducation nationale où on bouffe volontiers du curé. Il s'est faufilé, un dimanche matin, entre une grève de bus et une envie de messe. Cruel dilemme : renoncer à l'Eucharistie ou enfourcher le coursier à deux roues proposé par l'infidèle ? La part du diable, la part de Dieu ? Et ensuite, comment continuer à l'ignorer poliment ? Après avoir eu son bras autour de la taille pour monter sur la moto et en descendre. Comment se défendre du petit plaisir éprouvé devant l'étonnement des copines te voyant arriver sur le parvis béni en pareil équipage ? Faudrait se confesser. Enfin pour quelque chose. Des virages trop penchés où la peur – la peur ? – t'avait jetée un peu vite contre le dos en V sous le tissu fin de la chemise…

Elle avait les joues bien rouges, à midi, Mme Vidal, en posant le pied sur le trottoir devant l'école ! Et la permanente dévastée…

Et ce salaud de Rachid qui m'a glissé à l'oreille en sirotant le martini blanc qu'elle lui avait servi :

— Si ça baise ce soir chez les Vidal, ça baisera à trois…

Mais est-ce que ça baisait encore chez les Vidal ?

Deuxième cible : Mlle Imbert. Chaque jour, il lui achetait *Le Figaro* et le lui glissait à la récréation. Elle l'a d'abord refusé :

— Non, merci…

Puis elle a molli :

— Quand vous l'aurez lu…

Rachid insistait. Poli. Galant. Vieille France.

— J'ai tout mon temps, mademoiselle !

Et elle a fini par le prendre. Confuse. Rougissante. C'est alors qu'il a commencé avec ses croissants. Qui avait jamais pu se demander si la vieille demoiselle si convenable avait faim à la récréation ? Il avançait pas à pas. En dompteur. Jusqu'à partager son déjeuner avec elle. La puissance érotique de ce gâteau cornu coupé en deux ! Presque du bouche-à-bouche. Elle était d'autant plus folle de lui qu'elle s'était méfiée au début. Rongée de remords. Et de honte. Elle lui adressait de petits signes d'amitié depuis sa classe. Gloussait des « Monsieur Rachid, vous êtes trop gentil » ! L'affreux se marrait :

— Les mémés, c'est mon truc ! Chez Terrass, on les ramasse à la balayette…

Claire était une fan de la première heure. Elle rêvait de tester mon bougnoule jusqu'au bout, la garce ! Prudent, Rachid, avec Claire. Sympa. Copain. Tour de force : asexué. Flairant le danger. Le coup de trop. Peut-être, déjà, un début d'amitié pour Marc, le cocu chronique ?

Pas de problème avec le père Vidal. Seul Bernard restait réservé. On pouvait le comprendre.

Finalement, l'intégration de Rachid au milieu de mes collègues se faisait plutôt bien. On peut reprocher un tas de trucs aux instits : d'être ennuyeux, prêchi-prêcha, hors du coup et pas drôles, d'avoir trop de vacances et de convictions politiques. On ne peut pas leur reprocher d'être racistes. À 95 %. Trop de gosses nous passent dans les mains. Surtout dans une ville comme Marseille. L'expérience fait éclater toutes les tentations.

Restait plus qu'Anne, ma collègue de promo à l'IUFM. En congé maternité depuis Pâques. Elle devait rentrer lundi. Pour éviter de cumuler congés et vacances. En principe, le combat était gagné d'avance. Anne était la seule vraie militante de l'école. Elle allait de manif en pétition avec son mari, ex-technicien aux chantiers de La Ciotat. Il avait monté une boîte de maintenance informatique grâce à sa prime de licenciement. L'affaire tournait. Jolie villa presque payée. Piscine. Femme de ménage roumaine réglée au black. Disaient aimer le rap, cette implosion de la musique. Affirmaient que les tags, c'est de l'art. De l'art brut. Le seul vrai. Un couple de bobos. Lui en costard avec des Converse. Elle, pas maquillée, marchant à grands pas. Des qui en voulaient. D'entrée de jeu, enthousiasmés par mon aventure :

— Charlotte ! Un Beur ! Un symbole !

Gênée, Charlotte. Difficile d'expliquer pourquoi. Mais gênée. Rachid, un beur ? L'idée ne m'était pas encore venue. Rachid, un symbole ? Tu parles ! Inclassable, oui ! En tout cas, hérissé en deux secondes le beur-symbole !

— Putain ! Des instits ! Des vrais ! Des chrétiens !

— Des quoi ?

— Des chrétiens ! Des amateurs de martyrs…

— Mais, ils sont socialistes…

— Et alors ? T'as jamais entendu parler des chrétiens de gauche ?

Je me suis tue. Ébranlée. Pas con, Rachid.

22

Rachid Sahli arrêta les chrétiens de gauche à Marseille au tout début du XXIe siècle. Il était civilisé, le bougre, civilisé. Avec ses jeans, ses baskets, ses chemises en soie, son rasoir d'égorgeur, son perco, ses verres à pied et sa grande poêle. Je me sentais, à côté de lui, la brutalité conne de Clovis cassant le vase de Soissons.

Il s'était installé au troisième. Marchait pieds nus sur ma moquette aiguilletée à 3 euros le mètre carré. Il la trouvait de plus en plus irrésistible son intellectuelle, le fond de classe. Ce qui ne l'empêchait pas de vomir l'école. Haine primaire. Rouge. Il liquidait ses fantasmes. Après avoir baisé une instit sur son bureau, déchiré son cahier-journal, il volait et écrasait les cartouches de son stylo, cassait les mines de ses crayons.

Quand je corrigeais mes cahiers, il venait derrière moi. Me pelotait jusqu'à ce que j'arrête. Ou alors, il s'enfonçait dans mes cheveux. S'en remplissait les yeux et la bouche. Y accrochait ses doigts et ses dents.

— Pédagogie ! Tu sens bon ! Qu'est-ce que c'est bandant, des cheveux de brune…

Là, il était arabe cent pour cent. Je comprenais presque le tchador. Je l'aimais tellement que j'ai essayé de rouler tout ça en tresses autour de ma tête, pour le lui garder réservé. *Car les cheveux sont une nudité*, dit le Coran. Et aussi la Thora. Et même la Bible. De temps en temps, ils sont tous d'accord. Pourvu que ce soit sur le dos de quelqu'un. De préférence un petit. Un faible. Ou une femme. Il a tout défait et remis en crinière sur mes épaules. Il voulait que je « fasse bander tout Marseille ! » Là, il n'était plus arabe du tout. Plus arabe mais pas encore bien français. Un mutant. Un Marseillais ?

Un soir, il sortait de mes cheveux, essoufflé comme s'il avait joui. Je suis allée chercher un livre. Je l'ai ouvert. Un peu écrasé à la bonne page :

— Tiens ! Lis ça et laisse-moi travailler : demain, je dois distribuer les carnets de notes.

Il a jeté un œil méfiant sur le texte :

— Merde ! Y'a pas d'images…

— Je te dis de lire ! Tu sais lire au moins ?

Il a soupiré, excédé.

— Mouais… Mais j'aime pas qu'on me mette la pression. Et en plus, c'est des vers !

— Tais-toi ! Lis !

— C'est bien pour te faire plaisir !

Il s'y est mis. Avec une ride râleuse entre les sourcils. Peu à peu, il s'est détendu. Il a commencé à murmurer et il a continué à voix haute :

— *La langoureuse Asie et la brûlante Afrique*… Merde… *Tu contiens, mer d'ébène, un éblouissant rêve / De voiles, de rameurs, de flammes et de mâts*… Merde… *Où les vaisseaux glissant dans l'or et dans la moire*… Merde… *Je plongerai ma tête amoureuse d'ivresse / Dans ce noir océan où l'autre est enfermé*… Merde…

— Arrête un peu tes « merde »… tu gâches tout !

— Ta gueule ! M'emmerde pas…

Et il a continué :

— *Je m'enivre ardemment des senteurs confondues / De l'huile de coco, du musc et du goudron…*

Il a levé les yeux. Illuminé.

— C'est ça, Pédagogie ! C'est exactement ça ! le goudron… le goudron…

Il a repris :

— *N'es-tu pas l'oasis où je rêve, et la gourde / Où je hume à longs traits le vin du souvenir.*

Il lisait mal. Butait sur les mots difficiles. Se reprenait. Laborieusement. Péniblement. C'était pathétique. Terrible. Mais il est allé jusqu'au bout. Alors, il a levé la tête et cherché mon regard. Je n'alignais plus de notes depuis un moment. J'avais la gorge serrée. Il a retourné le livre. Il a lu le titre sur la couverture :

— *Les Fleurs du mal…*

Et puis :

— Baudelaire ? Qui c'est, ça ?

Je pouvais plus avaler ma salive.

— C'est… c'est un… un chromosome du XIXe siècle…

Et cette fois, je pleurais. Libérée. Sur Baudelaire. Avec Baudelaire. Parce qu'il est un de ces poètes qu'on te sort au lycée, en classe de seconde, quand on a largué, à force de bons sentiments et de carte scolaire, tous les bronzés, les zonards et les sans-papiers. Tous ceux qui ont encore un peu de cœur et de couilles. On le livre à l'analyse sagace de bons élèves à cache-nez. Fils de notaires, de bobos et de cadres moyens. Comme moi. Comme toi. Un beau gâchis…

En tout cas, elle méritait bien son surnom, Pédagogie : on a fini la soirée à plat ventre sur le lit. Côte à côte. À lire à deux voix *Les Fleurs du mal*. Et on a pas baisé. Ça c'était un peu con…

Coup de foudre. En une semaine, il connaissait la moitié du livre par cœur. Il en faisait un usage immodéré. Comme d'un jouet neuf. À Mme Vidal qui se plaignait d'un petit orage de juin, il lâchait : « *Quand le ciel, bas et lourd, pèse comme un couvercle…* »

Elle le regardait avec des yeux d'oiseau.

Pouvait plus passer dans le hall sans dire : « *J'ai longtemps habité sous de vastes portiques…* »

Me prendre par le bras sans susurrer : « *Mon enfant… ma sœur…* »

Regarder Kevin chahuter Emmanuelle sans s'exclamer : « *L'innocent paradis plein de plaisirs furtifs…* »

Ça commençait à bien faire. D'autant qu'il en était à m'en sortir que j'avais oublié. Ou jamais su…

— Oh, Rachid ! Arrête avec Baudelaire ! Je peux plus le kiffer ! J'ai l'impression de baiser avec un agrégé : ça me coupe tout ! Mais comment tu fais pour retenir tous ces vers ?

— *J'ai plus de souvenirs que si j'avais mille ans…*

Et en plus, il était drôle ! Si drôle ! Alors, il est parti à l'abordage par le gaillard d'avant. Il s'est mis à corriger les cahiers à ma place. Rayon maths. Fallait le voir calculer ! Elle touchait pas une bille, Pédagogie. J'en étais encore à compter sur mes doigts qu'il alignait déjà les zéros.

Devant mon air ahuri, il s'amusait.

— Ça, c'est comme la danse ! Les chiffres, c'est dans le sang…

Il pouvait en vouloir à l'école, Rachid. Elle l'avait complètement loupé.

23

Enfermée dans la bulle douce de son égoïsme à deux, Charlotte-Pédagogie avait complètement oublié qu'à trente kilomètres de Marseille il y avait les quatre rangées de platanes du cours Mirabeau : Aix-en-Provence. Ville natale. Avec papa, maman, les frères et sœurs, l'école, la maison et *tutti quanti*.

Pas les mêmes raisons d'oublier la fille aînée, pour les ancêtres. Trente bornes, un dimanche soir, quand on connaît les petites routes qui shuntent les bouchons, c'est rien, en monospace.

Aussi, il a frappé à ma porte. Sans prévenir. C'est Rachid qui lui a ouvert. À poil. En gourmette plutôt, mais j'étais bien la seule à voir une différence. Rachid espérait que ce serait Bernard et se réjouissait déjà. C'était lui. Mon père.

Double regard croisé qui balaie de haut en bas et de bas en haut. Plus que par la situation de vaudeville, j'ai été frappée par une évidence qui m'a sauté aux yeux : mon père de face. En short et tee-shirt. Rachid de dos. Nu. Même teint cuivré. Mêmes cheveux noirs et bouclés.

Un quart de Gomez pour Charlotte, mais pour André Maurin la moitié. Fifty-fifty. C'était pas blanc-bleu, ça non plus. Mais c'était directeur d'IUFM.

Les yeux de Rachid allaient de lui à moi. Tennis à Roland-Garros. Alerté, peut-être, par un quelque chose dans le contour de la bouche ou l'éclat sombre des yeux...

— Papa...

Pas vraiment étonné, André. Et nous épargnant avec tact la comédie de la surprise. M. Vidal avait dû le renseigner au téléphone. Moi, depuis quinze jours, mon portable était réformé. Le soir de razzia, Rachid avait jeté le cordon de la recharge. Sans le faire exprès mais... Et j'avais vidé la batterie avec des SMS à la con. Rien de rare. C'est un genre littéraire qui s'épuise vite.

— Rachid ? a demandé mon père.

Le point d'interrogation était de trop, mais il fallait bien dire quelque chose. Il a tendu la main. Drôles de présentations. Il pouvait au moins constater *de visu* que mon *fiancé* était parfaitement équipé pour lui fabriquer des petits-enfants. Un peu trop, même. Le genre de détail gênant, entre un père et sa fille...

Comme personne ne se décidait à ouvrir la bouche, Rachid a frotté ses mains l'une contre l'autre, et :

— Bon ! Je crois que je vais aller m'habiller...

Il a disparu dans la chambre. Mon père s'est assis avec un sourire un peu forcé.

— Je boirais bien quelque chose de frais, ma grande !

Ma grande. J'ai su tout de suite qu'il n'était pas fâché. Je lui ai sauté au cou. Comme il était assis, je suis tombée à genoux. Il caressait mes cheveux. C'était presque aussi bien qu'avec Rachid. Il m'a dit :

— Fais attention, Charlotte. Tu skies sans bâtons...

Rachid est entré. Les yeux baissés. En boutonnant rageusement les poignets de sa chemise qu'il portait toujours défaits. C'est à ce détail que j'ai senti son trac. Il s'acharnait sur les boutons en grommelant. Et il m'a vue. À genoux devant mon père. Ça l'a démonté. Il a pris une respiration avant de parler. Il a buté contre les mots. Aussi bêtement qu'un autre. Et il a fini par lâcher :

— Si je comprends bien, c'est mon rival direct !

Concis. Irrésistible. C'était lui qui faisait une scène. Mon père a éclaté de rire avant de lui dire :

— Je vois que tu es armé. Après tout, c'est votre affaire !

On a téléphoné à Aix pour prévenir Christiane qu'il rentrerait tard. Rachid a fait une omelette flambée fabuleuse. Et puis on a bu à petits verres le cognac qui restait. On était bien, tous les trois. On a parlé jusqu'au bout de la nuit. De Terrass. De l'école. De l'islam. Des curés. De la République. De Marseille. De la pluie. Du beau temps. J'ai appris que mon père avait une moto, lui aussi, quand il était jeune. Rachid a promis de lui faire essayer sa japonaise.

Quand il est parti, on était à la fenêtre. Les feux de la voiture sont devenus tout petits sur le boulevard, ils ont disparu vers l'autoroute. On est restés un moment debout dans le frais de la nuit. J'avais mon front contre son cou. De son bras passé autour de mes épaules, il me serrait contre lui.

— Qu'il est con, Fernand ! Où il est, le problème, Pédagogie ? Où il est ? Tu le vois, toi ?

Le ciel était clair. Phosphorescent. Contre cette lumière opaline, les immeubles se détachaient comme un jeu de construction simplet.

Pas de problème à l'horizon. Mais la terre est ronde. Du troisième étage, on voit pas tout. On voit même pas les quartiers nord.

24

La Rose. La cité meurtrière au bout de la ligne du premier métro : la Rose-Castellane. Castellane-la Rose. Parle-moi un peu des roses de Saadi, Rachid. Des roses d'Ispahan. La Rose, pour lui, ça portait une majuscule. Comme un nom sale. Ça sentait l'huile de vidange et la bagnole cramée. Depuis dix ans, il habitait sur la corniche. Comme le gratin. Mais c'était là que vivaient les siens.

Puisqu'il connaissait mon père, il fallait bien que je connaisse sa mère. Question de parité. D'égalité. Nous, on se serait bien passés de tout ça. On se suffisait l'un à l'autre. Mais les filles ne naissent pas dans les roses. Ni les garçons dans les choux à la crème. Il y avait eu du monde avant nous. Il y en aurait peut-être après ? L'amour n'est qu'un refuge où stationner un moment. Au bord d'une route inexorable.

J'allais voir la Rose. Pour la première fois. Rachid, c'était un beau gosse marrant. Avec une super moto. Et 5 000 ou 6 000 euros à claquer par mois. Musulman comme j'étais catholique. Pourtant, Rachid, c'était ça aussi. Et ça, ça faisait mal ! Malgré, ou peut-être à cause du soleil qui tombait. Franc. Généreux. Gratuit. Marseillais. Un soleil de vacances. De Club Méditerranée. Un soleil sans chichis. Qui ne s'encombrait pas de nuages. Qui ne ménageait pas ses UV.

Des huit-dix étages. Plein sud. Pleins feux. Mitraillés à bout portant par les rayons mortels. 35 °C dans les chambres. Pas un store. Pas un arbre. Mais des paraboles accrochées aux fenêtres. La colline roussie qui descend jusqu'au ras des trottoirs. De grands murs aveugles ravagés de lumière où le crépi se détache par plaques. Croûtes envenimées. Plaies béantes. Cicatrices louches. Graffitis ou tags. Comme on veut. Comme on croit vouloir. La colère. La honte. La rigolade. Et la libido. Lumineuse ou obscène. Lumineuse et obscène. Étalée à la bombe sur des supports improbables. Abribus défoncés. Carcasses brûlées. Épaves pillées. Sur un lit de décombres secs. Boîtes de coca. Canettes de bière abandonnées en tas. Tessons de bouteille. Verre pilé. Papiers gras. Bouts de sandwichs. Sacs plastique. Des chats. Furtifs. Des gosses. Bruns. Noirs. Débraillés. Bruyants. Des jeunes. Immobiles. Arrogants. Le menton agressif. L'œil méprisant. La bouche mauvaise. Et des types. Vieux ou moins vieux. Accroupis sur leurs talons. En paquets. Tassés. Tristes. Pas de femmes. Devaient être là-haut dans les alvéoles. À préparer leur frichti épicé. Invisibles. Peut-être enfermées ?

C'est sûr qu'on peut trouver ça beau. Comme un bœuf écorché ouvert en deux. Ou un incendie de forêt. On peut y faire des photos sublimes. Des films à couronner au Festival de Cannes. De la musique à dégommer le top 50. C'est sûr… surréaliste, la moto de luxe, dans ce monde crade. Désespérant. Désespéré ? Pas sûr…

Tout d'un coup, il y a eu un essaim autour de nous. Un essaim collé à un bourdon de dix ans. Un de ces beaux petits aux dents blanches, comme on en trouve dans toutes les favelas du monde, de Manille à Rio. Un gavroche basané. Dégourdi et sympa. Celui qui s'en sortira. Le seul peut-être. Il y en a toujours qui s'en sortent. Quoi qu'on ne fasse pas.

À son accent de banlieue s'ajoutait celui de Marseille : la ponctuation à coups de « con ! », de virgules et de points d'exclamation.

— Oh con ! Rachid ! La bécane, con ! Et la sape ! Et la meuf, con !

Rachid est entré dans le jeu :

— Si ti touch' ma moto, Aziz, j't'y coup' li couill' !

Geste castrateur du tranchant de la main. Aziz a porté ses mains à son entrejambe, il s'est jeté à terre en hurlant. Il se roulait dans la poussière et les caillasses. Les autres rigolaient. Rachid attendait la fin du cirque, les poings sur les hanches. Décontracté.

— Grimpe, merdeux ! Je te fais faire un tour !

Le *kid* était déjà à califourchon. Radieux. La moto a démarré en trombe. Rachid mettait toute la gomme pour lui faire plaisir. C'était dingue ce bruit de moteur contre le béton. Ça grimpait dans les étages. Battait d'un mur à l'autre. Décollait de blocs en bâtiments. C'était dense comme une chair. Sauvage. Agressif. Infernal. J'ai bouché mes oreilles avec mes mains. Les gosses semblaient s'en foutre et Rachid s'en régaler. Le bruit, c'était leur oxygène. Ils ajoutaient leurs cris aux hurlements du moteur emballé, chaque fois que la moto avait fait le tour de l'immeuble et repassait devant nous. Crescendo régulier. Implacable. Obsédant. Quand il a arrêté son engin et l'a calé sur la béquille, le silence est tombé. Huileux dans la poussière. Comme une mayonnaise tournée. Une tête est apparue, entre le quatrième et le cinquième étage. Une tête rouge, au-dessus d'un marcel douteux. Viande surchauffée. Exaspérée.

— C'est pas bientôt fini, ce bordel, bande de crouilles !

Tollé général des gamins. Gestes obscènes. Bras et doigts d'honneur. Rachid se contentait de sourire. Presque indulgent.

— Putain de merde d'enculés de bougnoules ! Un jour, j'en descends un !

— Mon zob ! a hurlé Aziz.

Leçon de vocabulaire par Rachid, très calme.

— Tu dis « bite » au lieu de « zob », petit, et t'as déjà fait la moitié du chemin…

La tête levée vers l'étage, il a gueulé :

— Pas vrai, Ducon ? Ma biiite ! Ça, oui, c'est français !

J'ai ri. Un rire jaune. Gâté. J'avais mal. Du bruit, comme ce type. Du bougnoule, comme Rachid et les petits. Il m'a jeté un coup d'œil. Plus tellement amusé. Il a donné un coup de pied dans une boîte de Kanterbrau qui a giclé à dix mètres.

— Eh merde !

Il m'a pris le coude et, à Aziz, qui le regardait avec adoration :

— Ti gard' li moto, sinon…

— Ti m'coup' li couill' !

— Eh… ! a répondu Rachid, avec l'évidence dans sa main libre ouverte, tous doigts écartés.

Marrants ou terribles, ces Arabes, qui s'auto-imitaient pour emmerder un petit Blanc ! Ils avaient tellement l'accent de Marseille ! Tellement plus que moi qui l'avais presque perdu sur mes bancs d'école de la laïque jacobine.

Le plus sportif restait à faire : les étages sans ascenseur. En panne depuis deux ans. Les portes arrachées. Les trous béants vaguement barrés par du plastique zébré rouge et blanc. Quand l'ascenseur est en panne, qu'est-ce que tu fais ? Tu prends l'escalier. Et tu le regrettes pas. Parce que, sur trois étages, tu admires l'inscription rouge et noire : « Aïcha est une pute. Mansour est un enculé. » Illustrée de bites et de nichons. Dont certains en action. Mais pas tous. Un peu partout, éparpillées comme des étoiles dans un ciel d'été, des constellations pétillantes de : « Allez l'OM ! » En bleu OM. Évidemment. L'artiste est à l'œuvre. Sur le palier du troisième. Bombe en main. Grimpé sur les épaules de deux copains. Autour d'eux, des caddies tordus. Des vitres cassées. Des carrelages déchaussés entassés dans un coin. Installation. Intervention. Performance. Un moment, tu te rêves critique d'art contemporain…

La main posée sur la poignée, Rachid m'a soufflé :

— Elle est seule. Leila et Alim, ce sera pour une autre fois…

J'ai haussé les épaules, résignée : pourquoi ils seraient pas un peu racistes, eux aussi ?

25

Ce qui m'a saisie, quand il a ouvert la porte, c'est l'odeur. Brassée par un ventilo à trois sous qui en faisait un alizé moelleux. Cannelle, menthe et safran. Sœur jumelle du parfum de la maison d'Aubagne. Celle de la grand-mère Gomez, née « là-bas, dis ! » Ça m'a redonné du courage.

Question exotisme, j'étais servie. Le panneau de particules de l'isoplane, c'était la Méditerranée. En l'ouvrant, on la traversait. Poufs, tapis, tentures, cuivres martelés. Touchantes cucuteries de souk pour touristes. La seule note technique était la machine à coudre japonaise qu'elle utilisait pour faire des retouches pour une boutique de luxe. À côté, sur un portant, une douzaine de cintres garnis de vêtements d'homme haut de gamme. Du classique Burberry aux loufoqueries Jean-Paul Gaultier. Il venait donc de là, le goût un peu limite de Rachid pour la sape ? La frime ? Il avait dû les essayer en cachette quand il était gamin, ces chiffons de bourges. Si chers. Si bien coupés. La casquette à l'envers avec un costume Armani à trois plaques. Qu'est-ce qu'il pense, un jeune taillé comme un top-modèle, quand il voit sa mère raccourcir des manches et lâcher des pinces pour caser un bedon de banquier ? Que c'est injuste ? Qu'il faut tout faire péter ? Ou qu'un jour il se les payera ?

Elle était debout, la petite main, si jeune et si belle que j'en ai eu un pincement au cœur. Machinalement, j'ai compté 16 + 26. Elle avait quarante-deux ans, et ce fils géant qui semblait être son frère. Il l'a embrassée sur le front et l'a conduite vers moi. Il la tenait contre lui par les épaules comme s'il craignait de la voir s'écrouler.

— Maman, c'est Charlotte…

Je ne sais pas pourquoi, au lieu de serrer sa main tendue, je l'ai portée à mes lèvres. Elle a été surprise. Mais pas choquée. Rachid s'est mis à rire.

— Tu vois, maman, elle est spéciale. Elle ressemble à personne…

Il s'est arrêté. L'a regardée. M'a regardée.

— À personne… mais un peu à toi, tout de même !

Elle a souri et dit très vite quelque chose en arabe.

— Non, maman. En français. Il faut qu'elle comprenne tout. Traduis.

— Tu es plus jolie que moi : c'est bien ! m'a dit Fatima, en guise de bienvenue. Elle avait une voix douce un peu voilée, comme poudrée d'épices.

J'ai pensé à Blanche-Neige. « Miroir, ô Miroir !… », et je n'ai rien trouvé à répondre. Parce que cette femme, avec les mêmes mots, disait des choses différentes. « Plus jolie que moi », ce n'était pas une question de beauté. C'était de Rachid qu'elle parlait. Rien que de Rachid. De moi, à travers Rachid. Pour Rachid. Je ne savais pas si j'arriverais jamais à être assez « jolie » pour lui, dans ce sens. Mais elle le pensait. C'était déjà beaucoup.

On a bu du thé à la menthe. Très chaud. Dans de petits verres peints. Très moches. Rachid était un autre auprès d'elle. Plus du tout bruyant et bondissant. Doux. Calme. Comme elle. Avec peu de mots. Des gestes lents et des sourires. Le temps s'était arrêté. On sentait que chaque jour serait le même ici. Éternellement suspendu. Dans la grâce de cet espace clos. Protégé. Frôlements de main. Paupières baissées. Servir, c'est ça ? Un mari. Un fils. On a envie de hurler. Avant de connaître. Et là, tout à coup, j'avais envie de rester. De m'endormir. Près d'elle. Près de lui. Dans l'odeur de menthe et de curcuma. Qu'est-ce qu'on s'est dit ? Rien. Comme des gens qui se connaissent depuis mille ans. Elle était la mère de Rachid. Et moi sa femme. Il était entre nous deux. Pas comme un mur. Comme un trait d'union. Et je n'aurais jamais assez de temps pour la remercier de me l'avoir fait. Rien à se demander que : « Encore un peu de thé ? » Rien à répondre que : « Oui, merci ! » Pendant combien de temps ? Toujours, si Rachid ne s'était pas levé, avec un nuage dans les yeux et un pli entre les sourcils.

— Tu viens, Charlotte ? C'est l'heure !

L'heure ? Quelle heure ? On était vendredi soir. Il ne travaillait pas. On pouvait bien rester encore un peu ? Je ne comprenais pas. Pourtant je me suis levée. Sans rien dire. Elle non plus n'a pas protesté. Malgré une envie évidente de nous garder encore près d'elle.

Je l'ai suivi. Dans l'escalier crade où la dèche nous a sauté au nez. Dans la zone pelée, sabrée par les angles des HLM. Jusqu'à la moto rutilante qu'Aziz astiquait avec le bas de son tee-shirt XXL passé autour du coude.

Rachid lui a glissé un billet entre les fesses.

— Et pas de beu, jeune ! Paie-toi plutôt un ballon. Ou une pute…

Le regard d'Aziz ! « Fumerait pas ! Oh non ! » Rachid aurait pu lui demander de faire le saut de l'ange sur du béton.

— Con, Rachid ! Toi, t'es un artiste…

Un artiste. Une sorte d'Américain. La preuve qu'on pouvait sortir de la Rose par le haut. À condition de dire « bite » et pas « zob ». 'Turellement.

C'est alors que j'ai vu deux types – type maghrébin comme on dit – appuyés mollement au pylône écaillé de l'entrée. Jean baggy, tee-shirt Com8, piercing à l'arcade et au menton, des conneries gothiques tatouées sur les bras. Se la jouant block et Bronx. Vu leur âge, j'ai pensé à des copains de Rachid. Mal vu. Ils ont échangé des regards haineux. Comme des voisins d'autobus qui convoitent la même place. L'un des deux a lancé :

— T'as vu ça, One ? Une onze cents ! Il se fait pas chier Sahli…

Et l'autre :

— Qu'est-ce que tu veux, Two, on gagne de la thune à faire le larbin…

— Mais qu'est-ce qu'il vient branler ici, maintenant qu'il crèche chez les bourges ?

— Nous casser les couilles et le business…

Rachid s'est retourné. Il a fait un pas vers eux. J'ai cru qu'il allait leur en mettre deux. Mais non. Il a haussé les épaules. Et laissé tomber :

— Pauvres nases…

26

Il se taisait toujours, l'artiste. Et moi, dans son dos, je faisais le sac tyrolien. C'est bien pratique la moto, pour les pannes de dialogue.

Même arrivé, il a gardé le silence. Dans la rue. Dans l'entrée. L'escalier. En tombant sur le lit. Bras écartés. Yeux grands ouverts. Fixes. Avec toujours ce pli vertical au milieu du front.

— Ça t'a fascinée, hein ?

J'ai fait oui de la tête. Alors, il m'a tirée par le bas de la jupe. Fait tomber sur le lit. Et coincée sous lui. Il m'écrasait. Il était mince mais si grand ! J'avais ses quatre-vingts kilos lâchés sur le ventre. J'étouffais. C'était la première fois que son poids m'était hostile. Il le voulait hostile. Ne cherchait pas à se retenir sur les coudes. Et puis il y avait ce mur de silence entre nous qui m'empêchait de m'ouvrir. Je n'étais plus qu'un paquet de muscles et de nerfs raidis. D'un misérable coup de reins, j'ai tenté de lui échapper. Il l'a senti. L'a ignoré. Il a écarté mes jambes d'un genou goujat. Il s'est planté dans moi sans amitié. J'avais peur. Mal. À chaque nouveau coup, je me refermais un peu plus. Ma tête cognait, cognait, contre le mur. Cette fois, il me violait vraiment. Pourquoi ?

Il est retombé sur le côté. Les yeux au plafond. Les dents serrées.

— Voilà !

J'ai éclaté en sanglots.

— Voilà quoi ? Pourquoi ?

Il s'est mis à crier :

— Voilà ton rêve de femelle soumise, conne ! Tu aurais eu seize ans. Tu aurais été vierge. Et moi, j'en aurais eu cinquante. Je serais le père Vidal. Tu l'as bien regardé, le père Vidal ? Il te fait mouiller ? Et maintenant, tu serais enceinte. C'est ça, mon père et ma mère. C'est ça, l'islam. C'est pas les mille et une nuits avec ton Rachid à la bite enchantée. Ma mère, elle a jamais joui. Et elle jouira jamais. Elle peut même pas regarder un homme. Ça lui fout les jetons. La Rose, vue à la télé, c'est IAM et Zidane. Le rap et le foot. Mais en *live*, c'est les frères Azad qui se font des couilles en or en dealant de la merde aux minots.

J'étais remontée :

— Dis, tu vas pas nous faire un flan pour un tarpé ?

— Un tarpé ? Qui te parle de tarpé ? T'as une idée de tout ce qu'on peut s'envoyer dans les veines, fumer, sniffer ou avaler ?

Bien sûr que j'en avais une idée ! On faisait de l'information antidrogue à l'école. Enfin plutôt dans la salle des maîtres. Parce que parler de ça à des gamins de moins de dix ans… Mais moi, personnellement, j'en connaissais un rayon sur le thème. J'aurais pu faire une conférence là-dessus. Les multiples variétés de fumette, de l'herbe écolo rigolote au shit radioactif, en passant par la gamme des mélanges. Des additifs. Toxiques. Toujours toxiques les additifs. Et puis tous les liquides volatils, les solvants qu'on renifle : éther, kérosène, laque, colles diverses et j'en passe. Et les pilules du bonheur : ecstasy et consœurs. Je connaissais même le poppers ! Enfin les dures, les diaboliques : héroïne et cocaïne. Je savais qu'on s'injecte l'une et qu'on sniffe l'autre sous forme de ligne ou de rail. Que la première est extraite du pavot, comme l'opium, et la seconde de la coca. J'aurais pu te faire une carte géographique des plantations du diable dans le Sud-Est asiatique, la Turquie, le Maghreb et l'Amérique du Sud. Un exposé sur le cartel de Medellin, la mafia chinoise. Te donner, pour couronner le tout, leur formule chimique et le chiffre d'affaires mondial du trafic de stupéfiants. Et puis tiens, j'ai gardé, pour la fin et le *fun*, les acides, le LSD et les médocs, amphètes, codéine, calmants, cocktails…

Il écoutait, sans désarmer, mon monologue, et puis :

— C'est ça ! Tu sais tout ! Mais y'a pourtant un truc que tu sais pas…

— Quoi ?

— Pourquoi on se défonce.

— Pourquoi ? Parce que… parce que… je sais pas moi… le chagrin, la misère, l'ennui, la peur…

Il me regardait m'enferrer :

— Tu parles ! On se défonce parce que c'est bon, tiens ! Aussi bon que la baise…

Sans blague ! J'avais bien fumé quelques joints conviviaux dans des teufs entre amis. Pas trop passer pour une conne. Je chiquais à l'éclate, mais ça me donnait plutôt mal au cœur. La gerbe, comme il disait, lui.

— Qu'est-ce que t'en sais ?

Il n'a pas répondu. Ça m'a fait froid dans le dos. Parce qu'un pétard, même de marocaine, ça reste loin derrière un orgasme. Même moyen. Alors ? Il y avait eu autre chose ? J'ai fait un pas vers lui. Conciliante. Il a reculé. Méfiant. Il était toujours furieux. Contre moi. Peut-être contre lui aussi…

— Tu m'emmerdes ! Tu gobes toutes ces conneries parce que je te baise comme une reine. Jusqu'où tu comptes aller dans la soumission ? Sur le trottoir ? À l'hosto ? À La Mecque ? Mais c'est pas moi, ça, c'est pas moi ! J'ai besoin d'une femme. Pas d'un petit chien. Faut trouver un autre chemin, Charlotte ! Sinon, on s'arrête là…

Il avait les yeux brillants. Remplis de larmes. Va savoir pourquoi, dans ce torrent de colère et de contradictions, c'est le « Charlotte » qui a surnagé ? M'appeler Charlotte, c'était me renvoyer à la niche. À mon néant d'avant lui.

J'ai hurlé :

— M'appelle pas Charlotte !

Étonné, Rachid. Étonné et démonté. Comprenait plus. Il a dit, en balançant la tête :

— Putain, Pédagogie ! Qu'est-ce que c'est dur d'être… deux !

Il m'a prise contre lui. Il m'a serrée. Histoire qu'on fasse plus qu'un pendant cinq minutes. Trop près pour se déchirer. Sa main sur ma nuque. Chaude. Vivante. Douce. Finalement, c'était pas si simple. Fallait trouver d'urgence le dénominateur commun entre mes fantasmes romantiques d'Orient et son désir enragé d'Occident.

27

Depuis ma visite à la Rose, on avançait l'un vers l'autre à pas prudents. On avait toujours peur de repartir en guerre. Malgré le terrain neutre de mes collègues et de Fernand. Puis sous l'œil des canons qui étaient restés muets : mon père et sa mère. Il fallait à présent franchir les champs de mines. Les imprévisibles. Les jeunes francs-tireurs. Leila, Christophe et Alim. Et surtout Carla, dite Charlotte Ire. La vieille teigneuse. Un gros morceau, Carla. Et j'y tenais. L'Arabe, pour elle, c'était l'ennemi héréditaire. L'ingrat qui l'avait contrainte à quitter son pays « une main derrière et une autre devant ». À quinze ans : adieu l'Algérie ! Et Rachid n'y avait jamais mis les pieds.

J'ai essayé de lui expliquer. De le faire entrer dans le folklore familial :

— Ça va, Pédagogie ! T'inquiète ! J'ai pigé…

Il avait pigé. Il pigeait toujours très vite. Et en entrant dans le couloir d'Aubagne, il n'avait pas pu ignorer le parfum. Ses narines palpitaient. Il m'a regardée avec une sorte d'amitié neuve. Une fraternité. Bien sûr, elle ne pouvait rien empêcher, la grand-mère, entre Rachid et moi. Rien. Elle était vieille et faible malgré sa sauvagerie. Sans pouvoir. Sauf celui de sa faiblesse. Justement.

Elle avait un regard terrible sous ses paupières brunies de vieille Espagnole. Comment sa petite Charlotte, sa préférée, qui connaissait par cœur l'histoire tragique des « événements », pouvait-elle lui faire une chose pareille ? Aimer un Arabe ! Car, pour elle, il n'y avait pas de Maghrébin qui tienne. Un Arabe, c'était un Arrrabe. Et elle ne mégotait pas sur le nombre d'*r*.

Rachid l'a opérée à vif. En guise de bonjour :

— Salut, Carla ! C'est le FLN !

Bug ! Elle a sifflé un mot. En espagnol ? En arabe ? Ma foi… En tout cas, il a compris, puisqu'il a eu le temps de bloquer la vieille main sèche levée pour le calotter. Le culot d'ajouter :

— On peut pas dire un mot sans prendre des baffes dans cette famille ?

— On pourrait peut-être dire « Bonjour » en arrivant, au lieu de parler tout de suite de films porno et de FLN…

Il a souri. Il avait de l'instinct, l'animal : avec les deux Charlotte, même combat. Fallait foncer. En une heure, il était son petit-fils. Tellement plus proche d'elle que tous ses hybrides Maurin-Lagarde. Si polis. Si sages. Si bien élevés. Ils hurlaient de rire. Se renversaient en arrière, se frappaient sur les cuisses en se jetant à la tête des mots rutilants, déchiquetés d'*h* aspirés. Je restais dehors. Mais j'étais heureuse.

Aussi, Leila, je l'ai eue sur le même registre. Je l'avais repérée tout de suite. Elle ressemblait trop à Rachid. Vingt ans. Grande, brune, les cheveux ras. Effrontée. Efflanquée. Hypermaquillée. À moitié à poil avec un piercing au nombril. Elle aurait fait cagole si elle n'avait pas été aussi belle. Voulait pas me voir ? Mais trop curieuse, la garce ! Elle rôdait dans le supermarché derrière un caddie vide. Air détaché. Coups d'œil sournois.

J'ai foncé. Collision. Elle a pris son chariot ferraillant dans les rotules.

— Ça va pas, non !

L'éclair meurtrier de ses yeux m'aurait enlevé le dernier doute si j'en avais eu.

— Dis, Shéhérazade, ton frère, tu couches pas avec, non ? Alors, puisqu'on en a pas le même usage, tu me lâches… Vu ?

Et comme on était devant le rayon charcuterie, j'ai raflé cinq ou six packs de jambon-saucisson-mortadelle que j'ai balancés dans mon panier.

Baba, Leila ! K-O debout. Hésitait entre la baffe, l'injure et le fou rire. Elle a hésité trop longtemps. Je comptais les points. À 10, elle était *out.* Troisième option : le rire. Et puis elle a baissé les yeux. Alors, j'ai remis toute ma charcutaille dans le rayon. Le moyen de faire autrement ?

Et Rachid n'a même pas été surpris de nous voir arriver ensemble sur le parking. Il a seulement dit à sa sœur :

— Merde, Leila ! C'est quoi ces peintures de guerre ? On dirait une pute !

L'autre a renvoyé la balle direct. Pas tellement soumise…

— Oh ! ça va, Ben Laden ! Occupe-toi de tes fourchettes !

J'ai été dans son camp. Tout de suite. Ça collait entre nous. Rachid l'a vu. Je crois qu'il savait depuis le début qu'on se plairait. Il n'avait pas voulu brusquer les choses pour nous laisser le temps. Et il faisait semblant de râler. Pour la forme.

— Les connes ! J'en ai deux sur le dos maintenant !

On riait, Leila et moi. Il nous a prises par le cou. Une sous chaque bras. Le sel, le poivre et la moutarde. Il était grand, mais grand ! Né pour être polygame, le salaud ! Ses femmes s'aimaient entre elles…

Vaincre Alim, à présent, était un jeu d'enfant. Il avait emboîté le pas et l'hostilité à sa sœur par solidarité familiale. Dernier tir de barrage. Il était même soulagé de baisser les armes. C'était un pacifique. Un cérébral. Un matheux. Rachid l'appelait Einstein. Tendresse éblouie. Presque maternelle. Il a poussé vers lui le coca qui se réchauffait :

— Allez ! Bois ! Sans gaz, c'est dégueulasse…

Et à moi :

— Tu crois pas, Pédagogie ? Ce con, avec sa gueule de crouille, c'est le seul intello de la famille…

À seize ans, Alim était en terminale S. Avec 18 de moyenne. Dans quelques jours, le bac. Rachid avait de vastes projets pour lui :

— On va l'envoyer à Polytechnique…

Alim souriait. Indulgent pour sa grande gueule de frère. Mais ferme et déterminé :

— Je ne veux pas faire Polytechnique.

Outré, Rachid :

— Et qu'est-ce que tu comptes faire, alors, avec ta tête ? Prof de maths ?

Alim a rigolé doucement :

— Je veux faire du droit.

— L'avocat, tu veux dire ?

— Non. Le droit, ça n'est pas forcément avocat.

— Et qu'est-ce que tu veux faire avec du droit si tu fais pas l'avocat ? Notaire ?

Alim a marqué un temps de silence pour soigner son effet :

— Commissaire de police.

— Ah ! Putain ! Il l'a dit ! a bramé Rachid.

Et, levant vers le ciel deux mains implorantes :

— Mais qu'est-ce que j'ai fait, Allah, pour mériter un frère pareil ?

Alors, regardant Alim au fond des yeux :

— Je te ferai changer d'avis…

Et l'autre :

— Je ne crois pas…

Il riait. Et Rachid aussi. Et moi, j'ai ajouté mon grain de sel :

— À mon avis, ça se défend. Le problème de la police, ce n'est pas la fonction, c'est le recrutement…

Alim m'a expédié un sourire pétillant de malice et de complicité.

Petit. Très brun. Calme. C'était vrai : il ne ressemblait pas aux deux autres. Il devait tenir du père, enterré avec un mètre carré de décorations sur sa poitrine de cadavre. Ils étaient pupilles de la Nation, les trois. Elle aurait pu aller au collège de la Légion d'honneur, Leila. Elle était caissière au Géant Casino. Pas pour longtemps. Voulait pas se laisser sauter par le gérant.

Et ils continuaient à vivre à la Rose. Malgré son salaire. Malgré la pension de veuve de Fatima et ses travaux d'aiguille. Ils continuaient à vivre à la Rose, malgré les carcasses brûlées, les papiers gras et les dealers. Parce qu'ils s'y sentaient chez eux. Entre eux.

28

Le plus gros était déblayé. Les problèmes ne viendraient pas du côté de ma mère. Docile, Christiane. Habituée à jouer les seconds rôles. Tellement semblable à Fatima, au fond. Pas de Gomez ni de Maurin, là-dedans. Du tricolore. De l'auvergnat. Cré nom de nom ? Cré oui de oui ! Puisque son cher André était d'accord. À peine un peu vexée d'être la dernière à connaître Rachid. Et amusée de voir sa Charlotte qui jouait si volontiers les affranchies, se pâmer dans les bras d'un mâle hyperviril. Sa Charlotte libérée qui avait laissé un fier-à-bras jeter ses robes ethniques et sa vaisselle design. Sa pauvre Charlotte qui s'habillait, se coiffait, mangeait, pensait autrement.

Elle regardait Rachid à la dérobée. Et baissait tout de suite les yeux. Affairée à des tâches minuscules. André la rappelait :

— Laisse tes chiffons, maman ! Reste un peu avec nous…

Maman ! Est-ce qu'il m'appellerait maman, un jour, Rachid ?

Lui, il n'en revenait pas de la découvrir si frêle et si blonde. Silencieuse et douce. Presque timide. Et bien peu conforme à l'idée qu'il pouvait se faire de ma mère. Comment cette créature diaphane avait-elle pu engendrer la brune juteuse qui commençait à faire le poids contre et tout contre lui ? Il a résumé son étonnement. Dans ces termes choisis dont il avait le secret :

— La vache ! Tu as dû racler au passage !

La quantité des frères et sœurs l'interpellait aussi :

— Mais dis donc, ce doit être « queue de béton », ton papa !

André ? Queue de béton ? Ma foi. Mes copines de l'IUFM disaient volontiers de lui qu'il « dégageait ». Dégageait quoi ? Qu'est-ce que ça peut dégager un père ? Autre chose qu'un directeur, c'est sûr. Le pouvoir, ça fait mouiller les filles. Air connu. Moi, je le trouvais rassurant. Mais Christiane ? Elle le trouvait comment, Christiane ? L'idée m'était déjà venue, bien sûr. Du temps de Bernard, c'était une idée popote. Sans risque. Une idée hygiénique. À base d'allocations familiales. Et puis Rachid était arrivé…

Le soir, on a dîné sur la terrasse. Les moustiques vrombissaient autour de nous. En escadrilles. Ils s'acharnaient sur Christophe, Christiane et les jumeaux. Tellement plus appétissants, les blonds avec leur peau tendre. Mon frère a enfilé un jean. Puis un pull. Finalement, il est monté dans sa chambre. Seuls les bruns, Isabelle, André, Rachid et moi résistions aux bestioles, résolument assis dans les fauteuils de jardin. Alors, le piano s'est mis à égrener les premières notes de l'*Impromptu n° 4* de Schubert. Mon père m'a fait un clin d'œil. Nous attendions avec gourmandise la pétillante cataracte de notes qui était le morceau de bravoure de Maurin le Jeune. Rien. Un enterrement de première classe. André a fait la moue :

— Il n'est pas *allegretto* ce soir, Christophe. Il doit nous faire un chagrin d'amour pour détruire Schubert à ce point !

— Oui, j'ai dit, on dirait du Chopin…

André a souri. Isabelle a levé les yeux au ciel :

— Schubert ou Chopin, c'est de la musique de vieux !

— La musique ? Elle a l'âge de celui qui l'écoute, pas de celui qui l'a faite, a dit Rachid.

— Bel aphorisme ! a apprécié André en hochant la tête.

Et puis il s'est levé :

— Dites, les enfants, il est minuit passé ! Vous rentrez à Marseille ?

Rachid m'a jeté un regard interrogatif. Il sentait que je m'engourdissais. Que j'avais envie de rester. Peut-être de lui faire partager pendant une nuit ce qui avait été ma vie jusqu'à lui. J'ai glissé d'une petite voix :

— Je resterais bien… Je tombe de sommeil…

Mon père a souri :

— Eh bien vas-y, ma grande ! Tu connais le chemin…

29

Rachid m'a suivie. Il s'est assis sur la couverture de coton blanc. Tricotée au crochet par la grand-mère Lagarde. Et décorée de rubans et de petits pompons roses. Incongru, l'animal, sur ce lit de Barbie. Totalement hors d'échelle. Et l'air préoccupé. Brusquement, il m'a demandé :

— C'est quoi un aphorisme ?

J'ai réfléchi deux secondes :

— Un aphorisme, c'est un… un court Baudelaire particulièrement bien envoyé !

— Alors, c'était un compliment ?

— Mieux que ça : un coup de chapeau !

Il a écarté ses deux mains comme pour s'excuser, et :

— Si tu crois tout savoir, tu apprends jamais rien…

— Ça, tu vois, c'est un autre aphorisme.

Il s'est frotté les mains.

— Qu'est-ce que je suis bon, moi !

Et il m'a tendu les bras :

— C'est tout pour aujourd'hui. Allez, viens !

Il m'a fait tomber sur le lit. Lit de caractère. Sous ses dehors bénins, il nous a pris au piège. Il était fait pour dormir et comptait bien nous le faire savoir. Impossible de remuer le petit doigt sans faire hurler le sommier. Mon père et ma mère ne nous demandaient pas la chasteté. Mais au moins la discrétion. Pour le petit frère et les petites sœurs.

Mais Rachid, jamais à court d'imagination :

— Viens ! On se fait la balancelle de la véranda !

Nous sommes partis dans le couloir sur la pointe des pieds. Descendu l'escalier de bois rustique qui grinçait. Traversé la cuisine dans le noir. Jusqu'au lieu prévu pour le crime. Mais c'était pas fait…

Il s'est pris les pieds dans le rideau de perles indiennes. Il est parti en avant sur la table ronde. La bête s'est repliée sur ses pattes de fer. Écrasées, les deux chaises de jardin. Le pot de l'oranger a volé en éclats. Boumediene, le corniaud jaune de ma grand-mère, s'est mis à hurler. Question discrétion, c'était réussi !

— Putain ! Je me suis ruiné ! haletait Rachid.

Il tenait un pied dans ses mains et sautait sur l'autre. Les lumières se sont allumées une à une. Toute la famille est arrivée en ordre dispersé. Les yeux bouffis de sommeil. Ma mère en peignoir. Mon père torse nu en caleçon. Stéphane traînait derrière lui Laurence qui pleurait. Isabelle ricanait dans son tee-shirt XXL frappé à l'effigie inoxydable de Che Guevara. Christophe est resté dans sa chambre. Malaise. Il était un peu froid, ce soir, l'aîné des Maurin. Poli mais froid. Le sourire commercial. Vite né. Vite mort. Tristesse.

Christophe, c'était mon ami d'enfance. Mon copain de farces et attrapes. De bagarres et de grosses bises. Lui vingt ans et moi vingt-trois, nous avions presque le même âge. Les trois autres étaient plus lointains. Isabelle, une ado râleuse et chiante. Les jumeaux, des péripéties rigolotes. Il était en deuxième année de droit, Christophe. Brillant. Et j'en étais fière.

Rachid avait fait un gros effort de charme pourtant. Au premier abord, l'allure de mon frère l'avait surpris. C'est ça, les couples mixtes : des enfants de toutes les couleurs. Moi, j'avais capitalisé les chromosomes Maurin et Gomez. Lui, c'était un Lagarde. Le fils de Christiane. Blond. Les yeux verts. Stylé. On le voyait sortir d'Harvard ou de Princeton avec une cravate rayée en biais et la raie sur le côté. Mais si drôle, si plein d'humour d'habitude. Ce soir, il semblait avoir avalé un tube de néon. Quand Rachid m'a demandé :

— C'est quel genre de type, ton frère ?

J'ai dit :

— Un type dans le genre de ta sœur. Il s'y fera…

Rachid a fait la grimace.

— J'espère. Mais j'en suis pas sûr. Ma sœur, elle a dit non. Non, ça se retourne. Comme une crêpe. De l'autre côté, c'est oui. Lui, il dit rien. C'est mou, rien. Mais ça peut durcir. Ou épaissir.

Dialectique de cuistot. Mais logique. Imparable. Prophétique.

30

C'est le coup foireux de la véranda qui nous a ramenés à Marseille. C'était le premier jour des vacances. Une plage de temps bleu s'étirait devant moi. Deux mois et demi à graviter autour de Rachid, étoile unique. Les autres nous pesaient. Tous les autres. Avec leur gentillesse ou leurs états d'âme. Nous n'étions pas mûrs pour les embarras de famille. Nous avions envie d'être seuls. Pour nous jeter sur le lit au milieu du repas. Sur le lit ou la moquette. Pour prendre la douche ensemble. Nous baigner nus sur sa plage privée au bout de son chemin de motard. Nous laisser attraper sans retenue là où l'envie de l'autre nous prenait. L'envie de l'autre ou l'envie de rire. Rire de tous. De tout. Tout ce qui n'était pas nous. Crises imprévisibles. Bébêtes. Pour une miette dans le lit. Une boucle humide sur son front. Un verre cassé. Un coup de dent qui faisait éclater la peau fragile d'une pêche. Le jus qui coulait dans mon cou.

Le premier vendredi de double liberté a été fabuleux. Nous sommes partis au petit matin dans le bateau de Fernand du côté des calanques. C'était une barque marseillaise. Avec la voile latine. Un truc pas croyable. En bois d'arbre. Peut-être même de caisse. Pour un type qui aurait pu se payer un yacht ! C'était le fameux bateau qu'il aimait comme Rachid. Ou vice versa. Un bateau antique mais subtil. Antique, donc subtil. Rachid était marin ? Il savait tout faire, Rachid. Alors pourquoi pas naviguer ?

Ça paraît sommaire, une voile latine avec l'antenne oblique. Pour les amateurs de catamarans réversibles c'est ringard. Rien à voir avec le spi bariolé des fils de famille régatiers. Faut être méditerranéen, pour apprécier. Un peu grec, arabe ou marseillais. Avoir de la force et de la finesse. Faut être un homme, quoi.

J'avais toujours eu dans l'idée qu'un bateau ça servait pour aller au large. Se baigner dans la mer loin de la foule. Erreur. Un bateau, c'est un bateau. La mer, c'est la mer. Autre chose. Dessous d'accord. Mais autre chose.

Il s'est moqué de mon idée loufoque de bronzage intégral, il m'a forcée à enfiler sa chemise.

— Sinon, ce soir, on te voit les os des côtes. Le soleil sur l'eau, c'est radioactif. Et puis, la femme, c'est comme le poulet : le meilleur, c'est le blanc…

Comme j'étais un peu vexée, j'ai dit :

— Le coup du blanc de poulet, c'est limite. Tiens, c'est comme…

— Comme ?

— Comme ta gourmette…

Voilà ! Je l'avais dit ! Depuis le début, cette gourmette me fascinait et me contrariait. Ce truc en or, large et épais comme le pouce avec ses maillons forçat et la plaque gravée RACHID. Je la trouvais… vulgaire. Exactement : vulgaire ! Il a pris un air pincé :

— Elle te plaît pas, ma gourmette ?

— Non.

— Pourquoi ?

— Ça craint de claquer du fric pour acheter un truc cher et même pas beau.

— Si c'est que ça, te casse pas : je l'ai pas achetée…

— Tu l'as volée peut-être ? j'ai demandé en haussant les épaules.

Alors, il s'est mis à rire.

— Ah, pour ça, non ! Je l'ai pas volée…

Et comme j'arrondissais les yeux :

— C'est un cadeau…

— Un cadeau ? De qui ? De Fernand ?

— Non. D'une femme.

— Gigolo ! j'ai crié, sans trop y croire…

En haussant une seule épaule, il a fait :

— Ouais ! Si on veut…

— Et en plus, tu avoues ?

Il s'est assis sur le banc, il s'est penché vers moi, les coudes sur les genoux :

— Tu veux que je te raconte ?

Je lui ai tourné le dos.

— Non.

Il est des non qui veulent dire oui. Pas dupe, il s'est lancé.

— C'était une Américaine. Trente-cinq ans. Une bimbo ! Genre *Alerte à Malibu.* Son mari était dans les produits de beauté : *cosmetics.* Il lui avait payé un bateau d'enfer. Un Swann. Un truc de course : vingt mètres, coque en teck, mât en titane. Fabuleux. Elle avait deux marins là-dessus. Un Grec et un Maltais. Elle, son seul boulot, c'était la bronzette. Elle a fait escale à Marseille pour la bouillabaisse de Fernand : paraît que jusqu'aux *Stasunis* il est connu. Moi, j'étais serveur, à l'époque : j'avais vingt ans. Je lui ai tapé dans l'œil. Mais alors grave ! Elle m'a carrément violé. Et ça a duré tout l'été. Elle mettait son bateau à l'ancre sous le resto. Quand j'avais fini mon service, j'y allais à la nage. On baisait en plein soleil. Sur le pont. Au milieu des winchs et des boots. Devant les matelots. Ils avaient les yeux qui leur sortaient de la tête, les pauvres ! Moi, tu me connais : altruiste à couilles rabattues. Je me suis dit que dans une femme aussi libérée, il y avait de la place pour trois. On pouvait s'y mettre en équipe. Suffisait d'organiser au départ. Savoir qui se mettrait à…

— Oh ! ça va ! Abrège !

Mais pour la lui faire fermer…

— Tiens, une fois, dans le feu de l'action, on est tous tombés à l'eau comme des cons. Bonjour pour remonter ! C'est haut de bord, ces saloperies, et, en arrivant, j'avais tiré l'échelle. Heureusement, Fernand est venu nous repêcher avec son pointu. Comme il suivait le match à la jumelle, il avait vu la faute. En arrivant, il a dit : « Général Patton, nous voici ! » Qu'est-ce qu'on a pu rigoler ! Elle comptait faire le tour de la Méditerranée : elle est pas allée plus loin que le château d'If. Mais bordel ! À trois, on lui a montré ce que c'était, la Méditerranée ! Un Grec, un Maltais et un Arabe ! Quand elle est repartie pour Newport, en septembre, elle nous a invités ensemble chez Fernand. Et elle nous a offert une gourmette à chacun. La même. Sauf les noms. C'était délicat…

— Délicat ? Je dirais plutôt américain …

— Si tu veux.

— C'était ta première ? j'ai demandé bêtement.

Il a ouvert des yeux de thon.

— Ma première ? À vingt ans ? Mais, ma pauvre, à ma première, j'en avais treize !

Et dans la foulée :

— Et toi ? Ton premier, c'était le con… seiller pédagogique ?

Prise au dépourvu, j'ai grommelé :

— Nnnon…

Tout de suite allumé, Rachid :

— Allez, Pédagogie, me laisse pas tremper ! Raconte…

Un peu réticente, Pédagogie.

— C'était à l'IUFM…

— Un copain ?

— Non, mon prof d'histoire…

— Le salaud ! Confiez vos mômes à ces gens-là !

Mais l'indignation a été de courte durée :

— Comment il t'a draguée ?

— Il devait me prêter des livres… je sais plus…

— Classique. Quel âge ?

— Lui quarante, moi dix-sept…

Léger haussement de sourcils :

— Ah ! Tout de même ! Mais c'est bon le chevauchement des générations : ça permet de conserver les fines recettes. Et il était comment, ton pédophile ?

— Bien…

— C'est vague, bien. Je le vois pas…

— Blond, beau, triste, avec…

— Une bite. Comment, la bite ?

Lui, au moins, il ne s'embarrassait pas de détails superflus comme, par exemple, la couleur des yeux. Verts, d'ailleurs, les yeux. Mais sa bite ? Ma foi… Elle m'avait pas laissé un souvenir impérissable, sa bite. Alors, j'ai dit :

— Bof…

Et lui :

— Dis-moi, tu as joui la première fois ?

— Eh non, j'ai pas joui ! Tu en connais, toi, des filles qui jouissent la première fois ?

— Tu as raison. La vraie question c'est : pourquoi elles recommencent ?

Oui, tiens, pourquoi j'avais recommencé ? Comme je calais, il a répondu à ma place :

— Pour faire comme tout le monde ! Tout le monde doit baiser une fois par semaine et manger deux fois par jour. La baise jambon-coquillettes. D'ailleurs, ça suffit pour faire des enfants...

— Mais c'est qu'il est philosophe !

Philosophe et tenace :

— Comment ça s'est démanché, avec ton prof ?

Démanché ! Il avait de ces mots !

— Oh là là ! Ça, c'est compliqué : il était marié...

— Aïe aïe aïe !

— Et sa femme faisait de la déprime. Du lourd. Cure de sommeil, clinique psychiatrique...

— Malheureuse ! Tu t'es laissé tringler par un bonhomme qui avait déjà rendu une bonne femme cinglée ?

— Il disait qu'il était malheureux, qu'il m'aimait...

— Tu m'étonnes !

— Il voulait qu'on parte loin tous les deux, genre « on va soigner les lépreux à Jakarta ». Il me mettait la pression. Moi, ça commençait à me gonfler...

— Alors ?

— Alors, j'ai demandé à mon père de le faire muter. Tu comprends, j'étais mineure...

Il s'est mis à hurler de rire :

— La chienne !

Et grave tout à coup :

— Dis, tu viendrais soigner les lépreux à Jakarta avec moi ?

Content de ne pas obtenir de réponse. Il s'est levé. Sa silhouette en contre-jour. Le ciel derrière. D'un bleu strident. Il était debout contre la voile. Torse nu. Un vieux pantalon trop large roulé sous les genoux. Ses cheveux drus crêpaient dans les embruns. Le soleil l'habillait de feu. Jakarta ? Tu parles ! La Lune, oui…

J'étais à moitié allongée sur le fond. Manches retroussées. Boutons défaits. J'en avais assez entendu. Assez dit. Je faisais la sourde. L'aveugle. Semblant de dormir. Je le regardais entre mes cils. Pouvait bien jouer les maîtres à bord après Allah, le Maure… finirait bien par tomber ! J'avais le temps. On était venus pour ça. Pas pour s'envoyer un plat de jambon-coquillettes. Ses yeux glissaient sur mon genou, retournaient à la voile qui faseyait. Un rire silencieux montait dans ma gorge. Il m'avait appris à attendre. À avoir envie. J'avais le soleil en griffe sur mon ventre et mon sexe rasé et, tout à coup, la fraîcheur de la voile quand il la tournait pour virer de bord. Un clapotis de gouttes salées sur les lèvres. Il jouait de son ombre entre le ciel et moi. La couchait, fauve et bleue, sur mes seins nus. S'amusait à les voir se crisper comme sous ses doigts. Savait attendre lui aussi. On arriverait peut-être un jour à jouir sans se toucher, qui sait ?

Il faisait un vent de Pacifique. Juste de quoi gonfler la toile. On glissait sur les vagues souples. Gémissement de soie foulée par une main moite. Il a bloqué la bôme d'une double boucle devant trois mille kilomètres de solitude. Il s'est agenouillé entre mes jambes ouvertes.

Je gardais les yeux fermés. Pour le plaisir de la surprise quand il se poserait sur moi. Où ? Je l'inventais, le précédais, sur mes cuisses, mon ventre, ma bouche. Et le frisson se déplaçait. À volonté…

Il est tombé sur mes chevilles. Les deux en même temps. Serrées dans ses mains. Comme des bracelets de cuivre. Il a relevé mes jambes, les a enroulées autour de sa taille. C'était simple. Parfait.

Elle en avait fait du chemin en devenant Pédagogie, Charlotte ! Moins d'un mois, de Bernard hésitant dans l'ombre à cette coque de bois qui craquait entre l'eau et le ciel. Le ciel qui s'ouvrait, crevasse de lave, entre ses jambes et ses yeux, noirs jusqu'au rouge, de vagues en creux talonnant sous la coque. Ses dents plantées dans mon épaule qui éclatait :

— Gueule ! Mais gueule ! Avec moi !

Alors, on a gueulé tous les deux. Pour rien. Sauf pour gueuler ensemble. Et il est allé jusqu'au bout avec ses dents de loup. Jusqu'au sang. Salé comme la mer. Comme sa peau. Le sel des sacrements. De la vie. Des tas de pourquoi trouvaient leur réponse. Sans mots. Dans un cri double, la lumière éclatée et ce goût de commencement.

Il me regardait sans rire. Et ses yeux traversaient les miens. Il a dit :

— C'est comme ça qu'on devrait faire les enfants…

On ne voyait plus la côte. C'était sphérique tout autour. Avec une ligne de métal entre le ciel et l'eau. Forme et couleur cosmos. Et en plein milieu, là-haut, ce grand clou de chaleur planté. Prêt à tomber. Nous écraser. Nous désintégrer. Il était midi. Pile. Pas à l'horloge parlante. Au soleil. En toute simplicité. La Méditerranée vide, mille mètres de fond, le soleil au zénith et un peu de sang, pour faire quelque chose entre Aphrodite et Shéhérazade, Ulysse et Aladin. Va donc traverser les passages cloutés et pointer à l'ANPE avec des ailes…

Il ne connaissait pas Homère. Il savait à peine lire et écrire. Il réinventait tout.

31

Le deuxième vendredi, c'est Anne qui nous l'a volé. J'ai bêtement activé mon portable, croyant que c'était lui.

— Charlotte ? Viens à La Ciotat avec Rachid, vendredi. On invite des copains. Ce sera sympa…

Le moyen de refuser ?

Dès le matin, c'est mal parti. Rachid a enfilé un jean et des Converse. Jusque-là, ça allait. Et puis il a complété avec une chemise en soie rouge, nouée façon opérette sur son ventre brun. L'étiquette de col avouait Prada.

J'ai tenté :

— Tu sais, Anne et Roger… la soie… Prada…

J'aurais mieux fait de me taire. Ce n'était pas une gaffe. C'était une provocation.

— Faudra qu'ils fassent avec, tes bobos ! Je vais pas leur servir un travailleur émigré en gants Mappa ou un rappeur à capuchon pour leur show.

Leur show ! J'ai haussé les épaules, mais le cœur n'y était pas. Je sentais trop qu'il avait raison. D'ailleurs, ils avaient organisé leur sauterie un vendredi. Parce qu'ils savaient qu'il était libre. Il serait leur star. C'est sûr. La semaine prochaine, ils auraient un écrivain, et celle d'après, un ex-taulard ou un berger. C'est ça, les bobos. Pas méchants mais un peu m'as-tu-vu. Le conformisme de l'anticonformisme. J'ai essayé de lutter. Pour la forme.

Ce qui fait qu'on est arrivés en retard chez Anne. S'était pas trompé : on était le clou de la journée. L'intello qui a osé sauter le pas : se faire tringler par un Arabe. Et surtout, l'installer chez elle. De la sympathie au lit, la marge est déjà large. Mais la bite au goût de soufre en a déjà tenté plus d'une. Le gros truc, c'était *Rachid Sahli* écrit sur ma boîte aux lettres au-dessous de *Charlotte Maurin*.

Le méchoui était déjà presque cuit. Anne était rouge d'avoir surveillé le feu. Un peu échevelée. Elle sentait la fumée et le gras brûlé. En nous voyant arriver, elle s'est précipitée vers nous. Rachid a froncé les narines.

— Ah ! Enfin !

Et en lui montrant le mouton rôti qui jutait dans les braises :

— Vous arrivez au bon moment : je ne sais pas s'il est cuit à point ?

Il a jeté là-dessus, du haut de son mètre quatre-vingt-huit, un regard d'évêque qui trouve une banderole de la CGT sur l'autel de la Vierge Marie.

— Oh, moi, vous savez, ma spécialité, c'est la bouillabaisse…

Tout le monde a ri. Sauf lui. Sauf moi. Sauf Anne. Elle n'était pas si bête.

— C'est au cuisinier que je m'adressais, pas…

Il l'a coupée.

— … à l'Arabe ?

On pataugeait en plein désastre. Anne lui a jeté un regard meurtrier.

— T'es le premier Arabe snob que je rencontre !

— C'est que t'en as pas rencontré beaucoup. En gros, y'a le même pourcentage qu'au PS et au Front national…

Passe d'armes échangée avec des sourires amènes. Mais il a vite abandonné une lutte qui semblait l'ennuyer. Il a laissé tomber Anne et ses copains. Il s'est rabattu sur un groupe de jeunes qui chahutaient autour de Delphine, la sœur de Roger, une blondinette rigolote de treize-quatorze ans.

— Et pourquoi vous dansez pas, les jeunes ?

Delphine a montré du menton le lecteur sur lequel tournait pépère un CD de Vincent Delerm…

— T'as rien d'autre ?

— Si… elle a fait.

— Eh bien alors, va chercher !

Cinq minutes plus tard, elle était de retour les bras chargés d'albums et de singles.

— Voyons voir ! il a dit, en jetant l'un après l'autre les CD sur la table, comme s'il distribuait des cartes à jouer.

Et finalement :

— Tiens ! Ça c'est chaud !

Il a fait gicler ce pauvre Delerm qui a lâché un ultime hoquet, il l'a balancé sur la table sans le remettre dans son boîtier. Il l'a remplacé par un truc d'ado. Tokio Hotel ou la Star Ac, ou je sais pas quoi. Gravissime. Il a poussé la sono à fond. Ça dégoulinait de partout. Gnangnan. Consternant. Mais là, entre la piscine et le mouton qui tournait, c'était franchement terroriste. J'ai adoré. Parce que j'imaginais les voisins qui se posaient des questions…

Anne était effondrée.

— Mais il est débile, ce type ! Complètement débile !

Elle m'a jeté un regard compatissant et douloureux :

— Ma pauvre Charlotte…

Sous-entendu : « Il te tient par le cul… c'est évident ! » Le rire me prenait. J'avais une de ces faims ! Et rien contre le méchoui, moi. Ni contre la bouillabaisse. Ni contre rien de comestible. Roger découpait des morceaux de mouton grillé. Il les déposait dans des assiettes en carton. Il m'en a tendu une. Je commençais à saliver. Mais Rachid en avait décidé autrement. Il lui a arraché le couteau des mains. Il l'a fait sauter deux ou trois fois de sa gauche à sa droite façon *West Side Story*. Il l'a jeté de toutes ses forces contre le tronc d'un pin. La lame s'est plantée en vibrant.

— Pas de couteau dans le méchoui, mon pote ! Tout à la main ! Du gras jusqu'aux coudes ! Jusqu'aux oreilles ! Et sans rince-doigts : y'a pas de flotte dans le désert…

Et il s'est mis à déchirer le mouton avec une adresse ! La viande semblait se détacher seule. Tomber de son propre poids. Disséquée muscle à muscle autour des os blancs nettoyés. Il distribuait les morceaux à pleine main, au petit bonheur. Tous s'étaient approchés. Fascinés. Une étincelle de concupiscence dans les yeux d'Anne. La pupille qui se dilate un peu. La bouche qui s'entrouvre. Eh ! pour être syndicaliste, on n'en est pas moins femme. Le couteau si bien planté et ce show préhistorique sur la bête à partager lui étaient allés droit un peu plus bas que le cœur. Tokio Hotel et la Star Ac, après tout, elle aurait fait avec, pour peu que…

Je n'allais pas rater l'occasion. Et le même sous-entendu.

— Ma pauvre Anne…

Touchée ! Elle a rougi. Quand il a eu fini, il est venu vers moi avec un tout petit bout de viande nacrée enlevé sous le ventre. Avant de prendre son offrande, je l'ai embrassé en étalant un peu le gras sur ses joues et son menton. Il a souri.

— On peut dire que tu apprends vite, toi !

Et il a mis lui-même le morceau dans ma bouche. J'ai demandé tout en mastiquant :

— Qu'est-ce que c'est ?

Il souriait de plus en plus. Ses yeux brillaient de malice.

— Devine !

Pas très dur à deviner…

Alors, j'ai vu que tous les mangeurs de jambon-coquillettes nous regardaient. Comme on regarde une vitrine remplie de snow-boots quand on a les pieds gelés.

Roger servait du rosé. Il hésitait devant Rachid. Alcool ? Pas alcool ? Devinait déjà qu'il se ferait remonter les bretelles, quoi qu'il fasse. Rachid lui a raflé le gobelet.

— C'est un peu dommage de picoler du si bon pinard dans des gobelets en carton, mais je vais pas me faire traiter de snob une deuxième fois !

Roger commençait à en avoir assez de se faire chambrer. Mais l'hôte se doit d'encaisser. Même les fausses pièces.

Les jeunes étaient partis se baigner depuis un moment. Le soleil baissait derrière l'île Verte. Une lassitude dorée tombait sur la pinède. Roger est allé mettre un CD : l'antique Reggiani, en trémolos tristounets dans le soir qui tombait…

La femme qui dort dans mon lit n'a plus vingt ans depuis longtemps…

Sifflement de Rachid, admiratif.

— Ben dis donc ! C'est appétissant, ça !

Et il s'est lancé dans un mime obscène et tordant. Les seins si lourds… La bouche usée… Le cœur chargé de pleurs. Pas tellement offusqués, les camarades. Allumés au vin rosé, ils commençaient à rigoler. Les jeunes, qui étaient remontés de la plage, se tordaient de rire en silence derrière le dos de Roger. Impassible, l'informaticien. Glacé comme un antivirus. Un peu plus maladroite ou spontanée que les autres, Delphine a laissé échapper un gloussement. Roger s'est retourné, furieux. Il les a vus. Comme il ne pouvait rien dire à Rachid, il s'est mis à les engueuler :

— Bande de petits cons ! Foutez-moi le camp !

— Hé ! Curé ! lui a balancé Rachid en se tapant sur les cuisses.

Inexplicablement, tout le monde était passé de son côté. Il avait un charme. Un fluide passait dans sa bonne humeur iconoclaste. Roger était au bord de l'esclandre. Il fallait se tirer avant la catastrophe. J'ai pris Rachid par la manche :

— Dis ! Tu as oublié que tu travailles ce soir ?

Contact. Quart de tour. Il a percuté.

— Déjà ? Humour noir.

Fait une mimi aux unes, fondantes, serré la pince aux autres, souriants. Delphine lui a sauté au cou.

— Léger, cocotte ! J'ai dix balais de plus que toi ! Mais si tu veux, j'ai un frère. Dans les seize-dix-sept. Ta pointure…

La gueule de Roger ! La petite, elle, m'a glissé à l'oreille :

— Il est génial, Charlotte ! Gé-nial !

Et on est partis. En passant sous le pont du chemin de fer, j'ai eu le temps de lire, tagué à la bombe sur le bossage érodé :

LA CIOTAT :
9 QUI BRAILLENT
1 QUI TRAVAILLE

Ça m'a fait rire. Avec une ch'ti poil de mauvaise conscience. Encore meilleur…

On s'est arrêtés au premier café sur le port.

— Tu as vraiment été abomifreux !

Il a haussé les épaules.

— Sont trop cons ! Avec leurs barbes de prof, leur baratin de prof, leurs gonzesses imbaisables et leurs chansons filandreuses. Faut être taré pour mettre Baudelaire en musique…

Fou rire :

— Oh ! l'intello ! Ça gonfle pas trop, les chevilles ?

J'ai pensé au mot superbe de Victor Hugo : *Défense de déposer de la musique au pied de mes vers.* Et pourtant, à l'époque, le roi, c'était Berlioz, pas Obispo. Mais comme il faisait mine de se vexer :

— Ils nous ont invités pour montrer qu'ils ne sont pas racistes, c'est plutôt sympa, non ?

— Montrer à qui ? À moi ? Tu crois que quand ils invitent un Breton, ils lui demandent de jouer du biniou ?

J'ai pensé : « Il a raison. Ça devrait être ça, les Arabes en France : une nouvelle province. Sans terre. Une province nomade. Rien de moins. Rien de plus… »

Mais il continuait :

— S'ils sont pas racistes, ils viendront demain boire un pot chez Mouloud. J'ai invité la petite et ses copains. Comme ils sont pas motorisés, faudra bien que ta chère collègue les pilote. Elle est en vacances : elle a rien d'autre à foutre.

— Tu as trop joué au sale Arabe ! Tu les auras déçus…

— Et alors ? Il est pas sale l'Arabe qui ramasse leur poubelle ? Ils l'ont invité, lui ?

Redoutable d'intuition, Rachid. Sont pas venus. Ils aimaient bien les Arabes, Anne et Roger, mais les Arabes calibrés. Pas n'importe quel dingue basané capable de te piquer tes copains et de tringler ta femme et ta sœur, un couteau dans une main et un verre dans l'autre ! Ça puait l'*outsider*, ça. Le contraire du socialisme. La preuve par mille qu'il n'y a pas de sens à l'Histoire.

32

Plutôt que de rentrer direct, on est allés danser.

Il y a quelques bonnes boîtes à l'entrée de Marseille. *Free* pour les filles : tu demandes pas au gibier de cotiser à la société de chasse. Mais s'il fallait se révolter contre tout, on passerait son temps à se battre. Le *Paradise*, c'était le top. Pas de risque d'y rencontrer Delerm. Encore moins Reggiani. Spots psychédéliques. Un poil disco-rétro : la province. Flashs. Lasers. Sono à donf. Un DJ déchaîné, acharné à ruiner du vinyle. Les infra-basses qui te déchirent la culotte. Le bruit, c'est comme le rire : ça fédère. Au-dessus de cent dix décibels, ça compacte. C'est le contraire de la trouille. Qui éparpille. Qui chacun-pour-soi. De là à dire que le bruit rassure…

On était serrés comme des Q-Tips dans un paquet. C'était toute la masse qui montait et descendait. Une marée lourde. Charriant des épaves. Des têtes vides. Et des vagues de bras sans corps.

Quand t'as grimpé sur le *beat*, t'as plus qu'à te laisser porter. C'est dense et chaud comme une lave. Ça ferait flotter du plomb. La cervelle liquide, les tympans explosés, le cœur en quatre, les yeux rouges, tu fais partie de la tribu. Et tant mieux si tu emmerdes la tribu voisine. Celle qui regarde « Questions pour un champion ». Chaque morceau de viande ébranlé, tu te sens fort. Jeune. Entier. Tu te sens tout court. Matière vivante. Vibrante. Quand ça s'arrête, tu vacilles. Le sol bouge. Tu regardes à tes pieds. Tu t'attends à trouver des scories, des boues rouges, des cristaux, du gravier. Rien. C'est une onde, le bruit. Un ballet d'électrons. Vite ! que ça reparte !

— Oh, Pédagogie ! Du calme ! Tu danses comme ça, toi ? J'aurais dû m'en douter...

Il riait. De toutes ses dents violettes dans la lumière noire. Rire syncopé. Haché par le stroboscope. Rire en pointillé.

Et puis Mouloud est arrivé derrière moi. En dansant. Seul. On s'est mis à danser à trois. Moi entre les deux. Et ils ont repris la conversation où ils l'avaient laissée trois semaines plus tôt. À la virgule près. Et en braillant comme des cochons qu'on égorge :

— Dis, Rachid ! C'est en France, la Corse ? Je me rappelle plus...

— Moi non plus...

— C'est con, ça !

— C'est corse...

Et ils regardaient autour d'eux. Rien ? Alors ils ont recommencé : « Dis, Rachid, etc., etc. »

C'était nul cette discussion. À quoi ça rimait ? Mais je m'en foutais. Je dansais...

— Allez, sois cool, a dit Mouloud. Prête-la-moi un peu !

Rachid m'a fait faire un demi-tour sur place. Et j'ai eu les deux mains de Mouloud autour de la taille. Il avait le déhanchement carrément obscène. Contre mon dos,

Rachid se marrait. Un rouquin lui a frappé sur l'épaule en passant par-dessus ma tête.

— Dis, le grand ! Tu te laisses piquer ta meuf par un Rebeu ? T'es pédé ou quoi ?

Quoi. Il avait déjà pris la main de Rachid en pleine gueule. Ni gifle ni coup de poing. À plat. Sur le nez. Il est tombé en arrière sur une table. Renversé tous les verres. Des filles se sont mises à couiner. Deux gars sont arrivés à la rescousse. D'un revers du bras et d'un coup de genou, Rachid les a allongés pour le compte. On faisait cercle autour d'eux. Jusque-là, c'était, pour tout le monde, un costaud qui démolissait trois minables. Pour une histoire de fille, sans doute. Ça fait toujours plaisir au public, trois contre un quand c'est l'un qui gagne. C'est comme une tranche de ciné sortie de sa pelloche. Ça booste la libido.

Et puis il est arrivé une deuxième vague. Mouloud s'y est mis. Avec sa chetron de crouille, il a réveillé des vocations. Des deux côtés. En cinq minutes, c'était la bataille rangée. Arabes d'un côté. Marseillais de l'autre. Quand je dis Marseillais… J'ai percuté une heure plus tard, au poste. *Because* on avait pas été long à nous embarquer tous. Dans deux paniers à salade. Garés trois rues plus loin. Comme tous les soirs. J'ai percuté quand les autres ont commencé à donner leurs noms au policier de service : Albertini, Donizetti, Simi, Ciappa… Un inspecteur est arrivé dans le bureau en claquant la porte.

— Toujours ces cons d'Arabes et de Corses ! Vont nous faire chier encore longtemps, ces bras cassés ? Et après, ça va brailler à la discrimination parce qu'on les laisse pas entrer en boîte !

Elle avait une drôle d'allure, Charlotte Maurin, professeur des écoles, assise sur les genoux du chef des Barbaresques ! Et pas tellement persuadée que les Corses avaient commencé : « C'est en France, la Corse ? » Répété en braillant jusqu'à ce que ça tombe dans une oreille sensible. Sacré Mouloud ! Pour la provoque, il craignait personne. Rachid se marrait en faisant voler autour de lui des lambeaux de soie.

— Putain ! Une chemise à 400 euros ! Toute déchirée…

Dominique, le rouquin, a grogné.

— Bouffon !

Rachid rigolait de plus en plus. Il m'a serrée contre lui. Je tournais à la prise de guerre. C'était vexant et excitant à la fois. Nouveau pour une civilisée. On retournait à la horde. J'ai joué le jeu. Passé mes deux bras autour de son cou. Je l'ai embrassé. Pour la galerie. Pas la passion. Le porno. Du bout des dents et de la langue sur ses lèvres qui souriaient. Pour les autres, en face, je devenais vraiment la chienne. Rouler une pelle pareille à un raton dans un commissariat ! Lucide, Rachid, avec l'éclat noir de ses yeux entre ses cils baissés :

— T'as pas peur d'attraper une cochonnerie ?

— Quel genre de cochonnerie ?

Il a murmuré entre deux mordillages :

— Mon nom, par exemple…

J'ai senti, comme qui dirait, que c'était une demande en mariage. Alors j'ai arrêté de le mordre. Fallait pas exagérer. Il a passé sa langue sur ses lèvres mouillées par ma salive.

— Tu m'en feras dire et faire des conneries, toi !

Autour de nous, personne n'avait rien vu. Rien entendu. Rien compris. À croire qu'on devait se trouver dans un commissariat pour arriver à l'essentiel. C'était notre église. Notre mosquée. Le sacrement fatal d'une complicité à la vie à la mort. Un jour, peut-être, on nous pendrait. Ensemble. Avec une seule corde. Le bonheur…

Cette fois, on y a passé la moitié de la nuit. C'était clair qu'on nous gardait juste pour nous faire chier. Faut dire qu'on l'avait pas volé. Les autres, corses ou arabes, partaient par groupes mélangés dès qu'ils étaient vérifiés. Pas fâchés pour deux sous. Plutôt sportifs. Ç'avait été une belle baston ! Pas de sang. Rien que des gnons. On s'en rappellerait...

Manque de bol, M. Vidal était en vacances dans les Alpes. Et Fernand à Bandol. Bip, bip, au bout du fil : « Vous êtes sur la messagerie de, etc., etc. » Sur le coup de 5 heures, il a fallu réveiller mon père. Il a cautionné les deux. Pouvait pas faire moins. Mais devait se dire qu'elle descendait un peu trop schuss, la fille qui skiait sans bâtons. Les bagarres à la sortie des boîtes, c'était pas tellement ma tasse de thé, jusque-là. J'étais plutôt bal champêtre.

C'est ce qu'il est venu me dire le lendemain. Entre midi et 14 heures. Parce qu'il savait que Rachid travaillait et qu'il me trouverait seule.

— Dis, Charlotte ! Tu te rends compte ?

Pour me justifier, j'en ai rajouté. J'ai menti. Raconté des histoires de provocations racistes qui allaient droit à son cœur d'humaniste. J'avais un peu honte. Mais va donc expliquer à un directeur d'IUFM, qui vote socialiste depuis trente ans et milite pour la régularisation des sans-papiers, qu'on peut s'offrir une baston pour le sport. Comme dans les westerns-spaghettis.

Derrière le bureau d'André, à Aix, il y avait, dans un joli cadre en bois cérusé :

PAROLES D'UN SAGE

Prépares-tu l'avenir...
Pour un an ? Sème du grain.
Pour dix ans ? Plante un arbre.
Pour cent ans ? Instruis ton peuple.

Il y croyait, André, aux lendemains qui devaient forcément chanter. (Si ça chante pas à Aix, alors, où ça peut chanter, sans blague ! Seulement, ça chante un peu à l'ancienne...) Mais va donc semer quelque chose avec Rachid ! Et attendre que ça pousse ! On vivait à deux cents à l'heure en pleine ville, au milieu des piétons terrifiés. On baisait debout contre les portes. On déchirait du Prada comme du Kiabi. On buvait la moitié d'une bouteille de champagne et on jetait le reste. On laissait un sillage...

33

Au poste. Une fois de plus, une fois de moins… Maintenant, je prenais à la rigolade ce qui, au début, m'avait fait l'effet d'une tragédie.

On y est retournés pour la quatrième fois le 14 juillet. Et là, pas le plus petit arrière-goût de farce et de sport comme avec les petits cousins corses. On était toute une bande. Leila et Alim étaient avec nous. Mouloud aussi. Avec Pavlo, Manu et Raphaël, les employés de Fernand. On revenait du feu d'artifice. On raccompagnait en chahutant Yazid, un copain de Rachid, qui vendait des culottes sur le cours Belsunce. Des culottes en vrac. Avec quatre employés. À vingt-cinq ans. C'était pas mal, pour un ancien débile d'institut médico-pédagogique ! Un degré plus bas que la classe de transition. C'est là que passe le mur séparant le cancre, façon Rachid, du débile. On colle un toubib et un psy là-dedans et la connerie devient pathologique, le fada, un malade. Interdit de poéter plus haut que son QI. Moi, l'instit, je gravitais autour de 130, et Yazid, avec juste un peu plus de la moitié, était chef d'entreprise. Faudrait peut-être se poser des questions. Et se les poser dans la langue *ad hoc*. Pas comme les tests d'orientation…

En tout cas, Alim, lui, venait d'avoir le bac. Mention très bien. Et on avait fêté l'exploit. Aussi, il avait un peu de mal à tenir la ligne droite, le tout neuf bachelier. On le chambrait. Gentiment. Je l'ai pris par un bras. Leila par l'autre. Rachid nous précédait, en marche arrière, comme pour guider la manœuvre d'un semi-remorque.

— Il est pas beau, le futur commissaire de mes deux ?

— … de… de… de police… bégayait Alim qui avait les yeux à côté des trous.

On chahutait, quoi.

Au coin de la rue Thubaneau et du boulevard d'Athènes, on est tombés sur une drôle d'équipe. Ça barrait le passage. Douze skinheads au crâne rasé. Échauffés au tricolore de la Bastille. Barres de fer. En forme de première page de *La Provence* : « Odieuse agression raciste. » En clair, la ratonnade. Rien à voir avec les Corses mal embouchés. De vrais sales cons.

Six contre douze. Les mains nues. La bonne proportion pour prendre une raclée. La trouille ! On a reculé. Pas à pas. Jusqu'au carrefour. Jusqu'à la lumière. Et là, on est partis à fond de train. Rachid me tirait derrière lui. Par le poignet. Perchée sur mes hauts talons, je me tordais les chevilles. J'ai perdu un soulier.

Forcément, Alim est resté sur place. Les autres étaient déjà sur lui. On pouvait pas le laisser. Rachid, Yazid et Manu ont été les premiers à plonger dans le tas. Raphaël, Mouloud et Pavlo, qui étaient déjà plus loin, sont revenus. Leila criait comme une Arabe qu'elle était : à te perforer les tympans.

Ils se faisaient massacrer, les six. Les gens passaient au large. Rasaient les murs. C'était pas joli-joli. Mais compréhensible. Tu prendrais volontiers un coup de rasoir, toi ? Parce que les Arabes ont toujours des rasoirs plein les poches. C'est connu. L'un d'eux, pourtant, a dû appeler la police. Au premier coup de sifflet, les skinheads ont disparu. Vers le haut du boulevard. Des voitures ont démarré en trombe dans un couinement de pneus. J'ai senti, aux cinq secondes de flottement, qu'on leur avait laissé le temps.

Rachid s'est relevé le premier. Il saignait de la bouche. Il s'est essuyé d'un revers de main. Alim était blanc comme une endive, mais il s'est mis debout. Pavlo restait par terre. À plat ventre. Un flic l'a pris par les épaules, un autre par les pieds, et ils l'ont balancé dans le fourgon comme un cadavre. On a suivi, poussés dans le dos, en se faisant engueuler :

— Bordel de merde ! Vous pourrez jamais vous tenir tranquilles !

Maintenant, il y avait un attroupement. Tout danger passé, ça commentait ferme :

— Moi, je te dis qu'y en a trop.

— Mais ça va changer. L'immigration sauvage, y'en a marre !

— J'espère bien ! C'est plus Marseille, c'est Alger !

— Et ils se battent entre eux ! Des sauvages !

Une voix discordante, dans le lot. Mais faible. Vite étouffée :

— Et les autres, où ils sont passés ?

— Les autres ? Quels autres ?

Envie de hurler.

On nous a déchargés comme du bétail dans la cour de l'évéché. Poussés sous un néon détraqué qui clignotait. On était groggy. Rachid et Yazid soutenaient Pavlo. Alim pesait sur moi comme un âne mort.

Et c'est reparti. Un à un. Nom, prénom, profession.

Je me suis affolée. Jetée sur la banquette en montrant Pavlo qui était toujours groggy.

— Mais, bon Dieu ! Appelez un docteur ! Vous voyez pas qu'il…

— Ta gueule, pouffiasse ! Fallait y penser avant ! a braillé le flic.

— Avant ? Avant quoi ?

— Avant de le tabasser !

Ça m'a sciée. Je me suis mise à bafouiller.

— Mais c'est… c'est pas… c'est…

— C'est qui ?

— … quette ! a ajouté son collègue en riant gras.

Je me suis mise à pleurer. Rachid m'a fait un signe de la main, style du calme. Leila, Alim et moi étions sans carte d'identité. Tu penses à prendre tes papiers, toi, quand tu viens de réussir au bac ou que tu vas voir le feu d'artifice en famille ?

— C'est ma sœur, a dit Rachid de Leila.

— Et lui ?

— C'est mon frère.

Le flic m'a montrée du menton.

— Et l'avocate, là, c'est ta cousine ?

Il a fait non de la tête.

— C'est ta femme ?

Il a hésité, mais il a fait non, une autre fois. Quelque chose s'est déchiré. Je me suis sentie nue. Le flic récapitulait :

— Sahli Rachid. Sahli Leila. Sahli Alim…

Le rigolo du fond a ajouté :

— Sahli… c'est pas propre, ça !

Je suis partie sur lui comme une folle. Rachid m'a retenue par un bras avec une force terrible. J'ai été bloquée sur place.

— Laisse tomber. C'est pas ton nom !

Il avait les lèvres blanches. J'ai compris qu'il ne voulait peut-être plus me le faire, ce cadeau empoisonné…

Elle ne savait plus où elle en était, Charlotte Maurin. Elle ne pouvait plus reculer. Ça s'était refermé derrière elle. Mais devant, c'était pas ouvert. La souricière.

34

Fernand est venu nous chercher. Avec sa grosse Mercedes dernier modèle. Je boitais. Sur un pied nu et un talon haut. Lamentable. Il a fait un signe à l'inspecteur en m'ouvrant la portière avant.

— La petite aussi, je l'emmène.

Pavlo était le seul étranger. Mais il avait sa carte de séjour, un contrat de travail. L'immigration choisie comme on dit. Tout était en règle. Le moteur ronflait déjà. *Soft.* Grand luxe. L'inspecteur, souriant, discutait avec Fernand :

— Croyez bien, monsieur Terrass, que si on avait su que c'était vos employés…

Au moment où Fernand lâchait le frein à main, un type transpirant est sorti en courant du bureau du fond. Il a posé la main sur la portière, il a demandé à ses collègues, en montrant Fernand :

— Qui est-ce, celui-là ?

Les autres ont écarté les bras, frappés par l'évidence, et avec emphase :

— C'est Terrass !

L'autre, pète-sec :

— Terrass ? Quel Terrass ?

Les Marseillais se regardaient. C'était un peu comme si on leur avait demandé : « Qui c'est Pagnol ? » Terrass, c'était Terrass ! La Bouillabaisse ! Avec un grand B à Bouille… peut-être même un autre à Baisse ! Marseille, quoi !

Mais l'autre avait la dent dure. On l'avait envoyé de la capitale pour venir remettre un peu d'ordre dans cette foutue ville aux relents d'ail et de couscous, où personne n'est foutu de faire la différence entre un flic et un voyou.

— Papiers ! S'il vous plaît !

Fernand a sorti un portefeuille en croco et a tendu sa carte d'identité par la vitre baissée. Le flic en civil a lu à voix haute :

— Nathan Esthérazy ! Je ne vois pas de Terrass, là.

Et, très froid :

— Où peut-on téléphoner, pour vérifier ?

— À Auschwitz. Regardez : c'est marqué en bas en petites lettres…

C'était Rachid qui avait répondu. Avec un sourire angélique. Fernand lui a fait un clin d'œil. Le type est devenu tout rouge. Il a rendu sa carte à Fernand.

— Ça va. Vous pouvez partir.

Et on a démarré. En souplesse. J'avais un nœud dans la poitrine. Fernand a posé sa grosse patte poilue sur mon genou.

— Allez, Charlotte ! Du cran ! On en bave, mais reconnais qu'on se marre bien !

Et comme on arrivait en haut de la Canebière, il s'est mis à faire des zigzags d'un trottoir à l'autre. Les freins couinaient autour de nous. Appels de phares. Coups de klaxon. Pas contents, les derniers conducteurs du dimanche ! On s'est fait traiter de tout : de conards, d'enculés, de pédés, d'ivrognes, de bourges, mais pas de bougnoules. Pour ça, on aurait dû avoir une R21 cabossée…

On se tordait de rire. Même Rachid derrière sa lèvre fendue, même Alim du fond de son brouillard, même Pavlo sous ses côtes fêlées. Et moi, j'étais époustouflée de voir qu'à trente kilomètres de mon IUFM solennel, on pouvait encore vivre comme ça. À fond la caisse. Quand tu penses au nombre de blaireaux qui cassent leur tirelire pour aller se dépayser aux antipodes…

Lorsque nous sommes entrés dans le restaurant presque désert, Loule, qui était resté avec les deux extras pour s'occuper des retardataires en chemise Hawaï, nous a reçus d'un :

— La vache ! on dirait un commando palestinien !

Surpris de voir débouler dans un quatre-étoiles cette horde de Barbaresques, les Américains ! Soucieux du look de sa boutique, Fernand leur a offert le champagne. Rachid s'est mis à leur raconter – dans un anglais à la Kadhafi, mais en anglais tout de même – notre petite aventure. Le bonhomme hochait la tête :

— *Yeah ! I know ! French Ku Klux Klan ! Yeah ! So bad…*

Ben voyons ! Prestige de la France ! Et ils se sont tous mis à parler anglais. Je suivais péniblement. Moi qui avais étudié pendant sept ans la belle langue de Shakespeare. Vive l'école ! L'Américain a voulu payer le champagne, lui aussi. L'ambiance était atlantique. Et pourtant le regard de Fernand, inquiet, sombre, croisait le mien de temps en temps. Il m'a soufflé :

— Tirez-vous ! Mais tirez-vous ! L'Australie…

Rachid, qui l'avait entendu, lui a fait signe de la boucler :

— C'est pas pour quatre cons au crâne rasé !

— C'est plus vite fait de se raser le crâne que de laisser pousser ses cheveux ! lui a répondu Fernand.

Ça m'a fait réfléchir.

Quand on s'est levés pour partir, le ciel s'éclaircissait du côté d'Aubagne.

— Déconnez pas, les jeunes, a dit Fernand en nous voyant enfourcher la moto. Demain, on a du boulot et ça m'étonnerait que Pavlo soit d'attaque…

J'ai proposé timidement :

— Je suis en vacances : je peux venir donner un coup de main, si vous voulez…

— Pardi, si je veux !

— Et Leila aussi, a ajouté Rachid en claquant les fesses de sa sœur. Cette beauté est en congé longue durée : elle s'est fait virer de sa caisse. Le gérant voulait la sauter, et mademoiselle a des principes…

— Dis ? Tu me cherches ? lui a lancé l'autre, démarrant au quart de tour.

Fernand a ri :

— Si les patrons peuvent plus s'envoyer leurs employées, alors où on va ? À quoi ça sert d'avoir du fric ?

— N'culé ! lui a lancé Leila avec un regard venimeux

— Ah ! Tu es bien la sœur de l'autre con ! a dit Fernand tout attendri.

Et puis il a regardé Alim étalé dans un fauteuil. À moitié sonné et le regard vague. Alors, il a ajouté :

— Ça veut faire commissaire et ça tient même pas l'alcool…

Il a fait sauter dans sa main les clés de la Mercedes, et :

— Allez, je vous ramène, les crouilles ! À cette heure, y'a plus de métro…

— Si tu crains pas de faire caillasser ton carrosse… a dit Leila en haussant les épaules.

— À trois plombes du mat, ça m'étonnerait… a répondu Fernand pour calmer le jeu.

— Que tu crois ! Depuis que les keufs ont serré les frères Azad, c'est la guerre là-haut !

— Les cons ! a dit Rachid. Ils brûlent leurs propres bagnoles et ils protègent les salopards qui les empoisonnent…

— Tu dis « ils », maintenant, en parlant de « nous » ? a grincé Leila arrogante.

Et Rachid, mon beau Rachid, qui avait réponse à tout, l'a bouclée. Il a posé une main sur mon épaule, et :

— Démerdez-vous. Nous, on s'arrache. Salut !

Et on est partis.

Il avait une drôle d'allure, le pauvre, nu, les bras en croix sur mon lit. J'avais seulement vu sa lèvre fendue. Parce que j'avais peur pour ses dents. Mais toute sa peau avait morflé. De son genou gauche ouvert en croix, le sang avait dégouliné jusqu'à la cheville. La chaussette en était imbibée. Elle chuintait dans la chaussure. Sur son dos, ses épaules, ses reins, ses cuisses roués de coups, des plaques violettes viraient au bleu-noir. Sa lèvre éclatée commençait à gonfler. Il grimaçait :

— Ça va chauffer, une fois refroidi !

Ce qui était une façon de parler. Moi, j'étais là, à le regarder, les bras ballants. Suffoquée d'indignation. Mais empotée. Capable de soigner un genou couronné ou une piqûre de guêpe. Mais là, c'était plus mon calibre de calamité. Dans l'enseignement, on nous fait même pas passer un diplôme de secouriste !

— Qu'est-ce que je peux faire ?

— Des serviettes trempées dans l'eau…

— Froide ?

— Non, tiède !

Je faisais ce que je pouvais. Il m'a souri :

— T'es un vrai bijou, Pédagogie ! Le repos du guerrier…

— Mais pas sa femme ?

Il a levé les yeux avec un soupir. C'était peut-être pas le moment de lui faire une scène ? D'autant qu'il s'était déjà fait secouer par sa sœur. Pourtant, elle avait raison. Elle était injuste Leila. Injuste et cruelle. Mais lucide. De quel bord il était Rachid ? Du mauvais, c'est sûr. Puisqu'il prenait tous les coups. Les coups des ratonneurs et les injures de ses frères.

Je me suis assise sur le lit. À côté de lui. J'ai pris sa main déjà alourdie par le sommeil. Les phalanges étaient rouges à la naissance des doigts. Des coups donnés. Pas des coups reçus. Les autres devaient avoir aussi quelques points douloureux. Ça m'a fait sourire. Il m'a dit :

— Tu comprends…

Je l'ai coupé.

— Je comprends pourquoi tu ne veux pas parler racisme sur le ton mondain avec Anne et ses copains.

— Voilà…

Et il s'est endormi. Comme un bébé ou un petit chien. D'un seul coup. J'ai continué à changer les serviettes dès qu'elles refroidissaient. Et puis je l'ai séché et couvert doucement avec le drap rose.

C'était un drôle de 14 Juillet. Je ne savais pas encore quel genre d'étendard sanglant on avait levé. Mais j'étais déjà certaine que ce n'était pas un jour de gloire.

35

Il récupérait vite, Rachid. Sa belle peau brune, c'était une peau de bête. Élastique. Résistante. Et comme les fauves et les chats, il aimait dormir et s'étirer. Se rouler en boule, mordre, griffer et ronronner. J'étais bien trop bouleversée par ses chapelets de bleus. Bleus qu'il ne sentait déjà plus. Étendu comme un satrape sur un empilement de coussins. Toute la matinée. Dans l'ombre des stores baissés. Le regard vite dérobé sous la paupière lourde. Gémissements. Battements de cils.

— Je suis crevé, Pédagogie, crevé…

Jusqu'à ce que, imprudence ou provocation, je passe trop près du lit. Il me cueillait avec un rire mêlé de « ouille ! » et de « aïe ! ». Pliait juste un peu trop mon genou ou mon cou pour me faire crier :

— C'est pas juste que je sois le seul à souffrir. Qui m'a arrangé comme ça ? Tes frères de sang, non ?

Croyait pas si bien dire…

Je me dégageais. Doucement. Peur de lui faire mal. Il se laissait retomber. Tout mou. Tout chaud. L'œil aux aguets. Félin qui chasse. Faux sommeil. Pas fâchée de lui montrer que j'avais parfaitement assimilé ses « leçons de baise » ! Que je pouvais l'utiliser sans lui demander son avis. Il jouait le jeu. De la passivité. Enchanté du changement de terrain. De la mi-temps. Du match nul. Prêt à la défaite. Maso à bloc. Me laissant, les yeux fermés, baliser son corps avec de grands cercles de rouge à lèvres autour des coups qui noircissaient.

— La salope ! Elle devient une vraie professionnelle ! La vireraient de l'enseignement, s'ils voyaient ça…

Et je continuais à dessiner, en rouge, en bleu, en vert, des flèches et des pointillés sur ses cuisses, son ventre et ses reins. Mode d'emploi. Posologie. Effets indésirables ? Néant. Peintures de paix.

Il refusait de se lever, peinturluré comme un guerrier massaï. Venu du fond des âges. Du loin des savanes velues.

Je l'ai servi au lit. Badigeonné de miel, léché, mordu, dégusté. Petit-déj cannibale. Et nos portables nous envoyaient en pure perte leur double et vain message.

Des coups frappés à la porte m'ont jetée au bas du lit. Serait étonné, le visiteur ! Les peintures de Rachid avaient déteint. J'étais couleur pâtisserie avariée. Lui, il faisait semblant de dormir. Mais le coin relevé de sa bouche hurlait au mensonge. Le temps d'ouvrir le battant, et un gamin déposait dans mes bras une corbeille de fleurs délirante. Hommage d'un cinglé à Nicole Kidman, Sharon Stone ou à la Bellucci : lis, roses, œillets, tubéreuses, jasmin. Blanc, blanc, blanc…

— File-lui 10 euros ! a crié Rachid depuis la chambre.

J'ai obéi. Sans comprendre. Le gamin a bondi dans l'escalier en chantonnant :

— Merci, madame ! Merci !

Et je me suis retrouvée sur le seuil de la chambre avec cette corbeille de mariage de cinq ou six kilos dans les bras.

— Mais, qu'est-ce que c'est, ce machin ?

Il hurlait de rire :

— C'est ta fête : la Sainte-Charlotte, infirmière de guerre.

J'ai froncé les sourcils :

— La Sainte-Charlotte ? C'est pas la Sainte-Charlotte, aujourd'hui !

— Oh là là ! Ce que tu peux être conformiste…

J'ai posé le jardin éphémère au pied du lit défait. Il était imprévisible. Flamboyant. Je l'adorais, mais :

— Si c'était juste pour rigoler, quatre marguerites, ça suffisait…

Il était enfin debout. Nu. Contre moi. Grave soudain.

— Un proverbe persan dit : *Si tu as deux sous, achète un sou de pain et un sou de jasmin.* Va savoir ce qui est *suffisant*…

Il a tiré de la mousse une longue tige de jasmin et l'a enroulée autour de mon cou. Un désir terrible de sa peau meurtrie m'empoignait. J'ai balbutié :

— Mais pourquoi des fleurs blanches ?

Il a levé les yeux vers le plafond. Ou vers le ciel ?

— Pour le parfum, pardi !

— Ah ?

— Les fleurs blanches sont plus parfumées que les autres : ce doit être pour compenser…

Il ne voyait rien comme les autres. C'était toujours de plus haut. De plus loin. Par-derrière. Ou en biais.

Il avait dépensé une fortune chez Interflora. Pourquoi ? Pour massacrer la corbeille, en joncher le lit et me jeter dessus. Pendant que mon portable massacrait en numérique la *Cinquième* de Beethoven : *Pom pom pom pom… Pom pom pom pom !* Et que le sien se marrait sur un tube des seventies relooké coupe du monde : *Staying alive... Stayind alive... hou hou hou...* Mais qu'est-ce qu'on s'en foutait ! Ivres de parfums chauffés, écrasés. Plus du tout crevé, le monstre ! Un faune ! Me laissant ni reprendre mon souffle ni remuer le petit doigt sur ce lit de légende. Encore un peu juste au combat, la chrétienne sainte Charlotte. Fantasia orientale. À cru et ventre à terre. Sans garde-fou et sans filet. Rachid tel qu'en lui-même, mais l'oreille sensible, tout de même :

— Bon Dieu ! Qu'est-ce que c'est chiant, toutes ces sonneries ! Où ils se sont planqués, ces putains de portables ?

Ils étaient enlacés au fond du sac à dos sous deux serviettes mouillées qui sentaient le chien.

— Allô ! Oui ! Allô ! C'est pas bientôt fini ce bordel ?

— ...

Les yeux fous. Les lèvres blanches. Incapable d'articuler une phrase cohérente.

— Mon frère... les salauds... c'était pas une cuite... fracture du crâne... l'hôpital Nord...

Il a sauté dans son pantalon. Enfilé un tee-shirt en dévalant les marches. Déjà la moto démarrait. J'étais seule.

La tête d'Alim ? Cassée ? Polytechnicien ou commissaire, qu'importe. La tête d'Einstein. C'était beaucoup pour Rachid. C'était la vraie revanche.

J'ai téléphoné à l'hôpital. Quand j'ai prononcé le nom d'Alim Sahli, on m'a envoyée sur les roses. La Rose. La fameuse. La grande pourvoyeuse en éclopés pas clairs, rongeurs de la Sécu. Et je te dis rien de la maternité ! C'est déjà bien beau qu'on les soigne gratis. S'il faut, en plus, payer une standardiste pour en donner des nouvelles...

Je me suis rappelé que le mari d'une prof de maths de l'IUFM était chirurgien là-bas. J'ai téléphoné à Aix. À mon père. En pleurant. Des murs s'élevaient autour de moi. Imprévus. Effrayants. Les corps constitués. Police. Santé. Manquait plus que l'Église ! Et s'il allait mourir, Alim ? Envie de mourir aussi.

André a été parfait. Comme toujours. Oubliant à l'instant mes jours et mes jours de silence égoïste. Alim a été tiré de la chambre à six lits où on attend la visite problématique d'une infirmière, pour entrer dans le Saint des Saints du réservé au grand patron. Gisberg est allé le voir. C'était tout ce que je pouvais faire pour lui. En attendant. En attendant quoi ? L'inimaginable.

36

Rachid est rentré dans la nuit. Enragé. D'avoir vu son frère livide. Bloqué à l'horizontale. Avec une minerve et un poids attaché au crâne.

— Un copain de Yazid les a vus ! C'est des types d'Aix. En monospace. Si je les retrouve, je les tue !

— Te fatigue pas, c'est moi, a dit Christophe, derrière lui.

Rachid s'est retourné. Il a foncé. Tête en avant. Christophe l'a reçu en plein dans l'estomac. Il s'est écroulé. Rachid l'a relevé et jeté de toutes ses forces contre le mur. Un massacre. Et mon frère n'essayait pas de se défendre. Même pas d'esquiver. Encaissait comme un punching-ball. Il cherchait les coups. La punition. Sa tête cognait dans l'angle. D'un mur à l'autre. En trois coups de poing il a eu le nez écrasé, l'arcade ouverte, la bouche éclatée. Il est tombé. Il toussait. Crachait du sang. Se traînait par terre. Sur les coudes.

Rachid s'est arrêté. Plié en deux comme lors d'une appendicite. Il gueulait. Gueulait ! Pouvait pas taper comme ça sur quelqu'un qui, d'entrée, déclarait forfait.

Il a ouvert la porte. Est parti comme un fou. S'est arrêté sur le palier. Désemparé. Et moi donc ! Lequel des deux avait le plus mal ? Christophe, couché dans sa honte et pissant le sang, ou Rachid, qui donnait des coups de poing dans le mur qui se tachait de rouge ?

Un mois plus tôt, je me serais mise à pleurer. Mais je commençais à devenir adulte. J'ai fait ce qu'il fallait : du café. Et j'ai aidé Christophe à se traîner jusqu'à mon lit couvert de fleurs écrasées. Un parfum féroce d'obsèques de luxe dans la chaleur du soir. Il a bafouillé :

— Qu'est-ce que c'est ?

— La Sainte-Charlotte. Vue par Rachid…

— Mais c'est pas…

— Justement.

Il s'est laissé tomber dans les fleurs. Il sanglotait.

— Que je suis con ! Mais que je suis con…

Devait se repasser la bande son qu'il avait lancée en arrivant, une heure plus tôt :

— C'est pas du racisme, Charlotte, je te le jure ! Je pouvais pas supporter de voir ma sœur se faire tringler par cette grande gueule qui sait à peine lire et écrire, avec son sourire de fils du cheik…

Qu'est-ce que je pouvais argumenter ? Si ça c'est pas du racisme, alors, qu'est-ce que c'est le racisme ? Et il comptait devenir avocat ? Pour défendre qui ? Des coupables ? Des innocents ? On est toujours coupable de quelque chose. Quelquefois d'être innocent.

En attendant, Alim était à l'hôpital. Et Christophe aussi. Rachid n'y était pas allé de main morte. Double fracture de la mâchoire. De quoi lui enlever pour un temps l'envie de rigoler. André l'a fait mettre dans la même chambre qu'Alim. *Instruis ton peuple* et ton fils, en passant.

Ça lui avait fichu un drôle de coup, à André, cette histoire ! Sa fille skiait peut-être sans bâtons. Mais le fils venait de manquer la piste. Salement. Son beau monospace familial gris métallisé assuré à la MAIF, bourré de petits salauds avec des barres de fer ! Il en avait froid dans le dos. Comment avait-il pu passer à côté de ça ? Mais les parents passent toujours à côté de tout : « Drogué, mon fils ? Oh non ! Ça, c'est impossible ! Je m'en serais aperçu. » Tu parles ! Mais, à présent, que faire ? Cogner ? C'était pas son genre. Et puis c'était déjà fait. D'ailleurs, il n'arrêtait pas de pleurer, son fils. Et de parler. Un moulin. Une fontaine.

— Je savais pas… J'avais bu… Ils m'ont dit : « On va s'éclater un coup, lui foutre un peu les jetons, au Rebeu de ta frangine… Il va se tailler comme un foireux… Ça lui cassera l'image… » C'était pour déconner. Juste pour déconner. Quand j'ai compris, c'était trop tard…

Christophe est resté trois jours en traumatologie avec Alim. Et puis, comme il continuait à parler et à chialer, on l'a mis en neurologie. On en était à se demander lequel des deux avait pris le plus méchant coup sur la tête. Il avait peur, Christophe. De ses copains d'un soir de cuite et de spleen. De lui, surtout. Une peur opaque qui lui brouillait la cervelle.

André et Christiane se jetaient la pierre à coups de « ta fille » et « ton fils ». Et j'avais la douloureuse surprise de comprendre que, pour ma mère, rien de tout cela ne serait arrivé si j'avais eu assez de jugeote pour rester avec Bernard.

En attendant, je passais mes journées à l'hôpital. Dans l'odeur d'éther et de désinfectant. Entre les chambres des Croisés, comme les appelait le docteur Gisberg. Fallait bien un Juif pour prendre ça à la rigolade ! Et il avait raison, Gisberg. Fernand le disait : « De toute façon, sur la longueur, les Juifs ont toujours raison… » Raison, parce que le soir, quand Rachid me prenait dans ses bras, le monde s'ouvrait et rayonnait comme une orange coupée en deux. Raison parce qu'elle était là, notre vérité, et que personne ne pouvait rien y faire. Doublement, triplement raison, parce que, au bout d'un mois, le crâne d'Alim s'était ressoudé et qu'en le voyant debout sans ses crochets ni sa minerve, Christophe a retrouvé d'un seul coup les pédales. Du moins, on l'a cru. Il a fallu en rabattre. Parce qu'au moment de remplir son dossier pour la fac, il a dit à André :

— Inutile, papa, je ne rentrerai pas…

Indignation bien compréhensible du père arc-bouté depuis vingt ans sur le bouton de l'ascenseur social :

— Tu laisses tomber tes études ?

Christophe a répondu à côté.

— Le 1er octobre, je vais à Sumatra.

— À Sumatra ? Qu'est-ce que tu vas foutre à Sumatra ?

— Construire un hôpital.

Difficile de lui allonger une calotte quand tu organises depuis vingt ans des collectes de riz dans les écoles pour consoler l'Afrique du sida. Quand tu es membre bienfaiteur de Médecins du Monde. Quand tu tresses des couronnes d'immortelles à saint Kouchner, ministre et martyr. Difficile. Impossible. On se prend quelquefois les pieds dans le tapis de prière…

Il n'avait rien à dire. Christophe avait choisi son chemin de Damas. L'humanitaire. Au XIXe, il serait entré dans les ordres, dans les années trente, il se serait engagé dans la Légion. Chaque époque a son romantisme.

— Si j'ai bien compris, c'est la rédemption ? m'a glissé Rachid, mi-figue mi-raisin.

Mais le mot de la fin, c'est Carla qui l'a eu :

— Eh ben ! Il va être joli, cet hôpital ! Il n'est même pas capable de changer une ampoule…

37

L'été avait mûri. Les nuits de la fin août étaient pleines d'étoiles.

Sur la corniche, c'était un peu la fin de la saison. La salle était moins pleine. Et Fernand laissait souvent Rachid se débrouiller seul. Il filait à Bandol. Y faisait le mort deux ou trois jours.

Le mystère de Fernand à Bandol était une galéjade pour le personnel du restaurant. Tout le monde riait sous cape. J'étais la seule exclue du secret de Polichinelle. Aussi, j'ai demandé à Rachid :

— Qu'est-ce qu'il fait à Bandol, Fernand ?

— Il s'éclate !

Et comme j'ouvrais des yeux ronds :

— Il va visiter ses nièces et jouer au poker.

Au poker ? À Bandol ? Il me chambrait ?

— Mais non, Monamour, je te jure ! C'est la vie secrète de Fernand ! Des meufs et des carrés d'as !

Comme il voyait mon doute, il a fini par me dire :

— Vendredi prochain, je t'emmène.

Et il l'a fait. C'était bon de se retrouver seuls tous les deux. En liberté. Sans les pédagos, les Croisés et leurs complications. Tellement bon qu'on a traîné toute la journée entre Cassis et Bandol.

D'abord, un drame pour se garer. Ensuite, on s'est baignés sur une plage immonde. Deux familles armées de glacières bleues se faisaient la guerre pour un mètre carré de sable et de bouts filtre fifty-fifty. Et puis on a mangé des frites molles et une pizza cramée. Enfin, on a fait la queue une demi-heure en plein soleil pour avoir une glace fondue. Ça sentait l'ambre solaire, le poisson fatigué et le melon blet. Belle journée. Nous restait plus qu'à rendre visite à un ami pour se faire payer le pastis avant d'envoyer la grillade. De vraies vacances.

On comptait surprendre Fernand dans sa villa plantée au milieu des lauriers-roses au-dessus de la plage de Rènecros. Ou sur le bateau de son copain de débauche et client, Me Bontemps. Le plus gros bâtiment du port. Amarré au quai d'honneur.

Il était presque 22 heures lorsque nous sommes arrivés à Bandol. La promenade le long du port. Mâts et palmiers. Les terrasses des cafés. Étalées sur les trottoirs avec une insolence ! Vous avez dit paillotes ? Et on vient te pomper l'air avec les mœurs mafieuses des Corses…

Sur le quai, peintres de séries nautiques et bijoux ethniques. Des trucs parfumés, copeaux, pots-pourris et autres ramasse-poussière. Le tourisme, quoi ! Un Saint-Tropez *cheap*. Avec encore une pointe d'accent.

Marceline, la femme du gardien, pêcheur reconverti dans la pétanque, nous a reçus les poings sur les hanches.

— Monsieur Fernand ? Peuchère… Il rentre jamais avant 2 heures ! Il joue aux cartes avec l'avocat ! Il joue des sous, alors, vous comprenez, tant qu'il est pas raclé comme un peintre…

On est retournés sur le port. Il avait dû en tirer des truands des Baumettes, l'as du barreau, pour avoir entassé tout ce fric ! Un drôle de morceau, le *Kandjar* ! Un truc à balader Bill Gates !

— Un promène-couillons, a lâché Rachid méprisant, devant mon admiration de cadre moyen. Donner un nom pareil à une saloperie qui marche au gasoil !

— C'est quoi *Kandjar* ?

Il a fait mine de sortir un cran d'arrêt de sa poche arrière.

— C'est un poignard. En arabe.

Évidemment ! Pas grand-chose d'un poignard, ce gros machin blanc illuminé ! Mais drôlement chouette tout de même…

Rachid m'a fait déposer mes chaussures au bas de la passerelle. On est montés. Pieds nus. Silencieux. Ça balançait mollement. Il m'a fait « chut ! » d'un doigt sur sa bouche. Les lumières du port éclataient en cercles mous sur l'eau noire.

Le carré était ouvert. Dans la lumière, quatre hommes se la jouaient Vegas dans la fumée de cigares *king size*. J'ai reconnu un morceau de la nuque large de Fernand. Je dis bien un morceau. Parce qu'une fille était appuyée contre lui. Ses deux bras nus passés autour du cou épais. Je voyais seulement son dos. Lisse. Bronzé. Parfait. Traversé en croix par deux fines bretelles de lamé argent qui scintillaient doucement. Attention ! Pas une robe à trois sous ! Et la fille ! Malheur ! Un canon ! Grande. Fuselée. Avec des jambes jusqu'aux oreilles…

— Waouh ! Qu'est-ce qu'elle est bonne ! a murmuré Rachid.

Et, à moi, à voix basse, en pouffant de rire :

— Je te présente une nièce de Fernand. Celle-là, je la connaissais pas…

Et il a fait un pas dans la lumière avec un sifflement de connaisseur. La fille s'est retournée. C'était Leila.

38

Dans les grands moments, il causait plus, Rachid. Il cognait. Elle a pris une paire de baffes aller-retour qui l'a envoyée les jambes en l'air à deux mètres. Contre le bar. Les verres et les bouteilles se sont mis à trembler. Et puis il s'est jeté sur Fernand. L'autre l'a bloqué net. Sa main épaisse comme une brique en étau sur le poignet brun qui en paraissait presque frêle. Un mur de béton arrêtant un vélo. Comme il lui était impossible de frapper, Rachid s'est mis à gueuler. En arabe. Fernand était calme.

— Arrête ton cirque ! Ta sœur, elle est majeure. Alors, fous-lui la paix !

— Salopard ! Vieux dégueulasse ! Comment t'as pu faire ça ?

Les trois partenaires étaient dans leurs petits souliers. Ils se sont levés pour sortir sur le pont. Ils sifflotaient, l'air dégagé. Bontemps jetait de temps en temps un coup d'œil bref par-dessus son épaule. S'assurer que tout ça ne se réglerait pas à coups de *kandjar*…

Leila s'est relevée. Elle est venue se fourrer sous le bras de Fernand. Malgré sa taille, elle paraissait presque petite à côté de cette masse. Ses joues étaient rouges et commençaient à enfler.

— Quel con ! a laissé tomber Fernand en caressant les cheveux ras de sa grosse patte.

Devant son calme, Rachid perdait les pédales :

— Tu te vois pas ? Avec tes rides, ton bide, tes bourrelets, tes soixante carats ? Elle a pas vingt ans, merde !

Fernand a ricané :

— Sûr, mon beau ! J'ai pas ta belle bite toute neuve ! Mais elle se branle pas, ta sœur… Depuis l'invention du Viagra, c'est *no limit* ! Faut marcher avec son temps…

Leila a caché sa tête contre l'épaule énorme dans le veston blanc.

— Tais-toi, Nathan ! Tais-toi…

Nathan… Il a été démonté, Rachid. Il s'est laissé tomber sur une chaise, la tête dans ses mains. Fernand s'est appuyé à la table du carré en se penchant vers lui :

— Écoute, petit ! On fait un drôle de couple, Leila et moi. J'ai quarante ans de plus qu'elle. Mais j'ai pas voulu… je sais pas comment ça s'est fait. Aussi, je mesure. Mieux qu'elle. Mieux que toi. Je lui demande pas la fidélité, tu vois. Juste la présence. La fraîcheur. Et en échange, je lui donne ce qu'il lui manque : le dos large, et – il a fait un signe horrible entre pouce et index –, et le fric, Rachid ! Le fric…

Rachid se mordait les poings.

— Merde, merde, merde !

Et, à sa sœur :

— Qu'est-ce que tu nous as tannés pendant six mois parce que ton patron voulait te sauter…

Mais l'autre, teigneuse :

— Tu crois pas que j'allais me faire mettre pour 1 000 euros par mois !

Rachid s'est mis à rigoler aigre. Il a montré Fernand d'un revers du pouce. Fernand, avec son veston blanc et son œillet rouge à la boutonnière.

— Tandis que là, c'est le tarif escort-girl ! Grand standing !

Fernand a soupiré.

— Qu'est-ce que tu veux pour elle ? Qu'elle serve de matelas au gérant de Pantashop ? Au chef de rayon de Prisunic ? Et au contremaître de Lustrucru ? Et qu'elle finisse par se marier avec un connard qui lui fera cinq mouflets pour toucher les allocs ?

Rachid a ricané :

— Alors, d'après toi, une femme, c'est une pute ou une pondeuse ?

Et il a glissé vers moi un regard désespéré. Alors Fernand a enchaîné :

— Ta Charlotte, elle est libre, petit ! Libre ! Parce qu'elle a un boulot. Un vrai boulot. Mais ta sœur, c'est rien que du gibier pour de petits chasseurs de merde. Et pourtant, elle est belle, et gentille, et pas con ! Aussi, si tu permets, je m'en occupe. Et si je m'en sers un peu, je lui fais pas de mal.

Rachid s'est levé. Il a poussé un soupir. Et, à Leila :

— Et toi qui donnes des leçons à tout le monde, t'as rien à dire ?

Elle a baissé les yeux. Ses paupières bleues ont dessiné un papillon sur son visage d'ambre :

— Je l'aime…

Fernand s'est mis à rire tendrement :

— Là, ma grande, je t'en demande pas tant !

Ma grande ! Ce que me disait André, à moi, sa fille ! J'ai pris Rachid par la main.

— Allez, viens, on rentre.

Il m'a suivie. Sans résister. On a marché un moment, silencieux, le long du quai. L'eau sombre léchait les coques avec un bruit de baiser mouillé. Je sentais qu'il cherchait quelque chose. Pour m'expliquer. Il a fini par relever sa tête :

— C'est ça, notre malheur ! Les femmes vendues aux vieux...

Et je comprenais entre les mots. Son père. Sa mère. Cette affreuse séance qu'il m'avait faite en revenant de la Rose, la première fois.

— Tu te trompes, Rachid ! Fernand n'est pas un vieux. C'est un homme. Comme toi. Il est encore vivant...

Et puis j'ai ajouté :

— Quelqu'un, je me rappelle plus qui, m'a dit un jour, que le mélange des âges, ça permet de conserver les fines recettes...

Il m'a regardée. Avec un sourire triste sur les lèvres. Il a dit :

— C'était un philosophe...

39

Heureusement qu'il y avait la bande à Yazid.

Avant Rachid, j'aimais flâner plutôt rue de Rome que quartier Belsunce. Et le style Yazid, la culotte en vrac, c'était pas tellement mon genre. Quoique, depuis Rachid, la culotte…

Son régal, c'était de me piloter en me tenant par la taille, dans le souk, à même le trottoir. Après s'être planté devant la fontaine cuivre et mosaïque du Centre-Bourse :

— Putain ! Que c'est moche, ce truc ! Un cauchemar de drogué…

Je tentais de lui expliquer que l'artiste, en utilisant le cuivre et la mosaïque, avait sans doute voulu faire allusion aux matériaux utilisés en Orient. Saluer les petits marchands du cours.

— Je devrais sans doute fermer ma gueule, parce que l'art, c'est pas mon rayon. Mais il me semble qu'une chose *belle* doit te crever les yeux et te couper la langue !

Décidément, il n'était pas mauvais dans l'aphorisme terroriste.

— Ton pote Baudelaire disait à peu près la même chose, à savoir qu'en art, *tout ce qui demande une explication ne la vaut pas*...

— Ah ! Tu vois !

— Dis-moi ce que tu aimes alors ? La fontaine de la place Castellane ?

— Les dondons avec leurs gros nibards ? Ça aussi c'est nul ! Ce que j'aime ? Ce que j'aime...

Et il cherchait, aux quatre coins de Marseille un machin beau ou bandant... Et tout à coup :

— Tiens ! Le type à poil en bas du Prado ! Ça, oui, je trouve que c'est beau !

Et comme je m'étouffais de rire, il me regardait avec un air malheureux :

— Pourquoi tu rigoles ? J'ai dit une connerie ?

Alors, j'avais un peu honte. Et je le consolais comme je pouvais...

— Le mec à poil en bas du Prado, c'est une reproduction du *David* de Michel-Ange. Et la plupart des gens qui s'y connaissent en art disent que c'est la plus belle statue du monde ! Tu vois, finalement, t'es con, mais t'as du goût...

Il me prenait par la main et repartait slalomer entre les petits marchands à la sauvette :

— ... et une montre Cartier à 10 euros pour madam' !

Il discutaillait comme un marchand de tapis. Partait, revenait, quatre, cinq fois, pour gagner vingt centimes sur une paire de lacets pour ses baskets. On se l'arrachait :

— Hé ! Rachid ! Ti m'prends li foulard Calvin Klein pour madam' ?

— Ti m'donn' li foulard Calvin Klein pour madam' !

L'autre faisait mine de pleurer, de s'arracher les cheveux, le cœur et les entrailles :

— Ti veux ma ruine ? Ti veux que j'ti donne aussi ma femme et pi ma fill' ?

Rachid se fâchait. On s'insultait. Et on repartait, finalement, avec *deux* foulards Calvin Klein pour madam'. Calvin Klein *made in Hong Kong* ou *Tunisia.* Et une montre Rollex avec deux *l*, plus un bracelet de rechange en croco-vinyle. Et une poignée de culottes offertes par Yazid, qu'il jetait tout de suite à la poubelle.

Le cours Belsunce, c'était comme un Monopoly géant. On allait de case en case aux dés ou au bonneteau. À traficoter des blousons de cuir tombés du camion ou venus de Turquie, des jeans du Pakistan, du faux ivoire en provenance de Lyon, des vidéos porno de Manille ou Amsterdam. Et de temps en temps, forcément, on allait un peu en prison. Et on repassait par la case « Départ » (sans toucher 20 euros !).

Mais ça continuait à faucher dans les coffres de voiture pour revendre le tout *à prix réduit* au marché de la Plaine. Et puis, tout à coup (« Tirez une carte Chance »), on en voyait un qui avait touché le gros lot. Mystérieux. Fastueux. Sapé super frime, il arrosait les copains épatés. Huit jours plus tard, il vendait des chaussettes en nylon dans un parapluie retourné.

40

Yazid avait son jardin secret. Au fond de son entrepôt. Entre les ballots de culottes débarqués de la Joliette. Pas planté en roses, le jardin, mais en platines et tables de mixage. Le Yazid Sound-System. Rien à voir avec le rap américain. Ni même avec le rap français qui court derrière. Poilant ! Débraillé ! Rigolard ! *South-rap* jusqu'au bout des amplis. Et pourtant, ça secouait ! Ce *beat* concasseur ! Ce *flow*, avec une lichette de trémolos Émirats du Golfe ! Et Pierre-Marie-l'Antillais faisait un ravage à la percu : des breaks à vous couper le souffle ! Mouloud, au scratch, se débrouillait comme un chef, bousculant tout un paquet de guitaristes interchangeables, avec des mèches de cheveux décolorées et des rires pleins de dents. Yazid, c'était la star. Rôle qu'il protégeait jalousement en sponsorisant la formation. Pour le moment, c'était plutôt à fonds perdu. Leur grand jour, c'était le 21 juin. Pour la Fête de la musique, même si ton instrument c'est la casserole, tu as le droit de t'exprimer. Le reste du temps, c'est plus délicat. La banlieue ça marche fort. Mais c'est comme tout le reste : formaté. Il faut brasser du désespoir. De la colère. De la haine. Qu'on puisse aussi y rigoler, ça dérange peut-être encore plus que les bagnoles cramées.

Rachid dansait pour le plaisir, mais Yazid avait du métier. Claquettes, jazz, hip-hop. Comme un jour je m'étonnais de sa technique, il est parti en demi-pointes dans le hangar, d'un paquet cerclé à un conteneur, en chantant à tue-tête *Le Spectre de la rose*. Rachid riait de mon étonnement :

— Il a fait six ans de danse classique.

J'étais hérissée de questions :

— Où ? Quand ?

— À l'IMP, chez les débiles !

J'en avais encore pas mal à apprendre sur l'Éducation nationale...

— Un crétin peut toujours devenir artiste... a dit Yazid.

— Moi, comme j'étais pas assez con pour danser, on me faisait gratter des pieds de vigne avec une lime à fer pour fabriquer des lampes de chevet.

Je me taisais. Au banc des accusés, mes trois générations de pédagos.

— Et toi, Monamour, qu'est-ce qu'on te faisait faire à l'école ?

Il a planté sans remords la dernière banderille :

— Toi, on te faisait lire Baudelaire...

Mais qui lui avait fait son QI, à celui-là ?

Yazid fronçait les sourcils :

— On lui faisait lire... quoi ?

Royal, Rachid, tout à coup :

— Baudelaire ! Tu connais pas ?

Yazid a fait une moue négative en baissant les coins de sa bouche. Sourire à l'envers. Rachid a sauté sur une caisse. Et il s'est mis à déclamer :

— *Un soir l'âme du vin chantait dans les bouteilles / Homme vers toi je pousse, ô cher déshérité / Sous ma prison de verre et mes cires vermeilles / Un chant plein de lumière et de fraternité.*

— Merde ! a dit Yazid.

Et je voyais une idée qui tournait derrière ses yeux à vitesse normale, malgré son terrible QI. Et tout à coup :

— Ça te ferait un putain de slam !

Il m'a poussée vers le fond, entre l'ampli de Mouloud, le tom médium et la caisse claire où Pierre-Marie, livré à lui-même, battait depuis un moment à l'Antillaise, façon reggae. Ce qu'il kiffait mieux que le rap couscous.

— Oh, le Nèg ! On a trouvé un parolier !

— L'instit ?

— Non, Baudelaire !

— Qui c'est çui-là ?

En un rien de temps, le Sound-System est devenu le groupe le plus littéraire de la région Paca. À force de piocher dans les anthologies, j'ai déterré des momies. À des années-lumière des poètes modernes, qui font de la poésie juste en sautant la majuscule en début de vers et en allant à la ligne quand ça sert à rien. Non. Des purs. Des durs. Des imbuvables. Des enragés. Des maudits. Des types bannis des écoles depuis plus de cinquante ans. Des fous furieux : les Parnassiens. Avec leurs rimes implacables. Écrasantes comme un tapis de bombes. Tranchantes comme des coups d'épée. Une avalanche de mots. Cloués sur les pages. Glacés. Incandescents. Vains. Mais ciselés. Forgés. Laminés. Si bizarres et si beaux qu'on se foutait du sens. On n'en retenait plus que le son. Yazid partait sur les cinq ou six premiers vers déchirés par son phrasé unique, puis se mettait à délirer sur le thème. Avec une invention ! Une folie ! Enfoncé, Mallarmé ! On en était tous baba.

Surtout moi. Le rythme, les rimes : voilà ce qu'on leur avait volé. Et ils y revenaient. Par-derrière. Par hasard. Avec maladresse. Avec passion. C'est quoi le rap, sinon les larmes d'or d'une génération que l'école a privée de mots nobles ?

On s'est fait ramasser un nombre incalculable de fois pour tapage nocturne. Faudrait pas le dire, mais on s'y fait. On s'y fait même vite. Pour semer les keufs, on changeait de quartier. On squattait les caves des uns et des autres. Mais fume ! On finissait toujours par se faire pincer. Les commissariats faisaient partie de notre quotidien. Je commençais à connaître presque tous ceux de Marseille. Établissements dont j'ignorais tout auparavant, sorti des séries télé, où le commissaire est un tombeur décati, un beauf ou une pétasse. Envers du décor. Coulisse indispensable. Où se concocte le spectacle. Branché en direct sur la vie.

Cette fréquentation assidue de la police m'a permis de faire, comme on dit, la part des choses. Il y avait les flics au crâne rasé qui puaient le FN à plein nez ! Mais il y avait aussi ceux qui en avaient ras le bol de nous voir mettre le bordel dans leur popote. Qui n'étaient pas fâchés de nous voir déguerpir. Sans parler de ceux qui se marraient franchement. Qui nous auraient bien suivis pour se détendre un peu. Les flics, c'est comme les instits et les Arabes : c'est pas tout un… Alim avait raison.

Tantôt c'était André qui nous sortait de là. Tantôt Fernand. Une fois, même, Me Bontemps, parce qu'on nous avait confisqué le matériel.

Il a fait un super numéro de manches, l'avocat, et nous a tous ramenés à Bandol sur son bateau.

Il a dû employer des arguments rêches pour négocier notre relaxe avec le commissaire. Les gars qui nous avaient ramassés se sont fait secouer. Ça gueulait derrière la porte du fond :

— Bande de cons ! Vous les connaissez pas encore ? Il faut vous faire un dessin ?

Appuyé au chambranle, les bras croisés, il y avait ce type qui avait voulu contrôler Fernand. Il nous regardait froidement sans broncher. C'était clair : ça le faisait gravement chier cette collusion entre la jet-set marseillaise et notre bande de casse-couilles black-blanc-beur, même pas footballeurs…

C'est ce soir-là qu'on a connu Ali.

41

Ali se trouvait par hasard, ce soir-là, dans le même commissariat que nous. Lui, il s'était fait prendre pour… pour autre chose, mais quoi ? Le tapage nocturne, c'était pas son style. Sombre, le gars. Mais dégourdi : il avait su profiter du chahut du Sound-System pour se faufiler dans l'équipe et se tirer avec nous. Et il s'était retrouvé sur le bateau de l'avocat où Fernand jouait les papas gâteau encore verts en pelotant Leila. Elle avait manqué d'un père, Leila. C'était clair. Tous les psys te le diront.

En moins d'une heure, il était entré de plain-pied dans notre folklore. Et il avait tout compris. Sans rien demander à personne.

En rentrant à Marseille dans son tube jaunasse bourré de fils, de fiches et de baffles, Yazid lui a demandé, sur le coup de 4 heures :

— Où je te jette ?

Et l'autre lui a répondu, en balayant d'un geste noble le panorama de Marseille à travers le pare-brise dégueulasse :

— N'importe où… ou ailleurs !

Alors, Yazid, qui aimait bien les déjantés, l'a ramené chez lui. Et là, il s'est mis à nous jouer la conscience de l'islam. Algérien, Ali. Travailleur immigré qu'il disait. Pas français en tout cas. Et pas envie de le devenir ! Malgré une maîtrise parfaite de notre langue qui sentait son étudiant à vingt pas. Les Yazid, les Mouloud, les Pierre-Marie, les renégats comme il disait, il les vomissait ! Il passait son temps à nous pisser son vinaigre à la gueule, et nous, bêtement, on l'écoutait. En rigolant, mais on l'écoutait.

Ça le gênait pas trop de vivre à nos crochets. Comme tous les curés. Au fond, c'était pas ce qu'il nous coûtait : une canette de bière et il voyait le diable. Spartiate, Ali. Fallait pas compter s'envoyer une mousse, ni même sortir une clope, encore moins un pétard devant lui : Allah dans la ligne de mire.

Il s'est installé dans le hangar de Yazid. Il campait à la berbère entre les ballots de culottes. Prêchi-prêcha. Emmerdant comme la pluie qui menaçait en cette prérentrée.

Normalement, on aurait dû le virer au bout de trois jours. Va savoir pourquoi, il nous fascinait. On croit toujours qu'on va pouvoir raisonner un fanatique. Tu parles…

Dès le premier regard, il m'a détestée. J'étais la sirène. La bête à abattre sans sommation. C'était Rachid qu'il visait. Peut-être un peu pédé sur les bords ? Va savoir ! Avec moi dans les pattes, c'était perdu d'avance. Moi et Fernand qui le pervertissions, le pourrissions par contact délétère. Et Rachid a discuté pendant un certain temps :

— Si je suis bien ton raisonnement, je devrais quitter Fernand parce que les Juifs ont laissé clouer un pauvre type sur deux planches, il y a quelque chose comme deux mille ans ?

Ali avait la dialectique plus pompeuse.

— Tu fais ce que tu veux, mon frère ! L'œil de Dieu est sur toi !

L'œil de Dieu ! Sans blague ! Et on écoutait ça ! Nous ! Ali, finalement, a laissé tomber Rachid. Il s'est mis à couler ses lignes de fond un peu plus loin : du côté de Mouloud et surtout de Pierre-Marie qui venait de perdre son job. À force de passer ses journées à décorer les mobs des copains au lieu de faire de la carrosserie vénale, il avait fini par énerver son patron. Un certain Kauffmann. Ali n'allait pas laisser passer une aussi belle occasion d'enfourcher son cheval de bataille :

— Tu vois, Pierre-Marie, ces gens-là se nourrissent de la chair des autres, et rejettent les os blanchis...

Les os blanchis ! À Pierre-Marie ! Un Black ! Fallait le faire... Et pourtant, le pauvre bavait d'admiration devant ces phrases pompeuses. Il en avait du mou dans les baguettes.

Heureusement, Rachid veillait au grain :

— Mais, bougre d'âne, tu devrais le remercier, ton patron, de t'avoir foutu à la porte ! Tu aurais crevé la dalle pendant vingt ans à peindre des ailes et des capots pour lui ! Tandis que là...

— Tandis que là ?

— Tandis que là, tu vas pouvoir te monter à ton compte, couillon !

Pierre-Marie ouvrait des yeux incrédules :

— À mon compte... ?

— Eh oui ! complétait Rachid, ton aérographe, c'est de l'or ! T'es tellement con que t'es même pas foutu de te rendre compte que t'es génial !

Après avoir admiré la formule, j'ai demandé :

— C'est quoi un aérographe ?

Et Rachid, féroce, de me jeter avec hauteur :

— C'est une espèce d'aphorisme qui sert à peindre les bagnoles !

Et toc ! Un à zéro. C'était pourtant vrai qu'il était doué, Pierre-Marie. Un siècle plus tôt, il aurait peut-être fait un Douanier Rousseau. Aujourd'hui, son inspiration exotique, il l'étalait au candy sur des capots de camion et des bidons de moto. Et son patron devait être bien lourd pour ne pas avoir compris ce qu'il pouvait tirer d'un talent pareil. Rachid l'avait vu, lui, et lorsque Pierre-Marie lui a demandé timidement :

— Et le fric, pour me mettre à mon compte, où je le prends ?

Il avait la réponse prête :

— On va faire une ponction à Fernand !

Ricanement d'Ali :

— C'est ça, ta liberté, mon frère ? Quitter un Kauffmann pour prendre un Esthérazy !

Rachid en avait sa claque :

— Bon, maintenant, curé, tu nous fais chier ! On a déjà assez d'emmerdes avec les fachos, les petits Blancs, les keufs, l'école, les hôpitaux, l'ANPE, les allocs et le reste sans aller chercher des rognes aux Juifs. Alors, tu prends ton tapis de prière, tu y roules ton Coran, ton chandelier à sept branches et ton paquet d'hosties, et tu te casses ! Vu ?

Mais il avait plus d'un tour dans son sac, le faux prophète :

— Je ne suis pas chez toi, mon frère ! Je suis chez Yazid !

— Et ta sœur, mon frère…

Venimeux Ali, tout à coup :

— Ma sœur, elle est à Alger, chez mon père. Mais la tienne, elle se prostitue avec un…

On n'a jamais su ce qu'il avait trouvé dans sa langue fleurie pour désigner Fernand. Il a traversé tout le hangar sans toucher terre. Atterri sur le trottoir les gencives devant. Yazid a baissé le rideau métallique. Il s'est tourné vers Rachid avec un sourire radieux.

— Ouf ! Tu m'as tiré une belle épine du pied ! Pourtant, mon frère, c'est pas tout à fait faux que ta sœur…

Rachid a haussé les épaules :

— Qui t'a dit le contraire ?

Comme nous étions un peu étonnés, il a continué :

— Mais Fernand, c'est pas un…

— Un quoi ? a dit Yazid. Tu lui as pas laissé le temps de le dire…

— Justement ! Fernand, c'est Fernand ! Un point c'est tout.

Fernand, c'est sûr, avait dû le sortir d'un drôle de trou, pour bénéficier d'une telle indulgence…

Les guillemets étaient fermés concernant Ali. Mais le trait était mal tiré. Il lui restait à nous écrire un drôle de chapitre. Au fond, on aurait mieux fait de le garder avec nous. Il se défoulait en débitant ses âneries. Tandis que là, on l'a plus vu…

42

La pêche revenait mal dans le Sound-System. Malgré le départ d'Ali. Ou peut-être à cause de son départ. Quelque chose s'était gâté à patauger dans l'islamisme. Ces solennelles conneries ouvrent des failles obscures. Elles sont faites pour ça. Tantôt, Pierre-Marie lâchait dans un silence lourd :

— Va savoir ce qu'il devient, Ali ? Après tout, y'avait pas de raison de le virer ! Il faisait de mal à personne. Et ce qu'il a dit de ta sœur…

Rachid partait au quart de tour :

— Je suis moderne, moi ! Leila, elle peut bien se faire tringler par qui elle veut ! Même par un Nègre, si ça lui chante…

Pierre-Marie haussait les épaules. Et tout le monde était dans ses petits souliers.

C'est Alim qui a détendu par hasard le ressort qui se remontait tout seul. Mon père lui avait offert un appareil photo numérique pour son bac. Mordu pour ce nouveau jeu, il mitraillait tout ce qui bougeait. En principe, il cherchait le cliché jamais vu qui boosterait au premier rang du top 50 le premier CD du Sound-System. Alibi. Nous y passions tous. Poseurs ou surpris. Regard pénétrant ou la bouche ouverte. De face. De dos. De profil. Ali, il l'avait sous toutes les coutures. Sous tous les angles. Plaqué à vif. Seul. Avec chacun de nous. Et avec le Sound-System au grand complet. Toujours en décalage, avec son air solennel d'ayatollah, au milieu de la grosse rigolade déboutonnée.

Un soir toute l'équipe était venue chahuter dans l'école en vacances pour quelques jours encore. Alim a pris un cahier du cours préparatoire à gros interlignes. Il s'est mis à coller ses photos tirées sur du papier machine. C'était artisanal mais rigolo. Rachid a ajouté une légende. Puis Mouloud s'y est mis. Titre au surligneur sur la couverture :

LA LÉGENDE D'ALI BANDE-À-PART

Et Pierre-Marie, avec son coup de crayon d'enfer, a illustré le titre en quatre croquis assassins. Sous l'effet d'un superbe chandelier à sept branches façon Druillet, une bite conquérante à la Gotlieb se transformait en bitouillette vue par Reiser et finissait en merguez archicuite dans le style de Serre.

De dessins en photos, nous nous y sommes tous mis, suffoquant de rire. Ajoutant surcharges, graffitis, obscénités et discours pompeux dans des bulles au stylo-feutre.

Au bout d'une heure de bousculade autour du cahier corné, malmené, Ali était devenu le héros parfaitement ridicule d'un photo-roman-BD porno d'un antisémitisme féroce. Abattu d'un éclat de rire en plein cœur, l'ex-prophète. Démystifié. Digéré.

Le piano de Mlle Imbert dormait sous sa housse dans la salle polyvalente. Elle était en voyage. En Roumanie. On était tranquilles…

C'est tentant un piano. Même pour des amateurs de scratch en pistes superposées. Le clavier reste le grand ancêtre. Le préhistorique. L'*homo musicus.* On a tous des images de concert gravées sur la rétine. De virtuose qui s'assied noblement en soulevant les pans de sa queue-de-pie. Contrairement à Christophe, je n'étais pas allée beaucoup plus loin que le premier fascicule de l'inoxydable *Méthode rose.* Mais je pouvais monter et descendre une gamme. Troubler l'eau fraîche de la *Claire Fontaine.* Et même expédier en express une *Lettre à Élise.* Je m'y suis collée. Après avoir longuement salué le public, les deux bras levés. Tonnerre d'applaudissements, comme on dit. Rachid a grimpé sur le piano. Le cahier dans une main et l'autre sur le cœur, il s'est mis à déclamer la *Légende d'Ali.* Je l'accompagnais en plaquant des accords atroces.

Mlle Imbert est entrée. Retour de Roumanie. Frisquet tout à coup. Le vent des Balkans. Sur le seuil elle a marqué le pas. Et posé sa valise. Comme trop lourde tout d'un coup. Puis elle s'est avancée bravement vers les Huns et les Hautres. Les deux mains figées à vingt centimètres du clavier, je m'attendais au pire. Elle m'a demandé :

— C'est du Stockhausen ?

À quoi j'ai répondu, avec un sérieux d'interview dans les coulisses de Pleyel :

— Si je vous disais que c'est du Chopin, le croiriez-vous ?

La vieille demoiselle s'est mise à rire. Pas à grands coups de « Ouaf ! Ouaf ! Ouaf ! » comme Yazid. Elle riait d'une façon très convenable. Avec sa main devant sa bouche. Mais elle riait. Sauvés ! Moi, j'ai arraché le cahier des mains de Rachid. Je l'ai fourré dans le vieux sac où se trouvaient, en vrac, les vinyles du Sound-System.

Elle nous a regardés à tour de rôle, avec ce sourire à la fois doux et moqueur qui désarmait les grandes gueules de sa classe de CM2. Et elle m'a dit :

— Restez en *do* majeur, Charlotte ! Le dodécaphonique, c'est d'un sophistiqué !

Elle s'est retournée. Et elle a fait une sortie. Matés, les sauvages. Rachid est descendu du piano. Il a essuyé d'un revers de manche les traces de ses baskets sur le palissandre. Penauds, nous avons remballé tout notre fourbi. Une demi-heure après, la salle polyvalente était rangée, balayée, aérée. Le calme et l'obscurité étaient retombés sur l'école menacée de dévastation. Le tube de Yazid, la mob d'Alim et la deuche bricolée de Pierre-Marie ont disparu au coin de l'avenue. Dans l'escalier, Rachid a murmuré :

— Dis donc, c'est quelqu'un, cette tata ! Avec son calme, elle nous a drôlement baisés !

Baisés. Le terme était un peu fort. Mais juste. Cinq minutes plus tard, elle est venue frapper à notre porte. Rachid lui a ouvert. Je m'attendais à un peu de morale. Bien méritée. Aussi, je suis partie la première :

— Pour le piano, mademoiselle…

Elle a haussé les épaules en souriant :

— Oh, vous savez, Charlotte, mes parents tenaient une boîte de nuit : j'en ai vu bien d'autres ! Ce n'est pas cela qui m'amène…

Et elle a tendu un paquet à Rachid :

— C'est pour vous ! Je crois que vous aimez les belles chemises. Alors, je vous ai rapporté celle-là de Roumanie.

C'était vraiment une belle chemise. En voile léger. Brodée de soies vives. Avec de longues manches bouffantes de danseur étoile. Rachid avait déjà tombé son tee-shirt pour l'enfiler. Mlle Imbert était éblouie. Comme moi.

— Elle vous va…

Elle lui allait. Comme ces vêtements dangereux qu'on n'ose plus porter dans nos pays civilisés. Trop voyants. Trop sexy. On les met un soir de festival sur le dos des chanteurs d'opéra. Et on en rêve entre veille et sommeil pendant des vies entières. Et Rachid était un rêve. Un rêve de femme. Sous le feu croisé des regards de sa jeune maîtresse et de la vieille maîtresse d'école un peu amoureuse de lui *in extremis.*

Il a pris Mlle Imbert par la taille et s'est mis à la faire tourner autour de lui. Comme Gene Kelly dans ses films farfelus :

— Vous êtes trop ! Je vous jure sur la tête de ma mère que je vous achèterai plus jamais *Le Figaro*…

Et il l'a posée à terre, surprise par ce serment étrange. Mais confiante. Prête à accepter. Tout et n'importe quoi. Prête à lire *Libé, Le Nouvel Obs, Marianne* ou *Charlie Hebdo.* Peut-être même le Coran. Et on riait, tous les trois. Sans trop savoir comment on avait pu franchir tous ces murs pour rire si bien ensemble.

43

Le retour de Mlle Imbert à Marseille donnait le signal de la rentrée. Le Sound-System allait prendre ses quartiers d'hiver. Alim aller à la fac. Et moi retourner à ma classe.

En attendant, Rachid donnait volontiers un coup de main. Il portait d'un bout à l'autre de l'école des tonnes de bouquins et de cahiers. Sur ses épaules nues pleine peau. Et je buvais la sueur le long de son menton quand il venait, frôleur, rôder autour de moi.

Marc était content d'avoir trouvé un assistant pour l'aider à mettre en place le décor de la nouvelle année scolaire. Ils transportaient à deux les bancs, les bureaux, les armoires. Ils décrochaient les cartes pâlies par deux mois et demi de soleil. Bricolaient une poignée de porte. Décoinçaient un volet. Recollaient un portemanteau. M. Vidal jouait les contremaîtres.

À midi, on mangeait tous ensemble, sous les platanes, les salades de tomates que Mme Vidal avait préparées. Et Claire, avec ses yeux cernés de nymphomane, regardait Rachid mordre dans son pain, à belles, si belles dents ! Elle me chuchotait :

— Comment il baise, Charlotte ? Comment il baise ? Ah oui, tiens ? Comment il baisait, Rachid ? Comme le bon Dieu ! Comme Allah, si Allah avait eu… Mais justement il paraît que non… Alors ? Alors je gloussais en baissant les yeux.

L'arrivée d'Anne. Coup d'œil condescendant sur la moto en épi contre le trottoir.

— Tu es toujours avec ce type ?

Ce type était en train de transporter des piles de cahiers dans sa classe. Toujours aussi *ce* et aussi *type*.

— Salut, les damnés de la terre !

Et Bernard, à qui la jalousie donnait de l'esprit à retardement :

— Tu en es à la sourate combien ?

Le petit immeuble pédago rempli de nouveau de tous ses sociétaires de la MAIF. Rachid a renoncé à descendre chercher le courrier à poil. Il consentait à nouer une serviette autour de ses reins. Saluait Bernard au passage de deux doigts vaguement militaires sur la tempe. En décachetant les enveloppes avec l'ongle du petit doigt. Regard au ciel excédé de l'un. Sourire commercial de l'autre.

Le joli petit con de Charlotte entre eux. Définitivement ?

— Rachid, arrête de te payer sa tête ! Tu vas le rendre raciste !

— Pourquoi ? Il l'est pas déjà ?

— Mais non, tu le sais bien !

Et Rachid, définitif :

— Faut être raciste pour se frusquer comme ça !

Se frusquer ! Bernard et les frusques. Rachid et la sape. Endroit-envers. *Black and white*. Tout en fonctionnel chez l'un. Tout en dingue chez l'autre. Le moineau et le faisan. Bernard se couvrait. Rachid se parait. L'un se fondait dans la foule. On se retournait sur l'autre. Curieusement, ils avaient le même survêtement. Bernard le portait comme un pédago, Rachid comme un basketteur des Spurs. Les hanches libres, les genoux souples. Le déhanché qui tue.

Il aimait s'habiller. Et se déshabiller. M'habiller. Et me déshabiller. Bouton après bouton. Ses yeux noirs plantés dans les miens. Ébullition. Débordements. Vapeurs.

— Tu vois, Pédagogie, faut jamais chiffonner une fille et la déshabiller en douce. Faut la *regarder* avant de la *toucher*. Lui faire mordre la poussière. Lui faire dire qu'elle veut que tu la baises. Pas la prendre par surprise. D'autant que tu risques toujours de te mélanger les pinceaux dans une agrafe à la con ! Tu t'affoles. La fille refroidit. Ça craint…

Il me racontait ça comme à un copain :

— Merci pour le mode d'emploi ! Si un jour je dois virer ma cuti et devenir gouine…

Alors, il riait. Même pas gêné. Les filles refroidissantes, c'était pas demain la veille avec lui ! C'était du face à face. Nu. Cru. Insoutenable. Quelle agrafe aurait pu lui résister ? Semblait né dans un salon d'essayage.

Deux doigts contre mon cou. De l'oreille au creux de l'épaule. Et le col du chemisier s'ouvrait. Exténué. De boutonnière en boutonnière, comptées une à une. Regard. Les manches glissaient sur mes bras. Droite. Gauche. Et se nouaient autour de ma taille. Poignets ligotés par un faux nœud. Que le moindre geste jetait sur le sol. Regard. Sur mes seins nus. Offerts. Refusés. Regard. Sa langue sur ses dents. Ses dents contre ses lèvres. Ses lèvres. Charnues. Ourlées. Humides. Moqueuses. Que je désirais jusqu'au cri. Et qui ne venaient pas. Regard. Ses mains. Qui me frôlaient. À peine. Ailes de papillon. Et ma jupe tombait à mes pieds. Sans bruit. Sauf celui de mon cœur. Qui craquait. Ouvert en deux. Comme sa bouche. Sur le double fil aiguisé de ses dents. Et l'or noir invisible de sa gorge. Devinée. Interdite. Regard. Sur l'arête de son menton. Fendu d'une fossette bleuie de barbe dès 17 heures. Sur son cou, où battait, à peine trop rapide, une veine sombre. Sur sa poitrine chaude. Fourrure de félin. Parfumée. Électrique. Toutes griffes dehors. Accrochées à la soie. Dans l'échancrure de la chemise précieuse. Regard. Le ceinturon de cuir. Épais. Dur. Craquelé. Avec sa boucle en fer à double pointe. Bloquée sur le tissu rêche. L'ouverture à boutons. Prison. Pression. Désir. Refus. Regard. L'élan des cuisses dans le jean. Prêtes à bondir. Sur les genoux pliés. Les mollets en levier et les chevilles minces. Les pieds nus. Larges. Posés à plat sur les carreaux poreux qu'ils chauffent et mouillent. Regard. Regard qui remonte de muscle en reflet, d'ombre en pli. Immobiles. Ressort remonté jusqu'aux mains. Clés. Aimants. Posées autour de ma taille où la bête s'étouffe et s'affole entre mon ventre et ma poitrine. Regard dans son regard. Métal fondu qui coule en moi et me remplit. Éperdu sous les paupières baissées. En auréoles rouges et vertes qui explosent dans ma tête. Soleil de face. Brûlure. Rester encore. Et encore. Devant lui. Nue. Prête à tomber. Tenir debout par miracle. Attendre. Enflammée. Torche vivante qui se consume dans ses yeux.

« Rachid, arrête ! Ne me regarde plus. Viens ! Viens… »

Comment devenir un couple normal avec ce voyage de folie à portée de la main ? Couple normal. Quel couple ? Quelles normes ? Les Vidal refroidis, attelés depuis trente ans à la même charrette. Anne et Roger, avec leur double carte du PS, et leur petit rêve de lendemains qui chantent en mineur. Claire et Marc : elle avec son cul en étendard et le cocu avec *L'Équipe* dans sa poche. Bernard et moi, jeunes instits sans passions, entichés d'expériences pédagogiques dépassées. Et puis Rachid jailli dans ma vie comme un menhir sur une lande morte. Et Charlotte empalée là-dessus. Touchant la terre. Et le ciel.

44

La rentrée dans une école. Trop petite. Monde clos. Protégé. Entouré de murs prudents. Rachid trop grand. Trop vivant dans ce cocon de feutre tournant à petite vitesse. Rachid, jaloux, tout à coup, de ce rival androgyne à vingt têtes : ma classe.

Il tournait autour de nous. Satellite frôleur. Exclu. Rêvant de chute libre. D'explosion météorique. En gerbe de cahiers. Baiser une instit ? Baiser une classe… baiser une école… baiser l'Éducation nationale tout entière. Nostalgie des cancres pour le rang détruit. Fascination des profs pour les cancres. Relation double. Trouble. Sado-maso.

Il rôdait, caressait, prospectait. Cherchait l'ouverture. Et il a fini par trouver. Ce ballon de passe-à-dix qu'un maladroit a jeté par-dessus le grillage. Réflexe. Sa grande main jaillie comme un ressort au-dessus de sa tête. Et un coup de pied de coupe du monde pour le renvoyer dans la cour. Le gamin ébloui qui renvoie le ballon en touche. Exprès, cette fois. Second shoot de Rachid. Du pied gauche. À la volée. Et le jeu s'est établi. De part et d'autre du grillage. Tennis-foot improvisé.

Marc s'est approché. Il appréciait.

— Tu joues au foot, toi ?

Rachid a dégagé de la tête :

— Comme tous les bougnoules. D'abord pieds nus avec des boîtes de conserve et puis, après, à l'OM...

Marc a secoué la tête. Indulgent. Et moi :

— Tu as joué à l'OM ?

Il continuait à faire des passes aux petits. Sans s'arrêter, il a dit :

— Ouais ! Mais je me suis effacé pour laisser sa chance à Zidane...

Là j'ai tout de même compris qu'il me chambrait :

— Où tu as joué, alors ?

— À l'armée, pardi ! J'ai eu du bol : la dernière classe...

Rachid à l'armée ? Bien sûr. Je n'y avais jamais pensé. En fait, Rachid, c'était pas tellement le genre à raconter sa guéguerre. Il regardait plutôt devant que derrière. Et puis, l'armée, dans l'enseignement... De sursis en réforme, l'instit mâle s'en est toujours plus ou moins tiré. Comme la plupart des intellos. Restaient plus que les cons génitaux pour perdre leur temps sous les drapeaux. Et au point d'injustice où c'en était, autant le supprimer carrément. Vu que le « service », comme son nom l'indique, c'est tout le monde ou personne, non ? Bernard lui-même... Bernard en défense sur son terrain. Sûr de lui. En pleine surface de réparation. Il s'est approché. Prêt à refouler l'intrus.

— On jouait au foot à l'armée ? Si j'avais su...

Rachid s'amusait du ballon. Jonglait avec. Le faisant rouler sur ses bras tendus, d'une main à l'autre, autour de son cou, le long de sa poitrine, jusqu'à un genou qui le renvoyait sur sa tête, où un amorti savant le laissait glisser sur son dos vers le talon qui le récupérait… Sans s'arrêter de jouer, il a demandé :

— Tu l'as pas fait, toi, le service ?

Bernard a ricané :

— Moi ? Pas si con ! J'ai été exempté !

— Pourquoi ? Tu pisses au lit ?

Bernard est devenu violet. Il a tenté de rire. Jaune. Violet plus jaune égale gris. Gris, mon ex, dans l'ombre noire du violeur d'instits. Il a tenté une justification :

— C'était pour asociabilité. Je les ai bien eus !

Rachid a fait la grimace :

— T'es asocial et on te confie des minots ! Bravo !

Marc était secoué de rire. Il a ouvert le portail. Rachid est entré dans la cour. Cinq ou six grands du CM2 ont tout de suite été autour de lui. Il est parti en courant avec eux sur le goudron, le ballon dans ses jambes. Adresse diabolique. Il en faisait même un peu trop. Pour épater Marc, emmerder Bernard et m'allumer à l'improviste. La balle, soumise, semblait collée à lui. Les garçons criaient leur enthousiasme, se jetaient sur son dos, comme sur Zizou à la sortie du Stade de France. Marc souriait, appuyé à la grille :

— Ce Rachid ! C'est un cas…

Emmanuelle s'est glissée entre nous :

— Tu as vu, papa, comme il est souple, Rachid !

Souple. Le trouble innocent dans le regard d'une petite fille de neuf ans. Ce grand corps d'animal de course ! Et moi, je l'imaginais sauter et bondir nu dans sa peau si bien taillée…

La cloche a sonné. J'en avais oublié de manger mon croissant. Il est passé près de moi. Très près. Très très près. Pour me jeter son odeur d'homme à la figure. Ce sourire sur sa bouche !

— T'as pas faim, Pédagogie ?

Et, moqueur :

— Soif, peut-être ?

Le rouge m'est monté aux joues. Un goût d'éponge dans la gorge. Mordue au sang par l'éclat de ses dents apparues-disparues. J'ai soufflé :

— Salaud...

Il s'est esquivé d'un bond contre la porte du couloir, creusant sa poitrine et son ventre pour me laisser passer. Les bras levés au-dessus de sa tête, il a planté dans mes épaules des banderilles imaginaires. Mes élèves avançaient déjà. Défilaient en gloussant sous ses bras tendus. Brusquement, il a doublé tout le monde. Il est entré dans la classe le premier et s'est faufilé derrière le tableau tournant. Ses longues jambes en jean massif trépignaient. Ses pieds sautaient dans les baskets. Il a griffonné quelque chose à la craie. S'est enfui sans me regarder. Comme un chat. D'un bond, par la fenêtre ouverte. La patte en ressort sur le dormant. J'ai lu. Son orthographe fabuleuse. Bien au-delà de la grammaire :

JEU-TA-TEMPS !

Beaucoup trop malin, le cancre, pour jouer avec moi à la dictée sans fautes ! Il violait les mots. Leur faisait crier par surprise une autre vérité. Dans ces trois syllabes bousculées, il avait réussi à épingler mon envie de lui et la partie express qu'il me proposait avant de courir enfiler son costume noir chez Fernand. Pas de temps à perdre pour m'échauffer ! Fallait que j'arrive prête au troisième étage à midi moins vingt-cinq. Lubrifiée. Par un verbe du troisième groupe détourné en charade :

première personne du sexuel ; mode approximatif ; temps : bandant !

Rachid ? Un poème rien qu'en points d'exclamation. Deux hémistiches. Combien de pieds ? Le pied !

45

Il a pris l'habitude de descendre tous les matins jouer au foot à la récréation de 10 heures. Les garçons l'attendaient la balle au pied. Si, par malheur, il était en retard, l'équipe venait me relancer dans ma classe :

— M'zel, où il est Rachid ?

L'un ou l'autre me lançait, mi-figue mi-raisin :

— Il est fatigué ? Il dort encore ?

Le cancre de Mlle Imbert, Djalal, avec ses deux ans de retard, laissait tomber, très grand frère :

— Vous savez bien qu'il bosse la nuit !

Et les autres gloussaient en me regardant de biais. Rachid était bien le seul adulte dont les gosses déploraient une absence ou un retard. Et ça traînait les pieds quand la cloche sonnait ! Revanche de cancre. Il nous volait le meilleur de nos élèves : leur amitié. Peu à peu, il grignotait du terrain :

— Tu sais, les Arabes, ils sont comme ça ! Tu leur donnes le doigt, il leur faut la main. Tu leur laisses la main, ils veulent le bras…

Je lui coupais la parole :

— Tu te laisses baiser et ils veulent t'en…

Et c'était lui qui m'arrêtait :

— Oh, dis, Charlotte ! Comm't'y étais, comm't'y es dev'nue !

Et lui, donc ! Comment il était et comment il était devenu ! Il s'était mis à entraîner les grands sérieusement. En professionnel. Au stade. Le vendredi après-midi. Pendant les heures de gymnastique officielle. Sous l'œil enchanté de Marc. Sans pour autant abandonner les récréations du matin où il caracolait sur le goudron de la cour avec les petits…

Et forcément l'équipe USEP poussins s'est mise à gagner les matchs interscolaires du mercredi après-midi. Le bruit commençait à circuler dans les vestiaires : « Si vous tombez contre la Capelette, vous êtes foutus… »

Entre un loup au fenouil et un homard thermidor, Rachid appelait Marc sur son portable pour connaître le score minute par minute. Quand ils le voyaient bondir, tous les employés de la cuisine se mettaient à chanter en balançant leurs bras levés : « *We are the champions, we are the…* »

Fernand lui, secouait la tête, partagé entre l'attendrissement et la méfiance :

— On m'aurait dit ça il y a dix ans ! Que tu ferais des extras dans une école ! Prof de gym ! Ça te va comme un tablier à un cochon ! T'es pas foutu d'être un peu normal, non ? Avec toi, c'est toujours la haine ou la passion ! À moins qu'il te prenne l'envie d'avoir des p'tits z'enfants à toi…

Pavlo s'y mettait, lui aussi :

— Et quand c'est qu'on le marie, l'Arabe ? À la cathédrale ou à la mosquée ?

Rachid se défendait. Mollement. D'un rire pour eux. D'un clin d'œil pour moi. L'idée faisait son chemin. Se marier ? Pourquoi pas ? Ce nom avec son *h* inutile au milieu ? La belle affaire ! On avait un peu joué à se faire peur. Mais six mois étaient passés. L'épisode Christophe enterré. Que restait-il de ces angoisses ? La plus grande différence qu'il y avait entre nous, c'était sa façon d'être urbain et moi un peu campagne.

Me revenait la réponse que je faisais, du temps de Bernard, aux bonnes âmes marieuses :

— On voudrait un peu profiter avant !

Profiter ? De quoi ? Du cinéma tarif réduit le lundi soir ? Pizzeria le samedi ? Ski ODEL en février ? Camp de toile l'été, du côté de Seyne-les-Alpes ? Profiter, ou attendre. Attendre inconsciemment, le geyser brûlant jailli du lac fade. Attendre la vie. La vraie. Qui croustille. Explose. Bouillonne. Loin du nescafé, du poisson congelé, du potage en sachet, de l'amour dans le noir. Attendre Rachid. Sans le connaître. Sans savoir même qu'il existe.

Mais aujourd'hui, profiter de quoi d'autre que de lui. Nuit et jour contre sa peau, sous ses yeux de sorcier. Et lui faire des enfants. Qui lui ressembleraient. Mettre tout de suite en chantier Ulysse ou Shéhérazade. Peut-être les deux d'un coup puisqu'on savait le faire dans ma famille…

Nous prenions insensiblement des habitudes. Visites à Fatima le vendredi soir. Week-ends à Aix arrachés à Fernand.

Qui m'aurait dit, six mois plus tôt, que je prendrais un plaisir si bizarre à chasser les faux plis au fer à repasser sur une chemise d'homme. Rachid s'amusait de ce perfectionnisme ménager. Il se moquait de moi à coups de métaphores gastronomiques :

— Tu me roules dans ton cirque comme dans la chapelure ! J'ai l'air d'une andouillette panée !

Et il me souriait avec l'air de quelqu'un qui va plonger tout vivant dans la friture. Rien que pour voir si c'est aussi chaud qu'on le dit.

46

Un dimanche à la campagne. Avec Rachid. Marseillais taillé dans la masse. Mon père était parti le premier avec une bonne heure d'avance. En principe, il chassait. Mais chaque envol de grive, chaque départ de lapin l'émerveillait au point qu'il en oubliait d'épauler son fusil. La belle arme de son père, vrai braconnier, devenue la bonne arme d'André qui ne tuerait jamais le moindre zizi.

Rachid nous a suivis en ronchonnant dans la Sainte-Victoire où Christiane comptait trouver des champignons. Il marchait sur des œufs dans des bottes trop petites prêtées par mon père. Toute la famille Maurin batifolait en avant, multicolore, sous les pins. Survêt et K-way : une vraie page de l'album de feu la CAMIF ! Comme il traînait, je devais l'attendre. Et peu à peu l'espace s'est creusé entre nous et la joie brouillonne des jumeaux en liberté. Isabelle faisait la gueule. Pour pas changer. Elle avait pris deux longueurs d'avance. Fouettait les fougères d'un bâton rageur. Surtout parler à personne ! La famille, quoi…

Surréaliste, Rachid, avec son blazer de cuir clair et son pantalon de flanelle enfoncé dans les bottes d'égoutier en caoutchouc vert ! Il reniflait, le nez froncé :

— Dis, tu trouves pas que ça sent drôle ?

— Non. Ça sent le champignon.

Il a laissé tomber, dégoûté :

— Oui, c'est ça ! Ça sent le moisi. Le vieux…

La Sainte-Victoire sentait le vieux ? La Sainte-Victoire de Cézanne ? Et pourtant, au fond, en cherchant bien…

Il s'est mis à sauter. À se tortiller. Se démolissant les épaules à la recherche d'une fourmi égarée sous son pull en cachemire :

— Et puis c'est plein de bêtes !

Il donnait des coups de pied excédés dans les champignons. Je tentais d'intervenir :

— Arrête ! C'est un sanguin !

C'était comme si j'avais parlé martien :

— Un quoi ?

— Un sanguin… C'est un comestible !

Il s'est mis à rire.

— Tu parles ! Des girolles, des morilles ou des truffes, je dis pas, mais des… des… comment tu dis ? Des sanguins ? Vous pouvez pas manger des champignons de Paris comme tout le monde ?

Et il s'est assis sur une souche coupée :

— Qu'est-ce que j'ai mal aux pieds !

Il a tiré une de ses bottes et fait jouer ses orteils meurtris sous les losanges Burlington. Quand il s'est relevé, il a porté la main à ses fesses :

— Ça colle ! Qu'est-ce que c'est cette saloperie ?

— De la résine.

Le rire retenu m'étouffait. Il est venu vers moi. Furieux. Il a pris ma tête dans ses mains, sous la nuque et le menton, et m'a donné un grand coup de dents à pleine bouche.

— Tiens, garce ! Ça t'apprendra à te payer ma tête !

Mais il a vu, à mon regard troublé d'un coup, que l'effet de punition escompté était nul. Comme il était homme à sauter sur un cheval qui passe sans trop se demander d'où il vient, il a jeté autour de nous un regard technique, et :

— D'accord, mais... on peut pas s'appuyer et par terre c'est trempé !

Il a levé la tête vers le ciel bas entre les branches des pins, il a tendu le dos de la main :

— Et en plus, il flotte !

Cette fois mon rire est parti : Rachid en pleine déroute...

— Tu connais pas *L'Amant de Lady Chatterley*?

— L'amande quoi ?

Je riais de plus en plus.

— C'est un garde-chasse anglais qui tringle sa patronne sous la pluie. Et il la réussit tellement bien qu'elle lui tresse des myosotis dans...

Il s'est esclaffé, incrédule :

— Non !

Je faisais oui de la tête. Et lui :

— C'est bien un truc d'Anglais, ça ! Baiser sous la pluie... Je voudrais les y voir !

Et, tout à coup :

— C'est quoi les myosotis ?

— De tout petits aérographes bleus qui poussent dans la montagne.

Toute la famille avait disparu entre les arbres depuis un bon moment. Il a dit :

— La pluie va les ramener.

J'ai haussé les épaules.

— Non, ça mouille à peine. Ils sont équipés : ils remontent leurs capuchons et ils continuent.

— Même ta mère ? Même les jumeaux ?

— Bien sûr…

Il secouait la tête, accablé.

— Ils sont vraiment graves ces écolos !

Et puis ses yeux se sont allumés :

— T'es sûre qu'ils vont pas rentrer ?

— Sûre et certaine. Pas avant la nuit en tout cas !

Il m'a prise par la taille.

— Bon, alors, viens ! Nous, on se casse ! Qu'est-ce qu'on branle ici ? On va attraper la crève.

En dix minutes on avait retrouvé la moto. Un quart d'heure plus tard, on arrivait à la maison. Le feu était en train de mourir dans la cheminée. Il l'a ranimé avec quatre branchettes posées en croix. Il a murmuré :

— Le feu, c'est une affaire de fou ou de sage…

Toujours prête à m'extasier, j'ai demandé :

— C'est un proverbe arabe ?

Il s'est mis à rire, gentiment :

— T'es vraiment bon public, toi ! Le feu, j'en connais un rayon ! J'ai passé un an à faire griller tous les poissons de la Méditerranée chez Fernand ! Mais si tu veux un proverbe arabe, tiens : *Il faut battre le fer quand il est chaud.*

Il souriait. Je le regardais, accroupi à mes pieds, devant les flammes qui commençaient à danser, plus hautes et plus claires. Des étincelles crépitaient dans ses yeux. Le feu mouvant moirait sa peau de rouge et de brun. Je devinais ses jambes, ses épaules et son dos tendus sous le tissu du pantalon et les mailles du pull. Il me toisait de bas en haut. Me retournait avec délices sur le gril rougi de cette envie de lui qu'il voyait battre dans mes yeux. À voix très basse il a murmuré, les dents un peu serrées :

— Mais elle est insatiable, cette meuf ! Insatiable !

Il a allongé ses bras vers moi, saisi mes genoux dans ses mains et il est remonté lentement le long de mes cuisses. Entre le pouce et l'index, il a fait gicler le bouton du jean. La fermeture éclair s'est ouverte toute seule. Libérée. Il a glissé une main dans le V de métal dentelé, me forçant de l'autre à plier les jambes. Je me suis laissée tomber à genoux sur le tapis, face à lui. Il continuait à débiter ses âneries d'une voix un peu rayée :

— C'est pas du fer… On va pas le battre tout de suite… Mais pour être chaud, c'est chaud !

Je commençais à m'engourdir, à ronronner sous ses doigts. D'un seul coup, il a tiré sur mon pantalon et m'a retournée, pliée en deux, le front contre mes genoux bloqués dans l'étoffe dure. J'avais beau être habituée à ses inspirations subites, j'étais toujours affolée par les changements de rythme et de terrain, par sa voix de plus en plus trouble que rien ne pouvait étouffer :

— Ah, ce cul ! Je m'en vais te mettre une bonne branlée pour m'avoir obligé à patauger aussi connement dans la boue !

Il y est allé doucement, d'abord. D'une main légère et farceuse. Mais il semblait y prendre goût, le salaud ! Autant que moi sans doute, le choc de la première surprise passé. Mais on n'était pas encore trop pervers… Il s'est contenté de jouer au loup, les ongles plantés dans mes épaules. La pauvre petite biquette et le grand méchant loup avec ses grosses pattes noires et ses grandes dents blanches. Conte édifiant.

Il a explosé de rire en se laissant tomber sur mon dos de tout son poids. J'ai résisté deux minutes, par jeu, et je me suis écroulée à plat ventre, laminée entre le tapis et sa grande carcasse qui hoquetait de joie.

— Qu'est-ce que t'en dis ? Pas mal comme guerre du feu, ça ! Carrément préhistorique ! Ça vaut pas tous les champignons de la Sainte-Bidule ?

— Sainte-Victoire !

La nuit était tombée. Les phares du monospace ont balayé le salon en W à travers la baie vitrée. Le temps d'entrer par le garage, et ils nous ont trouvés assis bien sagement devant le feu, sur le canapé Louis Chose en velours de Gênes.

Il a demandé à André :

— Vous avez tué quelque chose ?

— Le temps ! a répondu mon père. Et vous ?

— On a rallumé le feu.

CQFD.

47

On s'enfonçait tout doucement, tout douillettement dans l'automne. Un automne tendre et doré. À la provençale. Beau temps fixe. Pas un nuage à l'horizon. Sauf que les feuilles des platanes viraient de l'or au cuivre, du cuivre à la rouille, et finissaient dans le ciel par un coup de mistral. Les soirées s'allongeaient. En attendant le retour de Rachid, je me baladais sur Internet. Je me documentais. Les quatre-vingt-dix-neuf noms d'Allah ? Voyons voir ! Et de fil en aiguille, je finissais par tomber sur des sites islamistes légèrement inquiétants…

Quand il rentrait, il jetait un œil atone là-dessus, et :

— Laisse tomber ces conneries ! Attends…

Il tapait : SEXE.

Alors, on se tordait de rire à passer en revue les élucubrations des abonnés aux rencontres. Les prudes plus-si-affinités, mais aussi les échangistes, les partouzards, les SM, les gays, les bis, et je te dis rien des pédophiles !

— Tu te rends compte, le nombre d'allumés qu'on peut trouver à Marseille ?

J'en étais baba. Tu te promènes dans la rue, boulevard d'Athènes ou place Delibes, et tu te doutes pas une seconde que la ménagère avec son cabas, la rombière BCBG, le type en costard trois-pièces ou le charcutier... Et moi qui croyais... Tu parles du jambon-coquillettes ! C'est compliqué, le sexe. C'est pas rose. C'est rouge. Et souvent noir. Il s'amusait. C'était clair. Mais je n'avais pas oublié l'histoire de l'Américaine. Baiser à deux sans interdit, c'est une chose. Mais à trois ? À quatre ? Jusqu'où j'étais prête à le suivre, si...

Décembre finissait. La trêve des confiseurs. Le repas de Noël avec l'immanquable dinde aux marrons. Sèche. Dure. Étouffe-chrétien comme toujours. Et Rachid qui pousse péniblement la bouchée à grandes lampées de gigondas. Semble avaler des cordes. Mais apprécie la bouche pleine :

— Fameux ! Franchement fameux...

Sourire coincé de Christiane.

André qui fait passer, au moment du café, une photo envoyée par Christophe. On le voit en chapeau de brousse, bermuda et sandales, devant un échafaudage de bambous d'où émerge une dentelure d'agglo.

Rachid :

— Il monte, cet hosto ! Ils ont pas dû le mettre à la truelle...

Carla qui glousse dans l'interminable chaussette qu'elle tricote à perte de vue. Christiane qui s'enfuit en pleurant dans la cuisine. André qui se racle la gorge. Isabelle qui ricane bêtement. Laurence et Stéphane qui se battent pour le Playmobil Cléopâtre. La famille... Nous, peut-être, dans vingt ans. Nous, sûrement. Parce qu'il est arrivé sur la pointe des pieds dans la cuisine où je rinçais les tasses à café. Il savait être plus silencieux qu'un chat.

Il s'est collé contre mon dos. Il a plongé ses grandes mains dans la mousse de la vaisselle, cherchant les miennes qui fuyaient comme des poissons. Chasse-pêche-chahut. Raz de marée à la plonge. Charlotte harponnée au fond du bac alu. J'ai passé mes mains sous le robinet d'eau froide, regardé ma main gauche :

— Qu'est-ce que c'est ?

Il s'est mis à rire :

— Un diamant, tiens ! Et, sauf votre respect, mademoiselle Maurin, pas petit !

Originale façon d'offrir une bague de fiançailles. Normalement, j'aurais dû m'exclamer : « Oh ! elle est magnifique ! » Bêtement, j'ai dit :

— C'est juste ma taille...

Et lui :

— Tes doigts, tu parles si je les connais ! C'est comme ton...

Je l'ai arrêté, ma main plaquée sur sa bouche au moment où ma mère entrait, la cafetière à la main, gracieuse et souriante comme une république de monument aux morts.

Le réveillon du jour de l'An. Chez Fernand. Entre cuisine et salle, pour Rachid. Côté vitrine pour Leila et moi, poussées par Fernand :

— Montrez-vous, les filles ! Y'a pas plus belle paire de petites dans tout Marseille ! Faites-moi un peu bander tous ces bourgeois !

Minuit moins une. Rachid avait la main droite sur le commutateur central de la salle. La gauche emprisonnait ma nuque. Il me regardait. À bout portant.

— Tu sais au moins que j'en suis à peine à 1 300 et quelques, moi ! Qu'est-ce que je pourrais te dire d'historique, de définitif ?

Il faisait mine de chercher l'inspiration au plafond :

— Si tu trouves rien à dire, embrasse-moi…

Et il a éteint.

Grands cris bêtas faussement surpris des réveillons élégants. Il me tenait serrée contre le mur, un genou plongeant entre mes cuisses, si haut que j'en perdais le souffle. Ses doigts écartés montaient de ma nuque dans mes cheveux. Il a eu un petit rire en me soufflant :

— Chiche ?

J'ai répondu :

— Chiche !

Il a relevé ma robe et ma cuisse d'un seul geste montant. En redescendant, il a ouvert son pantalon. Efficace. Il a cramponné mes fesses et m'a plantée sur lui. Dur. Chaud. Le crime parfait. Il s'appuyait si fort sur mon ventre en se frottant à moi… Ronds dans l'eau… Cercles magiques… que j'ai joui encore plus vite que la première fois sur mon bureau. Dans la semi-obscurité de la fête. Au milieu de cinquante personnes aveugles qui nous frôlaient au passage. Il s'est sorti de moi d'un coup de reins et m'a posée sur le sol encore vibrante. Fermeture éclair. Et il a rallumé. Avec un mimi rigolard sur le bout de mon nez et un coup d'œil sur sa Rolex avec un seul *l* :

— Vite fait, bien fait ! Record battu : une minute quinze. Bonne année, Monamour ! On les emmerde tous ! Allez ! On se marie !

48

Les catastrophes arrivent quand on ne les attend plus. C'était un peu après la mi-janvier. Un vendredi après-midi. Mistral et soleil. Vifs et coupants comme le diamant que je portais au doigt. Ciel bleu marine. Rachid, toujours à son foot, avait installé dans la cour une ligne de bouteilles en plastique lestées de sable. Les garçons de ma classe tentaient de le suivre en slalom, la balle au pied.

Kevin, qui voulait toujours en faire un peu plus que les autres, a roulé sur le ballon et renversé les deux dernières bouteilles. Il est parti la tête en avant contre un poteau de basket qui l'a arrêté. Net. Il est resté à plat ventre. Immobile. L'accident. Imbécile. Imprévisible.

Rachid s'est précipité. Il l'a soulevé dans ses bras. Seulement groggy, mais la bouche en sang. Une incisive cassée au ras de la gencive. Le petit se mordait les lèvres pour ne pas pleurer. Et le grand aussi. Marc tentait de plaisanter pour consoler son monde :

— Allez, Kevin, ce n'est rien ! Tu feras un bon boxeur !

Rachid écartait ses longs bras. Désemparé. Gauche pour la première fois. Il répétait, disque rayé :

— C'est pas de bol… pas de bol…

Il secouait la tête. Ses dents à lui. Parfaites. Miraculeusement indemnes après vingt-six années passées dans la bouche d'un brise-fer. Et cette pauvre ratoune saignante qu'il faisait rouler dans sa main…

C'était la tuile. Déclaration d'accident. Assurance. Formulaires. Plan de la cour. Témoins. Triple exemplaire. Voie hiérarchique. M. Vidal bien embêté. Rachid n'avait rien à faire dans la cour. Règlement formel : interdiction absolue à toute personne étrangère au service. On avait tout fait de travers. Ou plutôt, on n'avait rien fait. Demandé aucune autorisation. Rachid était entré dans le rond insensiblement. En copain.

J'ai fait un compte rendu des faits. En oubliant, bien sûr, de le nommer. Mensonge par omission. Mais, après tout, qui l'avait vu ? C'était compter sans les gamins.

Le lendemain matin, Kevin était absent. J'ai pensé que sa mère l'avait conduit chez le dentiste. À la récréation, en voyant M. Vidal les yeux braqués sur la pointe de ses chaussures, j'ai compris qu'il y avait un os. Il est venu vers moi et, sans un mot, m'a tendu une lettre.

Format A4. Cartouche en fin de course. Quelques fautes de frappe. Et d'orthographe. Prétentieux. Puant.

Monsieur le directeur,

Il est inadmissible que des personnes non qualifiés et non autorisés se livre à des jeux brutaux avec les enfants dans les locaux de l'État.

Je ne manquerais pas de tenir informé les autorités compétentes, etc., etc.

Adjudant-chef CASTELLIER *Paul*
Médaille militaire.

Adjudant-chef. Comme le père de Rachid. De Rachid qui arrivait d'un pas souple. Son ballon sous le bras. Souriant.

— Qu'est-ce que c'est ?

Comme je ne répondais pas, il a pris la feuille qui tremblait dans mes mains. L'a parcourue des yeux. Et a dit :

— Ah…

Qu'est-ce qu'on fait dans ces cas-là ? On froisse la lettre ? On la déchire en petits morceaux ? On la laisse tomber, accablé ? Non. On la rend à M. Vidal qui grimace un sourire et dit :

— Désolé…

Et Rachid remonte chez moi en regardant le bout de ses pieds. Avec, sur le dos, le poids du mythe venimeux. Que j'avais perdu de vue depuis quelques mois. Inconsciente dans mon nirvana à deux : « Mlle Maurin couche avec un Arabe… » donc non qualifié, donc non autorisé, donc brutal, donc visé et dénoncé aux autorités, elles compétentes, comme étranger et parasite de l'État. Vu. C'était reparti. Ne jamais prendre l'armistice pour la paix.

Le risque légal n'était pas terrible. Ni pour M. Vidal ni pour moi. Mais le crochet à venin était planté. Rachid devait entendre les garçons de là-haut. Peut-être les regardait-il, caché derrière le rideau tiré.

— M'zel', pourquoi il est parti, Rachid ?

Je me taisais. Le petit a repris :

— Hein ? Pourquoi ?

J'ai crié, folle de haine tout à coup :

— Parce qu'il est arabe !

Et je me suis mise à sangloter. Sans larmes. Déchirée. Le front appuyé contre le crépi rugueux. Le gamin me regardait. Sans comprendre. Il a fait :

— Ah bon… et alors ?

Forcément, depuis Zidane, ça passait plus trop pour une tare d'être arabe et de jouer au foot…

M. Vidal m'a tapoté l'épaule :

— Allons, Charlotte ! Ne dites pas de sottises ! Nous allons demander les autorisations…

J'ai fait non de la tête. Non. Non. C'était trop tard. Il refuserait de redescendre. L'école venait de l'éjecter une deuxième fois. Allez, Rachid, un petit coup de Baudelaire : *Exilé sur la terre au milieu des huées…*

Pas de JEU-TA-TEMPS. À 11 h 30, quand je suis montée, il était déjà parti. Il devait circuler là-bas, entre cuisine et salle. Sans sourire. Avec, entre les sourcils, ce pli vertical qui me faisait si mal. Pas faim. Pas soif. Envie de courir jusqu'à lui. D'effacer le noir sur son front. En prenant sa tête dans mes bras. Contre moi.

J'ai appelé Fernand. Je lui ai tout raconté. En pleurant. Il m'écoutait. Ponctuait mon monologue haché de « ah… » désolés.

— Fernand, dites-lui que… que…

Je me cognais au mot comme à une vitre. Il a terminé pour moi.

— … que tu l'aimes ? Je sais ! Et qu'est-ce que ça change ? Écoute-moi un peu, petite, pour une fois que je te tiens toute seule. Écoute-moi bien. Ça va vous pourrir petit à petit, toutes ces saloperies minables. Et avec les élections qui approchent, les cons seront de sortie. Ils vont s'échauffer. Tirez-vous, tous les deux ! L'Australie, c'est loin : c'est pour vous. Je peux vous donner un coup de main. Décide-le, ce grand couillon !

Décider Rachid à quitter Marseille ? Et pourquoi pas décider Gavroche à quitter Paris ? Il avait besoin de traîner sur les quais de la Joliette à regarder décharger les régimes de bananes, les ballots de canne à sucre et les sacs de café. D'arpenter la rue Longue avec son marché braillard. De grimper en courant les escaliers des Accoules. D'attendre l'air de rien l'arrivée des vedettes du château d'If avec leur chargement de touristes. De déconner avec les pêcheurs de l'Estaque. De squatter les bistrots du Vieux-Port et du vallon des Auffes. Ceux du cours Belsunce et de la porte d'Aix. Tout ce Marseille oriental et rigolard. Méchant et tendre. Même la Rose fanée au bout de sa banlieue…

49

Ce soir-là, il est rentré plus tard que d'habitude. Vers 2 heures. J'avais éteint la lumière. Les yeux me brûlaient d'avoir pleuré. Il est arrivé sans bruit dans la chambre, avec l'odeur du mistral dans son blouson de cuir. Il s'est déshabillé dans le noir. Sa silhouette en ombre chinoise contre les volets croisés sous la lune froide.

Il est entré dans le lit tout doucement. Peur de me réveiller. Je me suis glissée contre son grand corps glacé par la course dans la nuit. Je me suis blottie contre de lui pour le réchauffer :

— Tu dors pas ?

Il a enfoncé sa tête dans mes cheveux. Ses lèvres de marbre contre mon cou. Il avait dû rouler comme un fou sur l'autoroute. Au bout de ses nerfs et de sa détresse.

— Faut pas rouler comme ça, tout seul, la nuit…

C'était comme s'il n'entendait pas. Il me serrait si fort que je sentais ses côtes et son cœur qui s'affolait.

— Je t'aime, Charlotte ! Tu peux pas savoir…

Son souffle s'étranglait dans sa gorge. Il hoquetait comme un enfant qui a eu peur. Je caressais ses boucles emmêlées et ses larmes coulaient sur mon épaule. Il a reniflé :

— C'est le froid…

Bien sûr ! Mais quel froid ? Celui de tous ces yeux bleus sur sa peau trop sombre que l'hiver n'éclaircissait pas. Froid polaire. Sidéral. Condamnation à perpète. À quoi ça sert de se donner tant de mal pour s'intégrer, si au moindre faux pas, on te renvoie sur la touche ?

— Rachid, il faut qu'on se marie…

Pas de réponse. Un frisson dans son dos et ses reins. Il m'avait tellement aimée en riant, je pouvais bien l'aimer en pleurant. Avec un arrière-goût de désespoir qui rendait encore plus délirante l'explosion du plaisir. Il criait sous moi, les yeux fermés. La tête renversée en arrière. Le cou gonflé. Et ce cri m'empoignait. Avec, pour la première fois, l'idée horrible que c'était peut-être pas pour toujours. Qu'on pouvait nous éloigner. Nous séparer. Nous déchirer.

Nous étions petits et faibles. Serrés l'un contre l'autre. Nus comme des pauvres. Avec le monde glacé en étau tout autour. J'ai répété :

— Il faut qu'on se marie.

Il a soupiré :

— Plus tard… plus tard… on verra…

À cause d'une malheureuse dent cassée en jouant au ballon. La lie remontait à la surface. L'eau trouble des rancœurs endormies. Jamais mortes. J'imaginais Kevin raconter à son père en toute innocence :

— C'est Rachid qui m'a soigné !

Et le père :

— Qui est-ce Rachid ?

— C'est le copain de la maîtresse…

— Elle est copine avec un Arabe ?

— C'est son fiancé…
— Il est instituteur ?
— Mais non ! Il travaille la nuit…
— La nuit ? Où ?
— Dans un café… ou un restaurant…
— Et qu'est-ce qu'il faisait dans la cour ?
— Il nous apprend à jouer au foot. Il est sévère comme entraîneur, mais après, il est gentil. Et il joue drôlement bien !
Et le père à sa femme :
— Tu le savais, toi, que Mlle Maurin couchait avec un Arabe ?
Elle, gênée :
— Oui, mais…
— Et tu ne me l'as pas dit ?
— C'est une bonne maîtresse, Mlle Maurin… À quoi ça aurait servi ?
— Ça aurait servi à empêcher ce type d'entrer dans l'école, imbécile ! Et ton fils aurait encore toutes ses dents !
— C'est la malchance…
— La malchance ! Elle a bon dos la malchance ! Tu crois que c'est par malchance qu'ils ont descendu les Twin Towers ? Les ratons, ils sont tous pareils : sournois, faux jetons, menteurs…
Et Kevin :
— Non, il est pas menteur, Rachid !
L'autre avait dû ricaner. Peut-être même lui allonger une calotte pour lui apprendre le respect.
— Voilà ! Envoie ton fils se faire massacrer à l'école ! Chez une salope qui se fait sauter par des bougnoules. Et payée avec tes impôts ! Et tu veux qu'il apprenne à lire ? Pas étonnant qu'il soit aussi nul…

Voilà le résumé ! Rachid. Et moi. Et Kevin. Et merde ! On y était pour quoi, nous, dans l'affaire des Twin Towers ? On allait tout de même pas se crasher en ULM sur la Bonne Mère !

Finies les récréations olympiques. Les explosions brésiliennes pour une balle bien placée entre les piliers du préau. Rachid restait en haut. Et les gamins ont peu à peu abandonné le foot pour retourner à la passe-à-dix. Tout était redevenu pour le mieux dans le meilleur des mondes civilisés.

50

Le mercredi suivant, le facteur est monté jusqu'au troisième étage. Il a sonné. Essoufflé. Il tenait une lettre à la main. Pour Rachid. Il a jeté un œil dans l'entrebâillement.

— Mademoiselle Maurin, pour Rachid Sahli, où est-ce que je dois faire suivre ?

Étonnée, Charlotte :

— Faire suivre ? Pourquoi faire suivre ?

Il a écarté les bras. Impuissant :

— Ma foi, moi, quand j'ai vu qu'il n'y avait plus l'adresse sur la boîte aux lettres, j'ai pensé…

Je lui ai arraché la lettre des mains. J'ai refermé la porte. J'étouffais. Rachid est arrivé près de moi, encore un peu endormi. J'ai essayé de cacher la lettre. Il l'avait déjà vue et tendait la main :

— Mais pourquoi il est monté jusqu'ici pour un relevé de banque, cet ensuqué !

Il a vu mon trouble. Injustifié par l'insignifiance de la lettre. Il a deviné. M'a poussée. A ouvert la porte et dévalé les trois étages quatre à quatre. On avait arraché sa carte de visite de la boîte aux lettres. Déchirée en petits morceaux éparpillés dans le hall. Tristes confettis. Il est remonté. Lentement. En se tirant sur la rampe. Comme un vieux. La tête basse. Ses yeux ! Il en avait pris plein la gueule. Il s'est laissé tomber sur une chaise. Les bras ballants. Ça me faisait trop mal. J'ai crâné :

— Oh, dis, l'Arabe ! T'es plus jeune ? Tu pisses plus loin ?

Il a souri. Un peu jaune. Mais souri, tout de même.

— Tu as raison ! On va pas se laisser emmerder par des raseurs de murs !

Et on est redescendus. Ensemble. Coller une autre carte.

— Faudrait pas que le facteur chope une crise cardiaque dans l'escalier, en montant mon courrier : on m'accuserait d'avoir tenté de l'assassiner...

Puis il m'a dit :

— Viens avec moi chez Fernand. Il me plaît de moins en moins ton quartier calme...

Fernand, lui, avait son idée sur la question. Son idée fixe : l'Australie. Il répétait :

— C'est les élections, ça...

Il montrait, d'un menton méprisant, la salle bourdonnante derrière la porte battante :

— Écoute-les ! Y'a plus que ça qui les intéresse ! Faut que ce soit juteux !

Et, à moi, tout à coup :

— La politique, c'est dégueulasse. C'est pas bon pour les amoureux...

Mais c'était bon pour les colleurs d'affiches. On leur renverrait l'ascenseur. Avec des emplois pépères. Ou même fictifs pour les meilleurs. Aussi, ils mouillaient la chemise. On l'a bien vu, la nuit, en rentrant, vers 1 heure.

Les murs étaient tapissés de papiers qui se recouvraient et se chevauchaient. De plus en plus dégoulinants de colle. De plus en plus frais. On y voyait des flambeaux et des glaives. De beaux machins bien nets. Bien dessinés. Bien propres. Bien coupants. Et toujours les thèmes radieux qui font recette :

MARSEILLE AUX MARSEILLAIS.
LA SÉCURITÉ AVANT TOUT.
OUI À L'IMMIGRATION CHOISIE.

Cette jolie propagande nous précédait. Comme si on avait voulu pavoiser notre chemin d'un tapis tricolore.

Et tout à coup, au coin d'une rue, à vingt mètres devant nous, l'équipe colleuse. Rachid a porté sa main en arrière. Une pression sur ma cuisse. J'ai compris :

— Accroche-toi !

Je me suis accrochée. Terreur dans le poulailler. Le pot de colle a giclé sous la roue avant. Les affiches éparpillées se sont mises à voler. Avant de s'agglutiner dans l'eau des caniveaux et la colle renversée. Les trois types gueulaient, montraient le poing.

En arrivant devant l'école, Rachid a enlevé son casque. Il avait retrouvé son sourire :

— Tiens ! Ça soulage ! Un à zéro !

Et puis il a regardé le muret de la cour où le comité d'accueil avait bombé en noir :

LES ARABES DEHORS !

Alors il a haussé les épaules et, en écartant les mains :

— Un à un ! Match nul !

51

On n'a plus vu Kevin à l'école. L'adjudant-chef Castelier est venu chercher un certificat de radiation. Sanglé dans son uniforme kaki. Le menton haut. Voulait donner une bonne leçon à toute cette racaille enseignante de gauche. C'est M. Vidal qui a pris la première rafale :

— Sachez, monsieur le directeur, que je ne vous félicite pas ! Nous avons la chance de vivre dans un quartier où il n'y *en* a pas ! Il faut être inconscient pour en introduire *un* dans l'école ! Dorénavant, mon fils ira au cours Jeanne-d'Arc. À l'abri des initiatives douteuses d'enseignants sans principes. En attendant que vous *leur* donniez le droit de vote…

M. Vidal était tellement effondré que le gars a voulu poursuivre l'avantage. Il a donc demandé à voir Mlle Maurin pour la « rappeler à ses devoirs ». Pensant probablement qu'une fille de vingt-trois ans, ça s'écrasait du talon…

En entrant dans le bureau, j'ai évalué tout de suite que, sur mes talons, j'étais un peu plus grande que lui. J'ai foncé. D'un pas d'amazone. Je l'ai forcé à reculer pour m'éviter. Jusqu'au mur. Plus que de la surprise dans ses yeux même pas bleus. De l'affolement. J'ai ricané :

— En déroute, l'armée française ?

Il a bafouillé. J'ai reculé de trois pas et je me suis plantée devant lui. Jambes écartées. Poings sur les hanches. Genre Lara Croft. Son regard m'a balayée. Surpris. Haineux. Mais trouble. Un regard d'homme, malgré tout. Et au lieu de parler, il a avalé sa salive. J'ouvrais le score. Aussi je lui ai balancé, en rase-mottes sous les radars :

— C'est tout ?

Comme il se taisait toujours, j'ai fait un tour complet sur moi-même. Lent. Les bras tendus. En susurrant à voix basse :

— Bandante, l'instit du petit, non ?

Et j'ai gueulé :

— … mais réservée aux bougnoules !

Il a tressailli, comme cravaché. Moi, je suis sortie. Sans me retourner.

Le soir, Marc pleurait de rire en racontant l'affaire à Rachid :

— Tu l'aurais vue ! Les yeux mi-clos. Porno à mort : « Bandante, l'instit du petit… » Et d'un seul coup, facho à bloc : « … mais réservée aux bougnoules ! » La gueule de l'autre !

Et à moi :

— C'est vrai que tu es bandante. Dommage que je sois pas bougnoule. Dis, Rachid, comment on se fait naturaliser ?

Rachid a donné un grand coup de ciseaux dans le vide avec l'index et le majeur. Et comme Marc faisait mine de reculer, horrifié, il a ajouté :

— Mais… pas à ras !

Il me regardait, ravi. Avec toutes ses dents au milieu de son sourire des grands jours. Une rasade de tendresse dans ses yeux si noirs :

— Alors, comme ça, tu te bats pour moi !

J'étais assise sur ses genoux. La pointe de mes pieds effleurait à peine le sol. L'idée de sa taille comparée à celle de l'autre nabot m'est venue :

— Oh, tu sais, faut rien exagérer. C'était sans risque : il est tout petit…

— Détrompe-toi, Pédagogie, les plus petits, c'est les plus teigneux !

52

J'ai d'abord cru à une épidémie de grippe. J'ai ralenti la progression des leçons en attendant le retour des convalescents. Mais c'était une maladie plus grave que la grippe. On en guérit mal. Souvent certains en crèvent. Pas ceux qui l'ont attrapée. C'est ça qu'est drôle. Drôle… si on veut. Dans ma classe, les têtes se clairsemaient. Une par bureau à deux places. Et puis des bureaux vides. Enfin un rang entier.

Fin février, ma classe était passée de vingt-cinq à onze élèves. M. Vidal jetait un coup d'œil gêné sur mon rang décimé. Il a expédié, comme tous les mois, l'effectif à l'inspection académique. Coup de fil en retour.

— Que se passe-t-il dans la classe de Mlle Maurin ?

Il a reculé. La seule idée de devoir formuler la vérité lui donnait des vapeurs. Il a raconté une vague histoire de poux. On y est habitué dans l'Éducation nationale. À quoi la secrétaire lui a répondu avec délicatesse :

— Des poux ? À La Capelette ? Vous n'avez pourtant ni Arabes ni Gitans…

Mais on l'a cru. Sursis. Pour un mois. Tout allait peut-être rentrer dans l'ordre ? Mais non. Le silence s'installait dans l'école. Le sien. Le mien. Celui des collègues. Celui des parents. Et celui de Rachid qui ne pouvait pas ignorer ma classe vide. Il allait et venait entre l'école et la corniche. On avait recouvert de chaux l'inscription sur le mur de la cour. Une fois. Deux fois. Elle renaissait dans la nuit. Comme le sang sur la clé de Barbe bleue. Un soir, Pierre-Marie est venu avec deux bombes. Il a transformé ARABES en ARBRES. « LES ARBRES DEHORS ! », c'était plus sympa. Ça en a même fait rigoler quelques-uns. En tout cas, on n'y a plus touché. On croyait avoir gagné. Jusqu'à ce dimanche matin.

Rachid a trouvé sa moto couchée sur le trottoir. Assassinée. Le réservoir crevé à coups de poinçon. Les pneus lacérés. Déchiquetés.

Il pleuviotait. C'est moche, Marseille sous la pluie. Pas naturel. Ça fait tout de suite catastrophe écologique. Retombées louches. Pollution. Crachin de suie sur le goudron gras. Glissant. Malsain.

Rachid immobile. Stupéfait devant le cadavre. Le casque lui a échappé des mains. Est tombé sur le béton. A rebondi deux ou trois fois. Et s'est mis à rouler en cahotant jusqu'au bord du trottoir. Jusqu'au caniveau où il a fait barrage. Se remplissant d'eau sale alourdie de mégots. Il a ramassé un lambeau de gomme. S'est mis à l'étirer. Machinalement.

Une Opel grise est passée à toute vitesse. Vitres fermées. Elle a fait une embardée pour venir cueillir l'eau contre le trottoir et la cracher en gerbe sale sur lui. Il s'est retourné pour esquiver. Un bras devant les yeux. Il a tout pris sur le dos et les jambes. Le jean était trempé. Le cuir dégoulinait.

Il est remonté. Les lèvres blanches. La voix cassée. Il m'a dit :

— Il faut que je me change. Appelle Fernand pour lui demander de venir me chercher.

Fernand est arrivé une demi-heure plus tard. On l'attendait dans l'entrée. Il a jeté un coup d'œil sur la moto. Et puis il a regardé Rachid bien en face :

— L'Australie, petit ! L'Australie…

Rachid s'est assis dans la Mercedes sans un mot. Le visage fermé. Je suis remontée seule. Lentement. L'impression d'avoir cent ans.

Dans l'après-midi, Yazid est venu avec Pierre-Marie et son estafette pour charger la moto. Il dédramatisait, Yazid. Complètement. En voyant l'engin couché sur le côté, il a éclaté de rire :

— Ah les cons ! Ils l'ont bien ruinée !

Et, à moi, pendant que Pierre-Marie tournait autour et tirait des plans en se demandant comment il allait pouvoir améliorer l'objet dans son style custom marseillais :

— Comment ça s'est passé ?

Qu'est-ce que j'en savais, moi ? On avait trouvé la bête morte. Un point c'est tout. J'ai raconté le coup de grâce de l'Opel arroseuse. L'humiliation. Yazid a souri :

— Grise, tu dis ? Une Opel ?

J'ai fait oui de la tête. Il s'est frotté les mains :

— On va rigoler !

Je comprenais mal sa bonne humeur. J'ai tenté timidement :

— Faudrait peut-être porter plainte ?

Il s'est esclaffé.

— Aller voir les keufs ? Tu charries ! Pour qu'ils nous demandent notre emploi du temps depuis Noël ? Et que je me paie un contrôle fiscal ?

J'ai voulu jouer encore les légalistes :

— Tu crois pas que tu pousses un peu ?

— Oui, je pousse ! Mais je préfère pousser que me faire baiser…

— Alors ? Qu'est-ce qu'on fait ?

— On se démerde, ma belle ! Comme des grands !

Et il est parti. Le bras tendu à la portière. Index et majeur en V. Comme Arafat chaque fois qu'il prenait une raclée. Pathétique…

53

Rachid est rentré vers 22 heures. C'était tôt pour un dimanche. Il avait retrouvé son sourire ravageur :

— Sape-toi, Monamour ! On va danser.

— Danser ! Un dimanche soir ?

Il a fait le mystérieux. Ses yeux étaient pleins d'étoiles.

— Pose pas de questions ! Et habille-toi sexy !

J'ai mis la fameuse robe rouge. Il a défait deux boutons de mieux au bas de la jupe et a dit :

— Avec des bas à la place du collant, ce sera parfait…

Il les a d'ailleurs sortis de sa poche. Une œuvre maîtresse de Chantal Thomass, avec des croisillons de corset SM et des bandes de dentelle élastique sur les cuisses. Je me suis mise à rire :

— C'est ce soir que tu me mets sur le trottoir ?

— Fais fissa ! On est pressés…

On est montés dans la Mercedes de Fernand. Retour au *Paradise.* Surchauffé. Bourré. Balayé par des spots cataleptiques qui te perforaient la rétine. On a commencé à danser. Et, tout à coup, Rachid s'est mis à donner dans l'acrobatie. Style *street dance.* Hip-hop mâtiné de danse du ventre. J'étais un peu étonnée. Mais j'ai continué à me tortiller dans le cercle de vide qui s'élargissait autour de lui. Il en faisait vraiment un maximum. Il sautait, tournait. Désarticulé. Désossé. Robot métallique fondant en caoutchouc. Tous les yeux étaient sur lui. Et sur moi, par la même occasion. Dans l'ouverture de ma robe déboutonnée sur mes cuisses en dentelle noire.

C'est là que Mouloud est arrivé. Il s'est mis à rouler autour de nous. De moi, surtout. Avec des soubresauts de hanches à classer X d'urgence.

Rachid s'est arrêté de danser. Il lui a allongé un direct impeccable à la pointe du menton. Mouloud est parti en arrière. Cascade nickel. Parfaite. Cris. Sifflets. En deux minutes, nous étions tous les trois dans le panier à salade. Mouloud se frottait le menton en rouspétant :

— T'es con ou quoi ? Tu sens plus ta force ?

Et Rachid se marrait en douce, la tête tournée contre la vitre arrière grillagée. Je voyais ses épaules secouées par le rire. J'ai compris que les deux se payaient ma tête :

— Vous pourriez me brancher, peut-être ?

— T'occupe ! m'a fait Mouloud avec un doigt sur la bouche.

Et il m'a montré le flic assis sur la banquette à côté de Rachid. Le flic qui commençait à s'endormir. Devait pas être fâché de rentrer *at home* grâce à nous. Visiblement, nous prenait pas pour de dangereux criminels…

Au poste, c'est reparti :

— Nom, prénom, profession ?

— Professeur des écoles.

Coup d'œil scandalisé sur mes jambes : encore une inscription pour l'école libre.

On était habitués. Dociles. Fernand semblait attendre, au bout du fil, comme les jokers de Jean-Pierre Foucault.

Jamais on avait été si vite. Au point qu'au moment de quitter le bureau Rachid a dit, en regardant sa montre :

— Déjà !

Et j'ai eu l'impression qu'il cherchait à gagner du temps. C'est moi qui en ai fait les frais. Il s'est mis à me secouer par l'épaule en montrant l'ouverture de ma jupe :

— Tu crois que t'as besoin de montrer ton cul ? Avec le froid qu'il fait ?

Inattendu, l'appui du flic de service :

— Il a raison ! Les filles, maintenant, elles se baladent à moitié à poil et, après, elles viennent gueuler au viol !

Et à moi, sévère :

— Boutonne-toi !

Rachid s'est avancé vers lui, l'œil sicilien :

— Pourquoi tu lui dis « tu » ? Tu la connais ?

L'autre s'est troublé. Mis à bafouiller…

— Mais non… c'est la première fois que je la vois…

— Et j'espère que c'est la dernière !

Il me secouait comme un prunier, prenait le pauvre gars à témoin :

— C'est une salope ! Une salope !

Je me suis révoltée :

— Dis ! Tu me prends la tête, là ! Qu'est-ce que tu veux à la fin ?

Il a jeté un coup d'œil à son poignet et tout de suite calmé :

— Rien. Maintenant ça va ! On peut y aller !

On est sortis sous le regard glauque du planton. Je l'ai entendu dire à son collègue :

— Tu te rends compte ? Cette petite ? Une institutrice ! Se mettre avec un Arabe ! Ça va finir derrière l'opéra, ça ! Si c'est pas malheureux…

Le mystère s'épaissisait : une bonne âme avait conduit la Mercedes de Fernand au coin de la rue. Elle nous attendait, les clés sur le contact. Heureusement. Un vent de glace s'était levé. La pluie fouettait à l'horizontale. Il faisait un froid ! Pour une fois, j'étais bien contente d'entrer dans une berline plutôt que d'enfourcher une moto. Je l'ai dit. Rachid m'a jeté :

— Bourgeoise !

Et il a démarré. On a lâché Mouloud au bas du boulevard de la Libération. Il a disparu dans le couloir, son blouson remonté sur la tête pour se protéger de la flotte. Ça tambourinait sur le toit. Le pare-brise et les vitres étaient noyés. La croix d'une pharmacie flashait et dégoulinait en vert dans le balai des essuie-glaces. Re. Re. Re. Rachid regardait droit devant lui. Profil perdu. Il a porté la main au levier de vitesses. Sa gourmette a glissé sur son poignet. Il a hésité. Coupé le contact. Dans le silence du moteur endormi, la pluie s'est déchaînée. La Mercedes tournait au sous-marin. Il ne s'est même pas tourné vers moi. Il a renversé la tête sur le dossier et il m'a dit :

— À toi de faire…

Ça m'a fait comme un coup de poing dans le ventre. J'ai commencé à déboutonner le col de sa chemise. Il a bloqué ma main contre sa poitrine :

— Allez ! Sois pas faux cul !

Et il a guidé ma main au-dessous de sa ceinture. Ma main et ma tête où commençaient à crépiter des étincelles bleues.

— C'est ta spécialité, ça, Monamour… Mais pense qu'on est pas chez nous…

Il a mesuré mon regard interrogatif :

— Ça veut dire : pas de traces ! Vu ?

Vu. Mais je crois qu'il ne mesurait pas le danger. Se doutait pas, en s'enfonçant dans ma gorge, du frisson qui raclait mon dos et venait se bloquer au coin des mâchoires. Follement suspendues. Le flot de salive qui m'inondait comme au contact de ces fruits trop verts qui vous cassent les dents. Bien au-delà du simple plaisir donné. C'était une envie rouge. Cannibale. Qui me possédait. Me déchirait. Et me brisait. Toujours avant lui.

Il a posé sa main sur ma tête, foulant mes cheveux de ses ongles en griffes, haletant :

— Je m'y ferai jamais ! C'est mieux à chaque fois...

Et il s'est laissé aller. Offert. Avec une confiance qui me coupait en deux. Au bord de mes dents folles prêtes à le déchirer...

Il avait toujours un peu de mal à accepter ce cadeau. Rigolait pour se tirer d'embarras. Éviter un merci :

— Tu sais que tu ferais de l'or avec ça ?

C'était là qu'il l'avait, son coup de dents. Mais, pour rire. Sans se douter qu'il venait d'échapper encore une fois au massacre. J'ai profité de sa bonne humeur pour demander :

— Dis-moi, c'était quoi ce cinéma ?

— La vengeance de Zorro !

Et il a dessiné un Z avec son doigt dans la buée qui recouvrait le pare-brise.

Inutile d'insister : il n'en dirait pas plus.

54

M. Vidal est arrivé dans ma classe, le lendemain vers 10 heures. Gêné. Bredouillant :

— C'est pour Rachid. Il est convoqué à 17 heures au commissariat du 5e.

Deux fois en moins de douze heures ! Et toutes ces histoires à l'école ! Il commençait sans doute à se demander, le brave homme, si, finalement, ce qu'on disait à propos des Arabes…

Moi, le signe de Zorro m'a traversé la tête. Flash-back. Mon sang n'a fait qu'un tour. J'ai bondi dans l'escalier, poussé la porte à la volée. Il a ouvert un œil. Un seul. Et, très calme, avant même que je prononce un mot :

— À quelle heure ?

J'étais stupéfaite.

— Comment ? Quoi, à quelle heure ?

— Ben… au commissariat du 5e !

Je devais avoir l'air vraiment idiot. Il s'est mis à rigoler :

— Faut bien qu'on me demande où j'étais cette nuit entre 23 heures et 1 heure !

— Pourquoi ?

Il a pris un air sérieux et appliqué, joignant le bout de ses dix doigts.

— Parce que, à ce moment précis, figure-toi qu'une Opel grise a pris feu au bout d'un parking ! Pffou ! ! ! Superbe ! Une mise en scène soignée. Signée. Sauf que l'auteur était à ce moment-là au commissariat du 6e, quatre rues plus loin, en train de débiter : nom, prénom, profession. C'est pas mal goupillé, non ?

La robe fendue, l'exhibition de hip-hop, Mouloud en punching-ball… La nuit dernière prenait un autre sens. Infiniment plus rigolo.

— Tu croyais que j'allais les laisser niquer ma moto sans rien dire et sans rien faire ?

J'en pleurais de rire :

— Mais pourquoi tu m'as rien dit ?

Il m'a regardée avec un air tendre :

— T'es tellement mauvaise pour mentir…

— C'est Yazid qui…

Il a mis un doigt sur ma bouche.

— C'est Allah ! Béni soit son nom ! Et va donc Lui demander son prénom et sa profession…

55

Le plus grave, c'est que je commençais à trouver amusants ces règlements de comptes sommaires, œil pour œil dent pour dent. À coups de poing et de bidons d'essence. Avec les flics qu'on prenait pour des poires. Le retour à la jungle. Dans le rôle de Jane au côté de Tarzan. J'oubliais que les autres avaient porté plainte, eux. Et qu'on les avait écoutés. Qu'ils étaient du côté du manche, quoi !

À 16 h 30, Rachid m'attendait devant le portail, dans la Mercedes de Fernand. Gros, très gros effet sur les parents d'élèves. Il m'a ouvert la portière du côté passager :

— Allez, monte, Pédagogie, on va se marrer un coup !

Évidemment, c'était excitant. C'est parti tout de suite sur des chapeaux de roues. La question qu'on attendait. Sucre et miel. Délectable…

— Où étiez-vous, hier soir, entre 23 heures et minuit ?

Petit rire de Rachid.

— Hier soir ?

Ricanement du flic.

— Oui ! Hier soir !

Sourire enjôleur.

— Au commissariat du 6e.

— Vous vous foutez de moi ?

À mon tour de jouer :

— Pas du tout ! Vous pouvez vérifier. Nous avons deux de vos collègues comme témoins irréfutables !

Rachid a cligné de l'œil dans ma direction et il a répété :

— Irréfutable… voilà le mot !

Et, me montrant du pouce, avec un air débile, au flic qui commençait à virer au rouge :

— Elle est maîtresse d'école : vous pensez si elle en connaît des mots et des mots…

Téléphone. Une minute d'attente. Réponse. Raccroché. Le gars, blanc de rage. Sans commentaire.

— Cassez-vous !

Rachid s'est levé et, avec un sourire d'ange :

— Mais, dites-moi, monsieur l'agent, qu'est-ce qui s'est passé, hier soir, entre 23 heures et minuit ?

Il changeait de couleur à toute vitesse, le bonhomme. Un véritable arc-en-ciel. Violet, cette fois. Il a hurlé :

— Foutez-moi le camp !

— Vous n'êtes guère poli, a dit Rachid gentiment, vous nous dérangez pour rien et, en plus, vous nous grondez…

Et on est sortis. En lui faisant un petit signe gentil de la main.

Il était trop tard pour retourner à la Capelette. Le service allait commencer sur la corniche : je l'ai donc accompagné chez Fernand. Fernand que j'espérais plus amusé par la dernière farce. Devant sa gueule longue et ses yeux détournés, Rachid s'est mis à ferrailler :

— Alors, Fernand, c'est pas rigolo, ça ?

Fernand a haussé les épaules :

— Rigolo... Tu parles ! Ils déchirent ta carte, tu déchires leurs affiches... Ils niquent ta moto, tu niques leur bagnole... Et jusqu'où tu crois que ça va aller ?

Rachid a levé les sourcils, excédé :

— Voilà, c'est reparti : la morale !

— Qui te parle de morale, ensuqué ! Seulement, quand on commence une bataille, il vaut mieux s'assurer qu'on a des alliés. Si on est tout seul, on est sûr de perdre. Alors, on s'écrase...

Rachid l'a regardé, venimeux :

— Rrahh ! Le JJJuif !

Fernand était triste. Pas vexé. Ni indigné. Triste. Il balançait sa grosse tête carrée.

— Eh oui ! JJJuif, l'Arrrabe. JJJuif mais vivant ! Et passé par un drôle de petit trou, tu peux me croire. Tâche d'en faire autant...

56

Le lendemain, le téléphone (arabe ?) avait dû marcher. Anne m'a demandé :

— Qu'est-ce que c'est que cette histoire de voiture brûlée ?

J'ai fait l'innocente.

— Quelle voiture ?

Elle s'est tue. Pas convaincue. Du tout.

— Je croyais que tu savais…

Et le rideau s'est ouvert sur la scène 1 de l'acte II.

Ça désertait dans toutes les classes. Et là, mes gentils collègues, pas racistes pour deux sous, ont commencé à se sentir directement menacés.

Effectif de mars : l'école avait diminué de moitié. Le cours Jeanne-d'Arc prospérait. Leurs rangs passaient le long de notre grille pour se rendre au gymnase. *Gloria ! Alléluia !* La croisade. Manquait seulement le crucifix en tête.

Là, M. Vidal a craqué. Il a tout avoué au téléphone. L'inspecteur départemental est arrivé. Conseil d'école extraordinaire. Commission paritaire. Enseignants, parents d'élèves, représentant de la municipalité. Finesse politique ou vacherie ? En cette période chaude d'élections, on nous avait expédié un communiste. À Marseille, il en reste. Ça surprend. Mais c'est comme ça. On fait rien comme les autres, à Marseille. Sur le coup, j'ai pensé que c'était une chance…

Huit bureaux collés les uns aux autres dans la salle polyvalente en guise de table de conférence. Et, à côté de moi, évidemment, Rachid. Pas du genre à se défiler. À jouer les innocents : « Ah bon ? Vous croyez que c'est à cause de moi ? » L'inspecteur, le conseiller municipal, les parents d'élèves le regardaient à la dérobée. Mais qu'est-ce qu'il avait donc de si spécial, ce type, pour mettre en péril une école entière ? Qu'est-ce qu'il pouvait bien me faire pour que je perde à ce point le sens du devoir ?

Comme entrée en matière, l'inspecteur, qui s'était renseigné, a concocté un petit topo tricolore, larme à l'œil, sur l'adjudant-chef Sahli, mort pour la France, chevalier de la Légion d'honneur et patin couffin. Fallait tout de même signaler aux membres de droit, que le gars, désigné par tout un chacun sous le label discutable d'Arabe, était français homologué, contrôlé, tamponné, vacciné.

Le communiste a tiqué. Voulait bien sauver la mise à un Arabe, à condition qu'il soit bon teint. Travailleur immigré, sans papiers ou Beur de banlieue. Rachid n'était pas net.

Personne n'était raciste dans l'assemblée, mais les Noirs et les Arabes, on les aime tout de même mieux quand ils sont pauvres, maigres et petits. On a, comme qui dirait, envie de les protéger. On se sent fort et bon. Généreux. Légèrement supérieur. C'est jouissif.

Le porte-parole des parents d'élèves apolitiques (traduire : de droite) avait la tête de l'emploi. Attaché-case, sourcil interro-négatif. Rondelet. Glabre. Un petit air suffisant à avoir une femme frigide et à lui avoir fait trois enfants sans s'en apercevoir. Il y est allé de son baratin raisonnable, déplorant la malheureuse affaire de la dent cassée qui avait « tout déclenché ». Égratigné au passage le père Vidal pour sa « petite négligence administrative ». BCBG. Un peu constipé, mais pas méchant. Tenant absolument à se démarquer des dingues qui écrivaient des saletés sur le mur de l'école. « On peut être à droite sans pour autant... » Ça sonnait juste. On y croyait. Si bien que le représentant des parents de gauche, un brave barbu (à avoir une femme frigide qui se soigne sans succès chez le psy), a presque réussi à remonter la pente. Au-dessus de son cartable décousu, il a fait rire tout le monde (même son homologue et rival). Avec un accent de Martigues à sculpter au couteau, il a parlé de l'OM, de Zidane, de la coupe du monde, de l'équipe black-blanc-beur... et tout et tout.

L'atmosphère était presque détendue. Tout à coup, Anne s'est lancée dans une démonstration ahurissante. Soignée la dialectique. Construite. Imparable.

— L'ennui, monsieur l'inspecteur, c'est que le cours Jeanne-d'Arc recueille toutes nos défections. C'est un coup porté à l'école laïque et un triomphe pour l'école libre. Et dans la conjoncture actuelle... Le renforcement de la loi Falloux... Sans parler de l'incidence future d'une éducation orientée sur de jeunes cerveaux...

Amorcé, le conseiller municipal a embrayé, ne voyant quant à lui que midi à sa montre : les élections.

— L'important, en ce moment, c'est de calmer les esprits, éviter des affrontements qui... des prises de position que... établir un *statu quo*... donner satisfaction à... tout en évitant de...

Et l'inspecteur :

— Il n'est pas question, bien sûr, d'admettre des arguments de type raciste ! Toutefois, il semble souhaitable, dans l'intérêt des enfants… et de l'école…

Rachid s'est levé, souriant, superbe :

— … peut-être même dans l'intérêt de la République, et, va savoir, de l'humanité tout entière… il serait souhaitable que M. Sahli – avec un *h* inutile au milieu – comprenne de lui-même, avec tact et discrétion, que la présence d'un Arabe – de nationalité française – dans le lit d'une institutrice, lui-même situé dans les locaux de l'État – avec une majuscule –, est de nature à perturber l'ordre public à Marseille pendant les élections.

L'inspecteur s'est troublé. Il a bafouillé.

— Mais non, vous comprenez mal… Il n'est question que de…

Rachid était sur la rampe de lancement. Pour l'arrêter, il aurait fallu autre chose que les états d'âme d'un fonctionnaire ! Toujours très calme, suave, même, il s'est tourné vers Anne :

— De plus, M. Sahli ne semble pas avoir les problèmes financiers et d'emploi qui rendent si attachants ses coreligionnaires…

Coreligionnaire ? Il connaissait ce mot ? Eh oui…

Après Anne, c'est le conseiller municipal qui s'est vu apostrophé :

— Enfin, son père ayant été militaire, donc forcément un de ces ignobles collabos de l'Algérie française, il n'est pas exclu que ce monsieur vote – car il vote ! – à droite…

Dans un silence glacé, consterné, il s'est adressé à la cantonade :

— M. Sahli – qui sait à peine de quel côté se trouve La Mecque ! – est ce qu'on appelle un Arabe désarabisé !

Ni chèvre ni chou ! On peut en manger sans pécher, qu'on soit de droite ou de gauche, chrétien ou musulman, carnivore ou végétarien !

J'admirais à la fois le culot, la tchache et le comédien. Il a fait une jolie courbette Louis XV mâtinée de salamalecs, main sur la bouche et sur le cœur. Il est allé jusqu'à la porte en reculant, plié en deux. Il s'est relevé avant de sortir. Il était grand. Très grand. Il a dit :

— Je m'en vais en marche arrière pour éviter les balles dans le dos.

Je l'ai suivi. Et Mlle Imbert. Et... Bernard ! Mais ni Mme Vidal, ni M. Vidal, ni Anne, ni Claire, ni même Marc !

Dans le couloir, il a regardé Bernard en se grattant la tête :

— Pardon, mec, je crois que j'ai été con avec toi...

Bernard a haussé les épaules.

— Bof... Tout le monde sait que le racisme, c'est une affaire de cul. Et moi, dans ma position de cocu, je ne peux pas me permettre. Disons que tu as été un peu raciste avec moi et que je ne veux pas te le rendre. Je me rase devant une glace, le matin. Pas à poil, comme toi, mais sans lunettes noires. Y'a des face-à-face à pas louper...

Il m'a fait un clin d'œil.

— Toi, ils vont te mettre en congé de maladie. Psy. C'est prévu. À vrai dire, faut pas être bien cintrée pour préférer un cuistot arabe à un normalien français ! Allez ! Salut Charlotte ! Et *Inch Allah*...

Il est monté dans sa voiture. Il a passé la tête par la fenêtre avant de démarrer :

— Je vais prendre un peu l'air. On étouffe, ici ! Ça pue le four crématoire...

On l'a regardé partir. On aurait voulu dire quelque chose, mais il nous avait cloué le bec. Mlle Imbert a ajouté, tristement :

— Il a raison, Rachid. Ce soir, vous êtes juif. C'est fou ce que les gens oublient vite ! On fait des procès aux bourreaux, mais on préfère oublier ceux qui ont détourné les yeux…

Rachid a jeté un coup d'œil vers le troisième étage. Il a sifflé :

— Les quartiers calmes, ça me fait gerber ! Viens ! On dort plus ici : c'est un cimetière.

Il a ouvert la porte de la Mercedes, et :

— Venez, vous aussi, mademoiselle : quand la première ligne tombe, faut serrer les rangs.

57

On a fait une fête triste. À la russe. Fernand répétait sans arrêt :

— Tirez-vous, les jeunes ! Tirez-vous ! L'Australie ! Justement, j'ai un plan. Un client. Un pote. Un Juif. Il est responsable de cinq plateformes pétrolières offshore au large de Sydney. Il vous prend. Quand vous voulez. Il a besoin d'un prof pour les gosses des pétroliers et d'un intendant pour superviser ses popotes.

Et, à moi :

— Allez, Charlotte ! Décide-le, ce grand con ! C'est fait ! Vous partez ! Demain, si ça vous chante !

Partir ! Partir… De l'air…

J'étais écœurée par la lâcheté de mes collègues. Pas racistes ! Bien sûr ! Pas racistes tant qu'il s'agit de palabrer, de discutailler à perte de vue, de manifester, même ! Pas racistes tant que rien ne vient troubler leur petit bonheur provisoire. Et si vite convaincus que l'intérêt public et la raison d'État sont du côté de l'ordre…

« Goethe a écrit : *Mieux vaut une injustice qu'un désordre*. Commentez. » Le sujet que j'avais eu au bac. Et j'avais peur de chercher dans ma tête les arguments que j'avais alors développés pour obtenir ce 16 qui m'avait valu la mention. Des mots. Des mots. L'injustice et le désordre avaient aujourd'hui les yeux de Rachid. Et son sourire sombre. Ses dents qui mordaient le vent. Ses poings qui cognaient dans le vide. C'était du vivant. Chair et sang. Pas des idées. Il marchait dans du mou. Au milieu des paupières baissées et des yeux détournés. Et pourtant, il refusait de fuir. Il en voulait. Encore ! Et encore ! C'est pas possible, dis, que les salauds et les lâches finissent par gagner ? Il doit se passer un truc, au dernier moment. Un renversement de situation. Quelque chose comme le retour de Monte-Cristo ? Sinon, à quoi ça sert de continuer à vivre ?

Mlle Imbert s'est levée :

— Il se fait tard. Qui me reconduit à la Capelette ?

Je voyais bien que Rachid était à bout de nerfs et que Fernand avait trop bu.

— Moi, si vous voulez. J'en profiterai pour prendre ma brosse à dents.

Rachid m'a glissé un sourire complice :

— Tu te sens de conduire cette grosse bagnole la nuit ?

J'ai joué à la vexée :

— Tu me prends pour une cloche ?

Pour toute réponse, il m'a tendu les clés.

C'était une drôle de soirée. Qui finissait bizarrement. Marseille était différente vue du volant de cette voiture de luxe. On la sentait tapie. Menaçante.

Mlle Imbert avait son appartement dans l'autre escalier. J'ai attendu quelques instants qu'elle sorte sa clé. Avant d'entrer, elle a hésité. Les grandes démonstrations affectueuses n'étaient pas dans ses habitudes. Et pourtant, ses élèves l'adoraient. Elle était l'anti-Rachid. Retenue. Pudique. C'est moi qui ai dû l'embrasser. Elle m'a dit :

— Tout cela ne me regarde pas, Charlotte, mais je crois que M. Terrass a raison. Vous devriez partir. Pour quelque temps, au moins…

— Je sais, mademoiselle, je sais ! Mais…

— Bien sûr, bien sûr…

La porte s'est refermée sur elle. La minuterie a claqué dessinant trois rectangles jaunes dans la façade noire, le long de la cage d'escalier. Puis l'obscurité est retombée. Je suis montée chez moi.

J'ai tourné un moment. Quelque chose me disait que je partais pour longtemps. Sans bagages. J'hésitais entre un pull et une robe devant la valise ouverte. Sur la table, les tasses à café de midi. Deux. Les rincer. Pas envie. Le lit. Pas fait. Tant pis. Une pile de cahiers à moitié corrigés. Se démerderaient. Sans moi. Incapable de choisir. De penser. J'ai fait ce que j'avais dit avant de partir. J'ai pris ma brosse à dents. Et je l'ai fourrée dans ma poche. Au détail. J'ai fait sauter dans ma main les clés de la Mercedes. J'allais sortir quand j'ai vu, tout seul, accroché au portemanteau derrière le rideau de la cuisine, le vieux sac de cuir râpé où dormaient depuis la fin de l'été les vinyles du Sound-System. Une vague de chaleur m'a réconfortée. Yazid. Mouloud. Pierre-Marie, les copains… J'ai passé la bandoulière du sac à mon épaule et je suis sortie. D'un pas presque léger.

Je partais ! Avec une brosse à dents et des chansons. Léger. Élégant. Romantique. Je me sentais des *semelles de vent*…

58

Ils se sont approchés de moi au moment où j'ai fait jouer la télécommande pour ouvrir la portière. Je n'ai pas eu peur. Les motards ne m'inquiétaient plus. J'aurais plutôt craint les gens en petite auto, après la séance de l'après-midi.

Malgré la visière du casque relevée, le visage restait dans l'ombre. Il m'a demandé :

— C'est ici, la Capelette ?

Je me suis relevée avant de répondre :

— Oui.

Et c'est alors qu'il a fait à celui de ses copains qui était le plus près :

— Merde, Paulo ! Dis-moi que je rêve ! C'est pas la gonzesse qui oublie sa culotte et ses papiers, ça ?

J'ai été glacée. D'un coup. Avec la tête en feu. Je me suis mise à trembler. Dans mon trouble, j'ai encore appuyé sur la télécommande. J'ai tiré sur la poignée. Fermé. Deux autres fois. Ouvert, fermé. Je faisais n'importe quoi. Je me suis adossée à la voiture. Le gars ricanait. Les deux autres se sont avancés. Les visières baissées. La lumière froide de l'éclairage axial jetait deux bandes obliques sur le plexiglas. Le casque du premier semblait vide. Plein d'ombre. Sa voix sortait de là-dessous. Étouffée :

— Paraît qu'elle est réservée aux bougnoules...

Le froid de la carrosserie à travers mon blouson. Je cherchais quelque chose à brandir sur la tôle fuyante. Lisse. Froide. Le type continuait :

— Et tu crois, salope, qu'il y a que les bougnoules qui bandent dur ?

Impossible de crier. Les dents clavées.

— Si t'aimes la bite, on va t'en donner !

Il s'est collé à moi, le ventre en avant, sa main gantée sur ma bouche ouverte. J'ai planté mes dents dans le cuir. Il a glapi :

— Bordille !

Il m'a donné une gifle du revers. L'ardillon de métal s'est planté dans ma joue. J'ai senti le sang qui coulait dans mon cou.

— Putain, Paulo ! Tiens-lui les bras ! Elle est mauvaise !

Paulo ? Où l'autre ? Où qui ? Saisissant mes poignets écrasés entre la tôle et mon dos. Le jean arraché qui descend centimètre par centimètre sur mes cuisses convulsées. Ce hurlement qui tourne dans ma gorge. « Rachid ! Rachid ! Au secours ! »

— Elle est bien roulée ! Il a dû s'en payer, le salaud !

Et ils rigolaient, tous les trois, devant mon ventre nu entre le blouson relevé et le jean baissé, bloqué au-dessus des bottes. Un des deux casques a grogné :

— Oh, dis ! On s'affole ! On va pas y passer la nuit...

Un autre a ajouté :

— Ces putains de bottes ! Merde !

Et ils m'ont retournée sur le capot de la voiture. L'étoile s'est pliée sous mon poids. S'incrustait dans mon ventre. Une main sur mes fesses. Dans son gant. Brutale. Sale. Un sifflement :

— Ce cul ! À toi l'honneur, Paulo !

Quatre mains plantées dans ma viande me bloquaient sur le métal. Tous mes muscles bandés inutiles. J'implosais. De rage. De honte. De peur. Cette main dégueulasse sur moi. Dans moi ? Et les voix. Rigolardes. Répugnantes :

— Hé, Paulo ! on est pas là pour fignoler ! T'es amoureux ou quoi ?

Deux phares qui balaient la tôle. Un couinement de freins. Une portière qui claque. Une voix :

— Qu'est-ce que c'est ?

Brusquement j'ai été libre. Dans un silence électrique. Incapable de lever la tête. J'ai senti que je glissais sur le capot. Que je tombais devant la voiture. Un pneu contre ma joue.

— Foutez le camp, salopards !

Des pieds entre les roues de la Mercedes. Autour de moi, six pieds dans des bottes de moto. Des pieds hésitants. Là-bas, vers l'arrière deux autres pieds. Petits. Dans des mocassins pas chers. Mais deux pieds bien plantés. Écartés.

J'ai entendu au-dessus de moi :

— Prends au moins ça…

Et une main gantée a raflé le sac qui était tombé à terre.

Les bottes ont piétiné. Sont devenues des talons. Les trois motos ont démarré. Le silence. J'ai avancé ma tête, qui pesait une tonne, hors de l'ombre portée du pare-chocs avant. Et j'ai vu. Mon père. Tenant dans ses mains le cric du monospace. Mon père désemparé, devant sa fille à moitié nue, couchée par terre dans la rue, sous une voiture. Incrédule. Il murmurait :

— C'est toi ? C'est pas possible… je rêve…

Il a laissé tomber le cric sur le trottoir, il est venu. M'a relevée :

— Ça va ?

J'ai fait oui des paupières. Et va savoir où je suis allée chercher la force de lui dire :

— Rude journée !

Il a essayé de sourire, il m'a tapoté l'épaule.

— Rhabille-toi ! Ce serait trop bête d'attraper la grippe par-dessus le marché.

— Tu sais, papa, on dit que le cul, ça n'a pas d'âme…

— On le dit. Mais on en dit des…

— … conneries !

Et, tout à coup, j'ai eu conscience de sa présence incroyable. De son arrivée miraculeuse.

— Mais qu'est-ce que tu fais là ?

Il s'est mis à rire doucement, comme quelqu'un qui n'en revient pas de constater sa chance :

— J'ai passé l'après-midi à l'inspection académique pour essayer de voir un peu clair dans ton histoire. J'ai discuté deux heures avec le patron, et comme je pensais que tu devais être bien malheureuse, après la réunion de cet après-midi, j'ai voulu venir te consoler. Ta mère voulait que j'attende demain. Mais je ne sais pas, j'ai eu…

— … le nez creux !

— Comme tu dis !

J'ai reboutonné mon pantalon. Tiré mon pull. Remis mon blouson en place. Et, sans le regarder, j'ai dit :

— On pourrait peut-être garder ça pour nous ?

Il a fait une grimace.

— Tu crois ?

— J'en suis sûre. Si Rachid sait quelque chose, il y aura des morts, cette fois…

Pas convaincu, André. Il cherchait à argumenter.

— Ils t'ont volé ton sac…

J'ai haussé les épaules.

— Ce n'est pas grave. Seulement quelques trente-trois tours pour scratcher…

Il me regardait. Et j'ai vu dans ses yeux un truc qu'une fille a rarement l'occasion de voir dans les yeux de son père. Ça ressemblait beaucoup à de l'admiration.

— Tu ressembles à ta grand-mère. Il a de la chance, Rachid ! Mais lui aussi, il a…

J'ai terminé en riant :

— … des couilles ?

André a pris sa tête à deux mains, singeant le désespoir :

— Quand je pense que je t'ai élevée sans jamais prononcer un gros mot…

— Tu m'as bien élevée. C'est le principal.

Et je me disais qu'il était formidable, mon père. Lui qui ne roulait jamais des mécaniques. Qui ne disait jamais un mot plus haut que l'autre. Mais qui osait se dresser tout seul contre trois loubards. En pleine nuit. Avec pour seule arme un cric de rien du tout. J'en ai eu d'un seul coup les yeux remplis de larmes. On n'est jamais aussi fort qu'on le croit. Je me suis abattue contre sa poitrine. Je hoquetais :

— Papa… papa…

Il caressait mes cheveux. Tapotait doucement mon dos. Avec des mots attendus. Rassurants.

— Ça va aller, ma grande… Ça va aller…

Il m'a mouchée comme lorsque j'avais trois ans, et puis :

— Bon ! Alors, puisque tu me fais confiance, écoute-moi bien. Pour aller jusqu'à Pâques, Gisberg t'a fait un certificat médical en béton. À la rentrée des vacances, l'inspecteur te prend dans son bureau pour remplacer une secrétaire qui part à la retraite. D'ici là, les élections seront passées. Et au second mouvement, en septembre, on tâchera de te nommer titulaire mobile. D'accord ?

C'était la sagesse qui me parlait. Sans grands discours. Sans théories. Pratique. En reniflant, j'ai répondu :

— D'accord !

Comment me douter que nous parlions dans le vide ? Septembre était à des années-lumière. À la rentrée des vacances de Pâques, nous serions tous en prison. Et pas pour un contrôle d'identité ni même une garde-à-vue. En taule. La vraie.

59

C'est arrivé un dimanche matin. Vers 6 heures. Le jour de Pâques. Chez Fernand.

La porte de la chambre s'est ouverte à la volée. Comme dans un film de série B. Un gars tout en noir a bondi au milieu de la pièce. Une espèce de ninja. Cagoulé. Jambes écartées. Un FM à la main.

— Bougez pas ! Vous êtes cernés ! Il y a des tireurs sur les toits !

Rachid s'est assis dans le lit. Il a bâillé et s'est frappé le front de l'index.

— Arrête, Yazid ! Le 1er avril, c'était hier !

Trois autres gars sont entrés. Même tenue. Même allure. Braquaient leurs armes sur le lit. Sur nous. L'un d'eux s'est déplacé de côté sans nous quitter des yeux. Jusqu'à nos frusques emmêlées sur le dossier d'une chaise. Il les a soulevées du canon de son arme et les a jetées sur le lit :

— Habillez-vous ! Suivez-nous !

Rachid a sauté hors du lit. Furieux :

— C'est de moins en moins drôle ! À quoi on joue ?

Les quatre canons se sont relevés de quelques centimètres. Convergeant vers son ventre nu. Peur. C'était pas Yazid. Pas de la rigolade. On l'a fermée. On s'est habillés. Je ne me suis jamais sentie aussi nue que devant ces quatre types masqués et armés.

On s'est avancés. Ahuris et dociles. Menottes. Clic-clac. Ils nous ont encadrés dans l'escalier. Canons dans le dos.

Fernand était en bas. Entre deux gars du GIGN, lui aussi. Mais libre. Avec un regard de fou. Quand il nous a vus, il s'est mis à hurler. Un hurlement terrible. Inarticulé. Et il est tombé à genoux. Fauché. Ses cent dix kilos sur les carreaux. Tout d'une masse. À se faire exploser les rotules. Il a glissé sur le côté, recroquevillé dans son beuglement inhumain :

— Pauvre con ! a dit un gendarme, tu t'es bien fait baiser !

Rachid s'est précipité sur Fernand. Malgré la menace des armes braquées :

— C'est rien, Fernand, c'est une erreur. T'inquiète pas, ce soir on est de retour…

On nous a poussés dehors. Dans un fourgon sans fenêtre. On a laissé Fernand seul. Couché par terre dans son restaurant quatre étoiles. Jaunes.

J'étais sonnée. Rachid a passé ses bras liés autour de moi. L'acier des menottes a cliqueté contre sa gourmette. Il a répété la même chose, exactement, qu'à Fernand.

— C'est rien, Charlotte, c'est une erreur. T'inquiète pas, ce soir on est de retour…

Les cahots de la route et les coups de frein, imprévisibles dans le camion aveugle, nous jetaient l'un contre l'autre. Il était chaud. Je m'engourdissais dans sa chaleur. Abrutie. Sur ce chemin absurde. Et, tout à coup, une idée folle m'a traversé la tête. On allait nous séparer. Et je me suis mise à crier ! Les deux gendarmes ont tressailli.

— Mais qu'est-ce qui lui prend ? Elle est dingue !

Et à moi :

— Ta gueule ! Ferme-la !

Mais le cri était plus fort que moi. Il m'échappait. Le gendarme m'a donné une gifle. Sans haine. Thérapeutique. En ricanant :

— Toutes des tordues...

Rachid a resserré ses bras autour de moi. Maintenant je pleurais. En silence. On était attachés comme des bêtes. Dans le noir. Avec cette loupiote de cave au-dessus de la tête. On me frappait. Il ne pouvait pas me défendre. On n'était plus personne. Plus rien.

60

Cette fois, on nous faisait l'honneur du commissariat central. L'Évêché. Rien que pour nous. On nous y attendait. En grande tenue. Branle-bas de combat. Il y avait au moins cinquante hommes armés dans la cour. Et dix voitures. Tous gyrophares allumés.

On nous a poussés vers un bureau. Au fond d'un couloir. Des regards hostiles nous suivaient. Plus que méprisants : dégoûtés. Rachid a murmuré :

— Mais qu'est-ce que c'est ce truc ? Qu'est-ce que c'est…

On s'est retrouvés dans une pièce mal éclairée. Devant un bureau chargé de dossiers. Derrière, une chaise vide. Assis sur des tabourets, menottes aux poignets, Mouloud, Yazid et Pierre-Marie. Sonnés eux aussi.

On est restés au moins une minute à se regarder sans rien dire. Yazid a fini par couper le silence. À sa façon.

— C'est pas possible, Rachid ! Tu as mis de l'anthrax dans la bouillabaisse ?

On était tous tellement à bout de nerfs qu'on a éclaté de rire. Trois flics armés sont entrés en trombe. Ils nous ont regardés. Écœurés…

— Putain ! Ils rigolent ! Les salauds…

À se retrouver avec ses copains, Rachid avait repris un peu du poil de la bête.

— On rigole ? Heureusement, qu'on rigole ! Pourriez pas éclairer un peu notre lanterne ? On se croirait chez les nazis…

Le flic a explosé d'un rire sans joie :

— Ça vous va bien de parler des nazis !

On s'est regardés. Se bombardant de points d'interrogation. Et on s'est tus. Un type en civil est entré. Suivi de trois gendarmes. L'un d'eux a dit :

— Inspecteur, ils sont drôlement organisés ! On les a trouvés aux quatre coins de Marseille… mais ils se connaissent !

Mouloud a gloussé :

— Waouh ! On se connaît ? Ça, c'est la meilleure ! Quelqu'un vous a dit le contraire ?

Un homme a passé la tête dans l'entrebâillement de la porte :

— Que dalle à Bandol et à Aix, chef. On a rien trouvé…

Alors l'inspecteur nous a bien regardés. L'un après l'autre. Regard profond type série noire. Et il a glapi entre ses dents serrées :

— Où sont les armes ?

On a répondu tous ensemble :

— Les quoi ?

Il a gueulé :

— Les armes, bordel ! Jouez pas aux cons ! On vous aura !

Plus rien à dire. Le labyrinthe. Kafka. Yazid s'est retourné et s'est mis à regarder la fenêtre. Fixement.

— Qu'est-ce que tu attends ? Allah ? a braillé l'inspecteur.

— Non ! a répondu Yazid gracieux, j'attends Spider-Man ! Normalement, quand il y a des méchants qui veulent du mal à des gentils enchaînés, il intervient…

Rachid lui a fait un petit signe style « boucle-la ». Puis il s'est levé. Il s'est approché du bureau. Très calme. Presque souriant, devant l'énormité du malentendu.

— Inspecteur, expliquez-vous… On n'y comprend rien…

Alors le gars a ouvert un journal de la veille. Il l'a posé devant nous. Sur cinq colonnes à la une :

MARSEILLE :
LE MASSACRE DU VENDREDI SAINT

Rachid l'a regardé.

— Bon ! Et alors ? On l'a lu. Comme tout le monde. C'est dégueulasse. Mais qu'est-ce qu'on a à voir avec ça ?

L'inspecteur a pris un dossier. Il l'a ouvert. En a tiré une photo d'identité anthropométrique. Face et profil. Il l'a retournée et la lui a collée sous le nez :

— Et avec ça ? Tu as rien à voir ?

Rachid a grimacé.

— Merde ! Ali !

Et il est retombé assis sur son tabouret. L'inspecteur triomphait. Il s'est fait doucereux :

— Tu vois qu'on avance…

Rachid a haussé les épaules :

— On avance… si vous voulez… Mais on ira pas beaucoup plus loin : je connais même pas son nom de famille…

L'inspecteur lui a donné une gifle. Il l'a encaissée sans broncher. L'autre a ricané. Mais qu'est-ce qu'il était antipathique, ce type ! Il s'est penché vers lui et, à deux doigts de son nez, s'est mis à brailler :

— Nous, on le connaît son nom de famille ! Et tu vas voir que d'ici peu la mémoire va te revenir, salopard !

J'étais effondrée. Ali ? C'était Ali qui avait fait ça ? Fallait reconnaître que ça lui ressemblait d'aller pondre un discours à la con dans un restaurant juif le jour du Vendredi saint en tenant une grenade dégoupillée dans chaque main. Et de tout lâcher pour le feu d'artifice final. Se faire péter la gueule avec. Sur le tas. Soldat d'Allah. Pauvre Allah ! Si mal défendu, si mal-aimé.

Trois morts. Douze blessés dont certains dans un état grave, etc., etc. Des femmes, des enfants. Un chien, pour faire bonne mesure. Coupé en deux. La tripe à l'air. Et d'Ali, qu'est-ce qu'il restait ? De la viande hachée. Et la description des survivants encore sous le choc : taille moyenne, type maghrébin. Reconnu par trois témoins sur les photos du fichier : Ali Kebadji. Algérien. Étudiant. Ayant participé à plusieurs manifestations suivies de pillages. Arrêté le 25 août au cours d'une bagarre. Portait une arme. Évasion du commissariat le soir même.

Depuis ? Plus rien. Pour eux. Pour nous, le mois passé à nous haranguer du haut des ballots de culottes. Avec, au bout, la dispute avec Rachid et le départ en fanfare. Définitif.

Mais va donc convaincre le GIGN, si fier d'avoir mis sous les verrous une bande de redoutables terroristes islamistes, qu'Ali n'était rien pour nous. Même pas un copain. Et qu'on l'avait hébergé pendant un mois par pitié et vague solidarité un peu trouble pour un paumé !

D'autant qu'on avait merveilleusement le profil. Romantiques à souhait, les soldats perdus. Les journaux s'en sont donné à cœur joie. Moi en institutrice perturbée. Rachid en cerveau avec des contacts internationaux dans son restaurant de luxe. Yazid, le danseur, est devenu rapidement homosexuel, cruel et vaguement pervers. Ses culottes à trois sous des accessoires de sex-shop. Mouloud et Pierre-Marie, les exécuteurs des basses œuvres, en réserve. Pendant qu'Ali, désigné par un mystérieux chef – pourquoi pas Ben Laden, tant qu'on y était ! –, se sacrifiait pour la Cause. Quelle cause ? L'antisémitisme.

Islam et fascisme. Les deux monstres réconciliés sur le dos du pauvre Juif (ex-sale Juif !). Nous l'avions d'ailleurs sous la main, le Juif : Fernand. Redevenu glorieusement Nathan Esthérazy pour la circonstance. Paré de son horrible naissance à Auschwitz comme d'une décoration. Fernand en crétin confiant qui a réchauffé la vipère dans son sein.

C'était trop beau pour ne pas être vrai. Et le ministre de l'Intérieur félicitait, un peu à contrecœur, le GIGN pour ce beau coup de filet.

Manifestations avec banderoles autour de l'IUFM à Aix. Ligue contre le racisme et l'antisémitisme. Contre nous ? Contre nous ! Les élèves maîtres refusant d'entrer dans l'école. André et Christiane provisoirement remplacés dans leurs fonctions (pour calmer les esprits). Mais que veut dire provisoirement dans ces cas-là ? Alim obligé de quitter la fac de droit où pourtant… Fatima prise à partie en faisant ses courses. Leila qui se terrait sur la corniche. Isabelle boycottée à son collège, mais ravie de l'être. Pour une fois, quelqu'un de la famille sortait un peu de l'ordinaire : une ado…

Et le pire de tout : les lettres anonymes. Innombrables. Des vrais antisémites. Leurs témoignages de sympathie et de soutien.

Dans cette terrible déroute, un seul gardait la tête froide, une fois digérée sa terreur animale devant les méthodes de son enfance et de sa jeunesse : cette arrestation au petit jour. Fernand. Épaulé par Me Bontemps.

— Vous inquiétez pas, les petits ! On va vous tirer de là !

61

Là ? Là. La prison. Pourquoi ? Pour quoi ? Pour rien ! Ça aussi. Comme la Rose vue distraitement. Comme les sales mots crachés dans le dos. Avant. Je l'avais survolée, la prison. À la télé. Dans les journaux. La belle étoile de Fleury-Mérogis. Avec ses grèves de la faim. Ses types qui avalent des fourchettes ou se coupent un doigt. Qui grimpent sur les toits, sautent dans le vide et s'éclatent sur le goudron des cours. On va pas pleurer pour ça, dis ! Ils y sont bien pour quelque chose, non ?

Nous, c'était la province. Les Baumettes. Une prison qui fait rigoler. Presque une prison touristique. Adossée aux barres calcaires fourrées de thym. Une prison de galéjade. Dehors, le printemps. Dehors. De l'autre côté de la porte. Porte de prison. On dit bien gai comme une porte de prison. Celle-là, c'est un *must*. Encadrée de pensées profondes sculptées en style équarrisseur. Trois des sept péchés capitaux. Pourquoi trois ? Pourquoi ces trois-là ?

LA PARESSE. LA GOURMANDISE. LA COLÈRE.

La paresse : délice de m'étirer lisse et chaude contre Rachid, après, bien après, la sonnerie du réveil ? La gourmandise : délice de savourer les yeux fermés la râpe salée de sa barbe sur son menton fendu ? Ça mérite la prison, ça ? La colère ! Lave brûlante. Rouge et noire. Zébrée de plomb. Me jetais hurlante contre le mur de la cellule où je m'arrachais les ongles.

Valérie et Yolande, mes colocataires, tâchaient de me maîtriser et de m'allonger sur mon matelas.

— Elle est pas bien, cette petite !

Non, j'étais pas bien. Pourtant, dans leur langage marseillais, « pas bien » ça voulait dire « folle ». Et j'étais pas folle. Pas encore. Pour combien de temps ? Je les entendais. De très loin. Comme du fond d'un brouillard pollué. Valérie avec sa voix cassée :

— Sans blague... Faut pas être bien d'aplomb pour faire ce qu'ils ont fait !

Et Yolande qui, elle, plaignait le chien :

— Cette pauvre bête, dis ! Cette pauvre bête...

Dans ma tête, remontaient, comme les bulles de soufre d'un marécage, des litanies récitées : « C'est pas nous... bloup ! C'est pas nous... bloup ! C'est pas nous... »

Je glissais dans un entonnoir. Visqueux d'avoir conduit de l'huile. Des lies. Du goudron. Je finissais par me dire que j'étais là pour vingt ans. Pour toujours. Engluée dans la boue. Je pataugeais. J'entrais, épuisée, dans la vie de mes deux compagnes. Je me mêlais à leurs chicanes. Leur lutte dérisoire. Fratricide. Pour me conquérir. Jouer deux contre une. Misère des prisons.

Valérie en avait pris pour cinq ans. Yolande pour neuf mois. Neuf mois : le temps de faire un enfant. Un enfant à Rachid. Cet enfant, justement, que Valérie avait refusé. Qu'elle avait étranglé avec un lacet de basket, avant de le jeter au fond d'un conteneur, enfermé dans un sac-poubelle. Cinq ans pour cette saloperie, au fond, c'était pas cher payé.

Yolande, elle, attendait avec philosophie sa sortie, pour remettre ça, « en s'organisant un peu mieux ! »

Ça, c'était le trottoir (façon de parler) sur la route nationale entre Cuges et Aubagne. Mais le trottoir musclé. C'est-à-dire avec, dans la coulisse, Sergian qui estourbissait le client, lui piquait sa caisse et l'expédiait *illico* vers la Côte-d'Ivoire par une filière *ad hoc.* Mais les caves s'étaient rebiffés. Le beau Sergian en avait pris pour dix-huit mois (vol de voiture, coups et blessures, proxénétisme) et elle, pour neuf.

« Ces salauds ! Ils te baisent et ils t'enculent pour 60 euros, mais si tu leur piques leur Mégane de merde, on dirait que tu as assassiné le pape ! » Elle se taisait tout à coup. Assassiner le pape, c'était mon truc, ça : le terrorisme religieux. Impressionnant. Une certaine classe, au fond. Elles auraient bien aimé avoir des détails, les petites gâchettes de la marge. Parce que les morts et les blessés, juifs ou pas juifs, qu'est-ce qu'elles en avaient à branler ? Tous des cons ! À part le chien. Évidemment…

62

Je m'habituais. On s'habitue à tout. Entre les journées crasseuses et les nuits où Rachid venait me visiter dans mes rêves. La bouche en sang sur ses dents cassées. Il collait des affiches contre la lucarne grillagée : « LES ARBRES DEHORS. LES ARBRES DEHORS. » Mais de grosses branches vivantes comme des bras d'Alien entraient de force. Crevaient le papier. Je pataugeais dans la colle renversée. Je m'y engluais. Incapable d'aller jusqu'à lui. Et je me réveillais dans le noir, avec le désir de son sang dans ma bouche.

Les visites de Me Bontemps arrivaient à peine à me tirer de ma léthargie. Il causait. Causait. Du contrôle minutieux de nos emplois du temps. Jour par jour. Heure par heure. Six mois en arrière. Tu parles ! Le ronron de sa voix m'endormait. Ma tête lourde des insomnies de la nuit retombait sur ma poitrine. À quoi bon ? Il repartait, les épaules de plus en plus basses. Le dos de plus en plus voûté. Un jour, furieux, excédé par mon indifférence, il s'est mis à me secouer aux épaules.

— Mais enfin ! Charlotte, écoute-moi ! Fais un effort ! Je ne peux pas compter sur les autres. Ils sont fous de rage. Surtout Rachid. Ils l'ont mis avec les frères Azad. Tu te rends compte ? Ils passent leur temps à se mettre sur la gueule. Mais toi, tu peux réfléchir. Tu as fait des études…

Oui, j'avais fait des études, moi. Pour apprendre à des petits enfants propres la belle langue de Molière. Pour être maîtresse d'école. Pas pour être victime d'une erreur judiciaire.

— On dirait que tu veux rester ici, Charlotte ! Dis quelque chose !

Quelque chose ? Quoi ? J'aurais voulu lui faire plaisir. Toute cette peine inutile qu'il se donnait pour nous tirer de là. Mais le monde entier était contre nous. Sans formule de style : il ne se passait pas deux jours sans que Ben Laden fasse des déclarations. Mais Ben Laden, ils couraient après. Ils ne le tenaient pas. Et toute cette colère qui tournait à vide tombait sur notre dos. C'était possible, ça ? Une aberration pareille ? On allait nous faire régler, à nous, la facture des Twin Towers ? Du train de Madrid ? Du métro de Londres ? Que pouvait le pauvre Bontemps contre ça ?

Je cherchais dans ma tête de plus en plus vide. De plus en plus creuse. Une phrase. Un mot. Pour lui montrer ma bonne volonté. Rien. Rien… Rien ? Peut-être, là-bas, tout au fond du tunnel, à peine encore lisibles, deux points d'interrogation de plus en plus pâles. Qui s'effaçaient. Lentement. Se dérobaient.

— Maître, je me demande…

Il s'est penché vers moi. Encourageant :

— Oui ! Tu te demandes quoi ?

— Pourquoi ils n'ont pas arrêté Alim et Leila. Et aussi…

— Et aussi ?

Les idées naissaient et se défaisaient dans une espèce de brume collante :

— Et aussi, pourquoi Ali est allé se faire sauter dans cette gargote au lieu de venir se payer le feu d'artifice chez Fernand au milieu du gratin marseillais ?

Bontemps m'a regardée en haussant les épaules :

— Pourquoi ils n'ont pas arrêté Alim et Leila ? Mais parce qu'ils ne sont pas sur les photos, tiens !

— Les photos ? Quelles photos ?

Il s'est mis à gueuler :

— Les photos de votre roman à la con ! *La Légende d'Ali bande-à-part*. C'est malin ! Et facile de convaincre des poulets que c'est du deuxième degré ! On a tellement le sens du deuxième degré dans la poule…

Les poulets, les flics, les keufs… chaque génération trouve un nom à la police. Mais changer le nom ne change pas la chose. Mais… mais… *La Légende d'Ali bande-à-part* dans les mains de la police ? Le cahier qui était dans le sac avec les vinyles, le soir où les trois motards avaient tenté de me violer ? Le sac volé au dernier moment, comme une maigre compensation.

Une roulette folle s'était mise à tourner dans ma poitrine. Mon cœur explosait. Les pièces du puzzle tombaient du ciel sur moi, comme une pluie bénie. S'encastraient par miracle. Bontemps, inquiet, me regardait porter la main à ma bouche pour étouffer un rire. Le premier depuis des mois :

— Maître ! Maître ! Ce n'est pas Ali qui s'est fait sauter ! Ce n'est pas Ali ! J'en suis sûre ! On est sauvés…

Ses yeux me balayaient. Sans comprendre. Tristes. Désolés.

— Ne dis pas n'importe quoi, Charlotte !

Les mots se bousculaient dans ma bouche. Entrecoupés de rires. De larmes. Je lui ai raconté le soir du conseil d'école. Mon retour à la Capelette avec la Mercedes de

Fernand. Les trois types qui m'attendaient. L'intervention miraculeuse d'André. Leur fuite en catastrophe et le réflexe de voyou : « Prends au moins ça... » Le sac envolé. Le fameux sac dans lequel j'avais oublié le cahier vert depuis six mois. Depuis le soir où Mlle Imbert, rentrant de vacances, nous avait surpris faisant les pitres sur son piano.

Bontemps secouait la tête :

— Et tu crois que ça suffit ? Une tentative de viol et le vol d'un sac que tu n'as pas déclarés ? Tu crois que ça suffit pour convaincre un juge d'instruction que des policiers fricotent avec les milieux d'extrême droite et qu'on a monté une fausse enquête pour vous la coller sur le dos ?

— Mais mon père...

— Le témoignage de ton père est nul : c'est ton père.

— Maître ! Ils ont répété exactement les mots que j'avais dits au père de mon élève : « C'est la gonzesse réservée aux bougnoules ! », et au commissariat du 5e : « Elle oublie sa culotte et ses papiers ! » Et Paulo... Paulo... Il s'appelle comment Castellier ? Paul ! C'est la preuve...

— La preuve ! Quelle preuve ? Qui a entendu ces mots, à part toi ?

— Mais ce cahier, ils l'ont bien en main ! Où l'ont-ils trouvé ?

Il a hésité avant de m'achever :

— En perquisitionnant chez toi le jour de votre arrestation. Paraît-il. Et ils ont même embarqué un ordinateur branché sur des sites islamistes, entre autres...

Et il a toussoté, vaguement gêné. Tout se liait contre nous. Même l'ordinateur. Des larmes de rage m'étouffaient. Bontemps frappait du poing à coups sourds sur la table entre nous.

— Qu'est-ce que je peux faire de ça ? Un sac volé sans témoins, d'un côté, trois morts et douze blessés de l'autre ?

J'ai posé mes deux mains sur ses poings fermés. J'ai serré. Serré. En le regardant au fond des yeux.

— C'est pas Ali, maître ! C'est pas lui ! J'en suis sûre ! Qui l'a identifié ?

— Trois témoins. Trois survivants.

— Oui, mais, lui, il était comment après l'attentat ?

Bontemps a fait une grimace :

— Du bifteck !

— Alors, comment l'a-t-on identifié ?

— Sur photo anthropométrique du fichier des suspects de terrorisme.

— C'est-à-dire qu'on leur a montré une photo et qu'on leur a demandé…

— On leur a demandé : « Ce serait pas lui, par hasard ? » Et trois sur les neuf ont répondu : « Oui ! »

— Trois sur neuf, seulement ?

— Trois sur neuf. Mais les autres ont dit « ma foi » au lieu de dire « non ».

— Et ça suffit pour envoyer cinq innocents en prison ?

— Ça suffit quand il y a des gens qui font tomber des gratte-ciel avec un cutter, quand on instaure le plan Vigipirate, quand la presse échauffe son monde pour vendre du papier. Taille moyenne, type maghrébin… Je ne vais pas te l'apprendre ! Les Arabes, c'est comme les Nègres : ils se ressemblent tous. On avait trop besoin d'arrêter quelques terroristes. Les témoins ont cru reconnaître Ali. Ils sont de bonne foi. C'est ça le pire.

Nos quatre mains s'étaient soudées. Bloc brûlant. Il a dit :

— Il faudrait retrouver Ali, le vrai Ali !

— Où ?

Il a balayé du regard la petite pièce mal blanchie où la peinture jaune s'écaillait sous le liseré en plastique :

— Où ? Où il est ! Pourvu qu'il ne soit pas en enfer…

Il s'est levé. Il a ramassé tous ses papiers épars. Les a fourrés en désordre dans son attaché-case Vuitton tout délabré. Il a appelé la gardienne qui m'attendait derrière la porte. Avant de sortir, il m'a dit :

— On le retrouvera, Charlotte !

Et il a répété en hochant la tête :

— Il faut le retrouver. C'est la seule solution. Parce que sinon…

63

On l'a retrouvé. Où ? À la Rose, pardi. Il y a de tout, à la Rose. Des Blacks, des Blancs, des Beurs, des dealers, des apprentis terroristes et même des gens normaux. En fait, personne jusque-là n'avait eu l'idée de le rechercher. Puisqu'il était mort. Pourtant, la police avait sur lui une fiche impeccable. Nom, prénom, profession, date et lieu de naissance. Encore une chance qu'il n'ait pas été sans papiers… Mais le secret de l'instruction avait dissimulé son identité à la presse. L'idée rôdait que nous n'étions que la partie visible de l'iceberg. Qu'il y avait d'autres complices à serrer. Tout un réseau. Si bien qu'Ali lui-même ne savait pas qu'il était le kamikaze du Vendredi saint.

Qui l'a retrouvé ? Alim. Faut croire qu'il était doué pour le métier qu'il s'était choisi.

En tout cas, on l'a retrouvé. Il a fait une déclaration en arabe à la télé. Il a exigé un interprète. Alors qu'il parlait français comme toi et moi. Il en a profité pour faire un discours superbe. Comme quoi l'islam c'était la main tendue, la tolérance, la spiritualité. On aurait dit le recteur de la mosquée. Faut reconnaître que quand ils se mettent à causer, les Arabes, ils enfoncent même les Marseillais !

Il a bien fallu élargir les dangereux terroristes complices d'un mort en pleine forme. Et à la langue bien pendue. Le GIGN ridiculisé. La brigade antigang, qui hier bavait d'envie, était pliée en deux par le rire. Des responsables (petits) déplacés. Le ministère de l'Intérieur qui, hier encore, riait jaune, se frottait les mains avec perfidie. Guéguerre des polices.

Et la presse, une fois de plus, s'est déchaînée. Dans l'autre sens. Antiflic ce coup-ci, après les grandes lampées de lèche-botte. Nous devenions de malheureux innocents. Les pauvres victimes de l'incapacité navrante de minables tout juste capables de mettre au pauvre monde, un P-V pour pneus lisses ou un pastis de trop. On était de plus en plus romantiques. Mais un peu plus maigres.

Je suis sortie la première, avec les félicitations du non-lieu à défaut de jury. Excusez-nous, mademoiselle ! C'était une erreur. Une simple petite erreur. On dit quelquefois une bavure. Mais, non, une bavure, c'est quand il y a du sang. Pour un peu d'encre et de salive…

J'ai été assaillie par les journalistes, mitraillée par les flashs des photographes. Questions ? Sans réponse. Bravo ! d'avoir gardé l'espoir. Bravo ! d'avoir tenu le coup. Bravo ! d'avoir fait confiance à la justice de notre belle démocratie ! Bravo ! d'avoir à peine perdu quelques kilos ! Quelques kilos de bonne viande. De viande rouge. De viande jeune. Pleine de rires et d'appétit. Quelques kilos de joues, de fesses et de seins. Quelques kilos de gaieté. Courage ! On regrossira. À vingt ans, on a la peau élastique. Il ne restera pas une ride. Pas une trace. Et maintenant, Messieurs, laissez-moi : je suis fatiguée. Fatiguée…

Mon père m'a demandé :

— Je t'emmène à Aix ?

J'ai fait non de la tête, il m'a dit :

— Je comprends…

64

Pour de mystérieuses raisons, on avait décidé de ne pas nous relâcher tous ensemble. Peur de quoi ? Manifestation ? Conférence de presse ? Pas de vagues. Surtout, pas de vagues.

Yazid, Mouloud et Pierre-Marie sont sortis ensemble. À pied. Suivis par un cortège de gloire. Pas de quoi pavoiser : les frères Azad avaient eu droit aux mêmes honneurs quelques jours plus tôt…

Le lendemain, Fernand est allé récupérer Rachid à la porte des Baumettes. Je l'attendais sur la corniche. Tremblante. De la tête aux pieds. Après ces mois passés sans lui. Ces mois de froid dans un printemps de paradis.

Il est descendu de la voiture. Il avait maigri, lui aussi. Il paraissait encore plus grand. J'ai tendu une main. Une seule. En aveugle. Fernand s'est jeté entre nous. Riant. Heureux. Et il nous a entraînés à l'intérieur en nous prenant par les épaules. Chacun d'un côté.

— Et regardez la chance que vous avez, les jeunes : c'est jour de fermeture !

Il est parti. En reculant. Il continuait à parler. On l'entendait à peine. Sans comprendre ses mots. Mais comme il parlait en riant, ça faisait du bien. On a entendu le clic de la clé. On est restés seuls. Face à face. À se regarder. Au milieu de la salle de restaurant vide. Avec ses baies grandes ouvertes sur la mer violette du mois de juillet. Flux et reflux en contrebas, sur les rochers. Ce bruit de mer tranquille qui te lave de tout. Il a ouvert la bouche. Mais rien n'est sorti.

Je me suis jetée contre lui. Pas assez de bras pour l'étreindre. Me l'incorporer. Les larmes coulaient sur mes joues. Douces. Chaudes. C'était bon. C'était neuf.

Je l'avais imaginé, le come-back du beau Rachid. Du fond de mon néant. J'avais construit de l'érotique flamboyant. Pas cette première table en tête à tête derrière l'aquarium aux langoustes qui nous regardaient avec leurs yeux de Martien.

Il a retrouvé sa place naturelle. Dans moi. Sans plus bouger. Comme au commencement du monde. Un plus un égale un. Et mes larmes ont cessé de couler. Un éblouissement.

On est restés longtemps immobiles. Malgré l'angle de la table qui s'enfonçait dans mes côtes. Et ses pieds qui devaient déraper sur les carreaux trop bien briqués. Longtemps. Jusqu'à ce qu'il glisse et m'entraîne dans sa chute. Dans son grand rire retrouvé. Les langoustes s'indignaient en morse du bout de leurs antennes. Il a fait :

— Ah…

Mais je lui ai coupé la parole :

— … ça fait du bien ! Depuis le temps que j'avais envie de baiser un cuistot sur une table de restaurant !

Et on se tordait de rire par terre, comme des vers coupés. Jusqu'à ce qu'il dise :

— Qu'est-ce que j'ai faim ! Et toi ?

On a descendu en courant les quatre marches qui conduisaient à la cuisine. Le frigo ? Inutile ! Fernand, qui prévoyait toujours tout, avait prévu qu'on aurait faim. Il y avait de quoi nourrir et faire boire un régiment sur la longue table de service. On s'est mis à bâfrer. À même les plats. À pleines mains. À boire au goulot. Mélangeant le chaud, le froid, le salé, le sucré. Le rire. Jusqu'à la limite de l'étouffement. Les deux mains croisées sur mon estomac rond, j'ai dit :

— Et maintenant, qu'est-ce qu'on fait ?

Il a poussé les reliefs jusqu'au bout de la table, et :

— On recommence.

— Tout ?

— Tout !

65

Deux jours. Deux jours avant de parvenir à s'arracher au baisodrome de compétition. On en est descendus légers comme des fantômes. Fernand mort de rire :

— Pavlo ! Regarde ça ! Elle peut plus s'asseoir et il tient plus debout ! Si c'est comme ça qu'ils comptent reprendre du poids…

C'était bon cette grosse rigolade. Cette obscénité tendre. C'était rassurant. Sain. À des années-lumière de la politique. Des discours.

De temps en temps, mon père téléphonait :

— Ça va ?

— Ça va.

Ne plus parler de tout ça. Oublier. Si possible…

Depuis ma sortie de prison, je n'avais pas mis les pieds à Aix. Aussi, au bout d'un mois, ma mère est descendue à Marseille pour… pour quoi ? Elle n'était pas venue me visiter aux Baumettes. Mon père l'avait excusée à chaque parloir : elle était trop bouleversée, trop fatiguée, trop triste, trop ceci, trop cela. Ou pas assez convaincue de mon innocence ? Mais à présent qu'elle s'étalait en première page des journaux, mon innocence, qui était coupable ? Elle. De ne pas y avoir cru. C'est dur de regarder dans les yeux quelqu'un qu'on a soupçonné à tort. Surtout lorsqu'on est sa mère. Parce qu'une mère ça doit, contre vents et marées, porter des oranges. Même à un *serial killer*. Elle avait dû préparer un discours. Un je-t'aime-moi-non-plus ? Un acte de contrition ? Des larmes, peut-être. Mais je n'étais pas là pour l'étreinte finale on-oublie-tout-on-recommence.

J'étais allée à la Rose voir Fatima. Fatima qui était sortie. Chassé-croisé. Christiane m'a suivie à la trace, selon les explications de Fernand. Fallait qu'elle en ait gros sur la conscience pour oser l'expédition en *terra incognita*. Nous nous sommes retrouvées là-haut. Seules.

Elle avait dû souffrir, dans l'escalier pourri, l'astiqueuse de marches à l'ancienne ! C'est fou ce qu'elle avait vieilli. Elle avait les yeux rouges. Les lèvres blanches. Elle ne savait même plus ce qu'elle était venue me dire. Elle a examiné le décor autour de moi, et elle a laissé tomber :

— Ma petite Charlotte… tu te rends compte ?

J'ai fait face.

— De quoi ?

Elle a balayé d'un geste las le pauvre appartement et, au-delà des fenêtres, la zone de béton. Le bidonville vertical.

— Tout ça…

Elle ne rendrait donc pas les armes ? J'ai levé le menton :

— Quoi, ça ? La déchéance ?

Elle a haussé les épaules.

— C'est tout de suite les grands mots, avec toi !

— Les grands mots et les grands gestes…

— Je ne suis pas raciste, tu le sais, mais depuis que tu as rencontré ce type…

Tout y était. « Je ne suis pas raciste mais… » et « ce type ». Pour elle, comme pour Anne, Rachid resterait toujours un type. Une exotique fantaisie. Quelqu'un avec qui on peut passer deux heures, puisqu'on n'est pas raciste. « Je me suis fait un Arabe » comme on dit « Nous avons fait la Grèce ». Des vacances. Mais la vie ? La vie, c'est quelque chose de sérieux. De pas forcément drôle. On n'est pas là pour s'amuser. Il faut s'appliquer. Tout faire bien comme il faut. Mériter son épitaphe « regrettée de tous les siens ». Tous. Sans exception.

Elle a dû sentir mon ricanement intérieur. Elle s'est corrigée :

— Depuis que tu l'as rencontré, c'est la terre brûlée ! Ce n'est peut-être pas sa faute, sûrement pas même. Mais on n'y peut rien. C'est un autre monde. C'est… la jungle.

J'ai essayé de rire.

— La jungle ? Mais qui se paie le safari ? C'est un peu gros de reprocher au gibier le bruit que fait le fusil du chasseur.

Elle a soupiré.

— Je sais. Aussi je ne reproche rien. Rien à personne. Je constate. C'est tout. Mais je préférerais que tu vives comme nous. Avec nous. Au calme…

Cette fois, j'ai ri. Vraiment ri.

— Au calme ! Avec nous ! Nous, les civilisés ? Qui ne se battent pas pour un mot mal placé ? Qui ne passent pas tous leurs dimanches soir au poste. Qui ne brûlent pas de voitures. Qui ne fréquentent pas de fous. Qui ne gueulent pas dans la rue qu'ils sont heureux. Ou malheureux. Qui vivent à petits pas. À petit feu. Au bain-marie. Cuisine bio. Sans sel. Hypocalorique. On se fera vieux. Très vieux. Et comme on aura la maladie d'Alzheimer, on regrettera rien…

Elle a soupiré.

— C'est ça ! Défoule-toi ! Fais de l'esprit ! Il foutra ta vie en l'air comme il a foutu la nôtre et celle de ton frère… C'est Attila, ton Rachid ! Attila…

Et comme j'essayais de la couper, elle a continué, avec un geste fataliste de la main :

— Oh ! Je sais ce que tu voudrais dire. Mais tu n'oseras pas le faire parce que je suis ta mère. Et qu'une mère n'est pas censée comprendre ces choses-là. Tu voudrais me dire : « Il est beau. Il fait bien l'amour. Je l'aime. » Et alors ? Ils sont toujours beaux. Et ils font toujours bien l'amour, les sauvages ! Et c'est pour ça qu'on les aime…

Elle ne m'avait jamais parlé sur ce ton. Du coup, mon petit roman érotique sur elle et André s'effondrait. Ils étaient tièdes. Comme tout le monde. Mais peut-être, de temps en temps, mon père, qui « dégageait », se faisait-il en catimini une de ses élèves ? Il n'y a pas de fumée sans feu… Et peut-être, il y a longtemps, dans les *seventies*, Christiane avait-elle croisé un sauvage ? Et elle y avait renoncé. Lui arrivait-il de le regretter ? Ou de s'en féliciter ? À quel moment de sa vie fait-on le bilan de ses choix ?

C'est à ce moment-là que j'ai vu Rachid. Debout. Derrière elle. Appuyé au chambranle. Depuis combien de temps ? Avait-il entendu : « C'est Attila, ton Rachid, Attila ! Ils font bien l'amour, les sauvages… » Exactement ce qu'il m'avait dit un an plus tôt : « Je veux pas ravager ton jardin comme Attila ! » et « T'as de fameuses parties de plumard en perspective, mais pas mal de nuits blanches aussi… » J'avais eu les deux. Et mon jardin était un champ de bataille. J'avais perdu mon boulot, mes collègues, mon frère et même ma mère…

Christiane a vu que je regardais quelque chose ou quelqu'un par-dessus son épaule. Elle s'est retournée. L'a regardé, elle aussi. Elle a eu un soupir. Plus triste que méchant :

— C'est vrai, il est beau...

Elle a haussé les épaules. Et elle est sortie. Rachid n'avait pas bougé. Ses yeux étaient fixes. Sans l'ombre d'un sourire. Très noirs. Durs. Il a dit :

— Elle a raison. Ça vaut ce carnage, la baise ? Aujourd'hui ça paraît calme. Mais demain ? On sortira de l'oasis. En pays nomade. Avec toujours la trouille de manquer d'eau. Ou de pain. La trouille d'être vendus. Ou achetés. La trouille. Je suis le roi de la trouille. Je suis plus arabe. Je suis pas français. Je suis bruyant. Bruyant et dangereux. Il vaudrait mieux que tu rentres à Aix. Et moi...

Il a montré, entre trois immeubles mangés de lumière, un carré bleu marine qui vibrait dans la chaleur. La Rose : appartement tout confort, vue imprenable sur la mer. J'ai enchaîné :

— ... toi, il vaudrait mieux que tu te tires. En Australie. Seul.

Il a fait oui de la tête. J'ai continué :

— Il vaudrait mieux. Seulement...

— Seulement ?

— Seulement tu peux plus.

Il m'a regardée longtemps. Accablé.

— Je peux plus ? Pourquoi je peux plus ?

J'ai éclaté de rire.

— Pourquoi ? Parce que c'est trop tard. Tu es marseillais, oui ou non ? Alors, tu connais ton folklore ? Si tu te tires aux antipodes, Charlotte va être obligée d'épouser Panisse. Enfin, je veux dire, Fernand. Pour sauver l'honneur perdu de la famille Maurin...

Sa bouche s'est ouverte. Et ses yeux. Et ses bras.

— Tu veux dire que tu es… enceinte ?

Mon sourire bébête valait réponse. Il a renversé la tête en arrière et il a poussé un rugissement ! Un vrai cri de Tarzan. Au cœur de la jungle. Il m'a soulevée comme une plume et il est parti dans la pièce en tournant. Toupie folle qui hululait, jusqu'à ce qu'un pouf inerte le déséquilibre. On a fait un vol plané magnifique et on s'est affalés ensemble sur le tapis d'Ouargla. Il s'est précipité sur moi. L'angoisse dans les yeux. Une main sur mon ventre.

— Malheur ! T'as pas mal au moins ?

Je m'étranglais de rire dans son regard fondant de tendresse.

— Tu sais, il n'est pas encore fragile : il doit mesurer moins d'un centimètre. Tu devras attendre quelque temps avant qu'il t'appelle papa…

Il s'est mis à répéter, émerveillé :

— Papa… papa… Oh ! Charlotte ! Je t'aime ! Je t'aime ! Je t'aime !

Et on se roulait sur les poufs et les tapis, en riant, enlacés. Qu'est-ce qu'on s'en foutait de Christiane et de ses états d'âme !

D'un coup il s'est levé. Il m'a saisie par le poignet et il est parti dans l'escalier en courant. Laissant la porte ouverte derrière lui. Il criait :

— On va avoir un petit ! On va avoir un petit !

Et moi je riais aussi, trimbalée, à bout de souffle, trébuchant derrière ses grandes jambes. Il m'a soulevée et assise d'autorité sur la moto réparée. Sur le réservoir, Pierre-Marie avait peint un croissant dans tous les dégradés de vert. Je dis bien un croissant. Je dis bien vert. Voilà. C'était fait. Rachid ne dirait plus « ils » en parlant de ceux de la Rose. Il dirait « nous ». Malgré Ali qui s'y était caché. Malgré les frères Azad qui lui avaient interdit d'y remettre les pieds. Faut pas trop faire chier les gens. Les emmerdes, c'est comme le bruit : ça communautarise.

Les gamins s'attroupaient autour de nous. Le moteur est parti dans un grondement de cataclysme. On était une source jaillissante de décibels en liberté. Je lui ai crié à pleine voix :

— Et un dièse de plus à la clé ! Un !

Il m'a répondu, un ton plus haut encore, pour surplomber le bruit :

— Un quoi ?

— Un dièse !

— C'est quoi un dièse ?

— C'est un aérographe pour la musique pour dire que…

Je n'allais pas lui donner une leçon de solfège dans ce boucan. Alors j'ai fait un geste des deux mains vers le ciel. Il m'a dit :

— Plus haut ?

J'ai fait oui de la tête. Et il a fignolé son dièse en accélérant à fond, pleins gaz, pour le plaisir, sans lâcher l'embrayage. Dans un hurlement de pistons affolés, il a braillé à travers le casque par-dessus son épaule :

— Ce con de Pierre-Marie ! Il a pas remis le pot d'échappement !

La même tête qu'un an plus tôt est apparue, rouge sur blanc, vers le quatrième. La bouche ouverte. Crispée. Noire. Sur une injure muette, perdue dans le vacarme. Rachid me l'a montrée du doigt et, avant de s'arracher, il a fait un bras d'honneur dans sa direction.

Naturellement, c'est Fernand qui a eu droit à la primeur. Rachid a déboulé dans la cuisine, en me traînant toujours derrière lui par le poignet.

— Ça y est, Fernand ! On dégage ! On va faire du bruit ailleurs !

Radieux, Fernand :

— C'est pas malheureux ! Mais qu'est-ce qui t'a décidé, emplâtre ! Hier tu croyais encore aux excuses du président de la République...

Rachid s'est renversé en arrière en écartant les bras. La liesse.

— Hier ! Mais aujourd'hui...

— Et qu'est-ce qui s'est passé de si rare, aujourd'hui, qui t'a fait piger que ça rimait à rien de jouer les têtes de Turc ?

Rachid a frappé dans ses mains. Une fois. Deux fois :

— Aujourd'hui, aujourd'hui...

Mais il en restait là. Bloqué par les mots. Comme le jour où il s'était retrouvé nu devant mon père. Je l'ai un peu aidé. En biais.

— C'est une question de décibels. Si à sa grande gueule et à sa moto, on ajoute encore un bébé qui pleure, on va devenir carrément intenables pour un pays civilisé...

Fernand a ouvert des yeux !

— Non ? Sans blague ?

Et il s'est mis à rouer Rachid de coups de poing en riant de bonheur :

— Ah ! le con ! le con ! le con !

Et tout à coup :

— Alors, si je comprends bien, vous allez vous marier ?

Pris de court, Rachid est devenu tout rouge.

— Ben... oui !

Le moyen de faire autrement ? Il n'allait tout de même pas le laisser s'appeler Maurin, son petit ! Il faudrait simplement lui apprendre de bonne heure à porter sans faiblir et sans trop trinquer ce satané *h* inutile au milieu de son nom.

66

Alors, on s'est mariés. Ni à la cathédrale ni à la mosquée. Sans cérémonie. Presque en catimini. Juste avec Fernand et Mlle Imbert pour témoins. Fallait pas que la France, mère des arts, des armes et surtout des lois, s'imagine qu'on allait s'habiller de neuf pour franchir ses parvis !

Mais pour ce qui est de la bouffe, même le gratin se paie rarement un repas de noces chez Terrass. Et nous, on l'a eu. Complètement réservé, le quatre-étoiles. Animé par le Sound-System devenu depuis peu LT, Les Terroristes. Autant profiter de la pub gratuite offerte par la presse depuis les trois derniers mois. Et ça commençait à marcher fort avec un morceau de douze minutes : *Le Massacre des innocents*, un truc baroque et délirant, mi-biblique mi-banlieusard, concocté par Yazid sur la Salomé de Flaubert. Fallait se rendre à l'évidence : on avait touché un poète. Complètement déjanté. Sans limites. Un vrai.

Isabelle se consolait avec eux de mon innocence : ce groupe décapant compensait un peu le manque de fantaisie de la famille.

La surprise du jour : l'arrivée de Christophe. Contacté en douce par Rachid. Qui s'en excusait presque :

— La rédemption, pas besoin que ça dure mille ans, non ?

En tout cas, il avait changé, mon petit frère. Et pas en mal. Il avait forci. Bronzé. Pris des épaules. Et de l'assurance. Fini le look raie au côté. C'était un baroudeur qui nous revenait. Un peu retour Paris-Dakar avec sa barbe de trois jours et sa tignasse mi-longue décolorée par les tropiques. Mais il avait les mains calleuses. Du coup, on lui pardonnait de faire un peu de cinéma. Christiane le regardait avec adoration. Et Leila ? Elle pouvait rougir, Leila ?

Depuis le matin, Fernand la chambrait :

— Il est pas mal, le petit Maurin ! Il semble tout Brad Pitt. Moi, si j'étais à ta place, je sais bien ce que je ferais…

Elle riait petitement. Comme quelqu'un qui sait que ce sera difficile. Sans doute impossible. La rédemption, c'est point barre. Il n'y a pas de prime.

Mlle Imbert, que j'avais placée face à Fernand, souriait avec précaution. Malgré les allusions épaisses comme des tranches de contre-filet, elle osait à peine comprendre que lui et Leila… C'était vraiment un autre monde. Qu'elle acceptait pourtant de mieux en mieux au fur et à mesure que Rachid remplissait sa coupe de champagne. Pourtant, Fernand en rajoutait dans l'ignoble :

— Dites, mademoiselle, c'est vrai, ce qu'elle dit, Charlotte ? Que vous êtes vierge ?

Je me suis récriée. Elle a rougi et murmuré :

— Elle exagère beaucoup…

Alors, il s'est levé et, à la cantonade, comme pour un discours :

— J'ai une déclaration à faire : Mlle Imbert n'est pas vierge ! J'en étais sûr !

C'était son jour. Il était le roi. Il rayonnait. Tout à coup, il a pris la main de la pauvre mademoiselle à travers la table et l'a portée à sa bouche. Comme s'il allait la dévorer crue. Plus ogre que baisemain. Paniquée, elle a essayé de la retirer. Retirer quelque chose à Fernand ? Aujourd'hui ? Il a tenu bon. Mlle Imbert a poussé un cri. Porté sa main libre à son épaule.

— Merde ! a crié Fernand. Je lui ai cassé un bras !

Cassé, non. Juste luxé. Ce qui lui a donné l'occasion de la traîner, gémissante, jusque dans les coulisses, pour lui « remettre l'épaule », vu qu'il s'y connaissait depuis le temps où il avait été masseur à l'OM. Tu parles ! Il lui aurait fallu au moins quinze vies pour qu'il ait eu le temps de faire tout ce qu'il racontait, Fernand.

Ce que j'avais compris, c'est, qu'en bon Juif, il ne faisait confiance à personne. Pas vierge ? À voir ! Il a vu.

Ils sont restés une bonne heure. Quand ils sont revenus, Mlle Imbert avait changé de coiffure. Son chignon impeccable s'était transformé en une tresse dans le dos. Un peu défaite du bout. Avec une mèche évadée qui lui battait la joue.

Toujours hypersensible sur le chapitre chevelure, Rachid m'a glissé :

— Elle doit avoir de beaux cheveux. J'avais pas remarqué qu'elle était rousse...

Fernand a complété, à voix basse :

— Une *vraie* rousse. Et pas vierge. Mais rappelle-toi que ça avait besoin d'un sérieux ramonage !

Il est devenu rêveur :

— D'ailleurs, je me demande si je vais pas me mettre ramoneur. C'est plus dans ma tranche d'âge que ta sœur. Et si tu réfléchis bien, pour un connaisseur, une vieille fille, c'est aussi jouissif à défricher qu'une vierge. Sans parler qu'elle a de la classe et de l'autorité. Je t'habille ça en noir avec un petit col blanc, et je te parie que dans un mois elle te remplace dans la salle pour secouer tous ces bras cassés !

Rachid s'est mis à rire.

— Salaud ! T'es bien juif ! Y'a pas de petites économies. Un coup de bite par semaine et tu économises 5 000 euros par mois. Sans parler des charges sociales. C'est la baise utile…

Fernand se marrait. Il lui a donné une grande claque dans le dos.

— Et alors ? J'ai doublé le cap des soixante, moi. Je vois les pantoufles à l'horizon. Les nièces, c'est bien joli mais ça fatigue. Si ça se trouve, le Viagra a des effets secondaires… Elle a cinquante-cinq ans, Suzanne, une bonne retraite en vue, besoin d'affection et d'activité. On est faits pour s'entendre.

Il a un peu tiré Mlle Imbert par sa tresse. Tendrement.

— Pas vrai, ma nine ?

Elle a souri. Rachid pouffait de rire :

— Dis, tu sais que je lui ai fait boire au moins deux litres de champagne ? Qu'est-ce qu'elle va dire, demain, quand elle aura dessoûlé ? Si ça se trouve, elle se fait hara-kiri !

Fernand semblait moins inquiet :

— Ça m'étonnerait ! Son problème, ce sera plutôt de trouver une bonne excuse pour recommencer à jeun ce qu'elle a fait bourrée.

Leila était en train de s'endormir. Sa tête dodelinait. Tantôt à gauche. Tantôt à droite. Hésitait entre l'épaule de Christophe et celle d'André. André ? Eh ! Elle n'allait pas nous monter un drame, la top-modèle ! C'est dangereux, une fille aussi belle. Qui a pris goût aux hommes mûrs.

Rachid la regardait, les yeux brillants. Il a murmuré :

— Elle a eu la classe d'attendre qu'il la plaque, Fernand ! Elle est pas si salope que ça, ma sœur…

J'étais moins rassurée. Je serais bien allée lui dire : « Si tu touches à mon père, je te tue ! » Mais à quoi ça aurait servi ? Peut-être à lui donner envie ! J'ai glissé un œil vers Christiane. Elle écrabouillait un morceau de pièce montée avec sa fourchette à gâteaux. Les yeux baissés. Elle était triste. Ailleurs. C'est sûr, je me suis dit, ce doit être dur pour une femme de son âge de se faire plaquer pour une jeunette. Surtout, si, dans le temps, tu as renoncé…

Je me suis levée, toute gonflée de tendresse imprécise. Solidarité entre épouses légitimes ? Je me suis placée derrière sa chaise. Penchée sur elle. De mes deux bras, j'ai entouré ses épaules. Elle a sursauté. S'est reprise par un pauvre sourire. J'ai fourré mon nez dans son cou :

— Maman…

Elle a caressé ma joue. Alors, va savoir pourquoi, j'ai dit :

— Comment il s'appelait ?

Je l'ai sentie se raidir. C'était sa chance. Sa dernière chance de me retrouver. Elle pouvait la saisir. Et tout redeviendrait comme avant. Mais elle pouvait la laisser passer. Rester Mme Maurin, mère parfaite, épouse modèle, professeur d'anglais. Elle pouvait choisir. Une nouvelle fois. Me tromper. Se tromper. Elle mesurait. Elle était tendue comme un arc. Dans un souffle, elle a murmuré :

— Georges.

Georges ? J'étais déçue. Je m'attendais à plus exotique. Plus interdit. Au moins un Miguel ou un Angelo. Mais Georges ! C'est pas un nom de sauvage, Georges !

Juste un nom démodé. Un nom de vieux. Je le voyais avec des pattes d'ef, son Georges, des cheveux longs et une guitare électrique. Un rocker à trois sous. Un mariole des *seventies*. Qui devait avoir, maintenant, de la bedaine et du cholestérol. Et, tout à coup, j'ai senti ma mère fondre dans mes bras. Dans un soupir, elle a laissé tomber :

— Georges Trahoré.

J'ai presque crié :

— Un Black ?

Et elle a éclaté en sanglots. Parce que ma surprise venait de lui jeter à la figure qu'en devenant des Blacks, les Noirs avaient cessé d'être des Nègres. Qu'ils étaient devenus fréquentables. Pauvre Christiane ! Je la berçais comme un bébé. Et je pleurais avec elle sur son Trahoré. Qui avait peut-être, aussi, de la bedaine et du cholestérol. Le temps n'est pas raciste. Il n'épargne personne. Il s'en fout des *h* inutiles au milieu.

— Holà ! Qu'est-ce qui se passe ? a dit Fernand.

— C'est le bonheur ! lui a répondu Mlle Imbert en levant gaillardement son verre.

Christophe et André se sont levés. Ils sont venus se joindre à notre vallée de larmes. Nous ont enlacées toutes les deux. À dire vrai, nous étions tous un peu pompette.

— C'est beau, la famille, a dit Fatima.

Et Alim :

— Il faudrait les prendre en photo !

— Ah non ! Toi, ça suffit, avec les photos ! a crié Rachid.

Et on a tous éclaté de rire. Oui. De rire. On peut rire de tout. Même de ça.

Carla, assise sur une chaise longue de la terrasse, tenait les jumeaux contre elle. Les deux, émerveillés.

Comme moi autrefois. Les yeux fixés en pleine légende. Du côté des Aurès.

— … alors, juste à ce moment, les Berbères sont descendus de la montagne, avec leurs longues djellabas et leurs grands fusils noirs… et alors… et alors…

— C'est quoi les Berbères, mémé ?

— Des montagnards, de braves montagnards !

— À l'école, la maîtresse dit que les Berbères, c'est des Arabes. C'est vrai ?

Outrée, Carla.

— Les Berbères sont les vrais Algériens ! Tandis que les Arabes…

Mais le petit savait où il allait :

— Oui, mais Rachid, c'est…

Elle lui a coupé la parole d'une voix perçante :

— Rachid, c'est ton beau-frère ! Alors, tais-toi !

— Et silence là d'dans ! a ajouté le beau-frère.

Puis à moi :

— Viens, Monamour ! On monte se coucher. Vaut mieux s'en aller avant d'apprendre que je suis berbère. Ça lui ferait plaisir, à Carla, mais c'est pas vrai…

J'ai fait non en secouant la tête. Non.

— Pourquoi non ?

— Parce que ce soir, il faut partir.

Il m'a souri.

— Tu as raison. Je prends la Mercedes.

— Jamais de la vie ! Prends la moto ! Ce soir, l'Arabe, on part à cheval !

Il a saisi mes deux mains et les a portées à ses lèvres. Sans me quitter des yeux :

— Quand je pense que, l'année dernière, j'aurais pu aller me balader sur le Vieux-Port au lieu d'aller faire un bras de fer avec toi boulevard de la Capelette !

Alors on est partis. À cheval.

Mais qu'il était bruyant, ce pur-sang de fer, avec son pot d'échappement coupé au ras des chicanes ! Il a déchiré Marseille. Deux balafres saignantes de bruit. À 2 heures après minuit. Et tant pis pour tous ceux qui, derrière leurs fenêtres ouvertes sur la nuit d'été, se sont retrouvés assis dans leur lit. Arrachés au sommeil. Le cœur battant. Tant pis pour tous ceux dont il fallait calmer les esprits, conquérir les bulletins de vote et les inscriptions à l'école. Tant pis pour tous ceux qu'il fallait flatter et rassurer. On avait eu peur, nous. On avait eu mal. Mais ce soir, on était heureux. Malgré eux. Ça valait bien un réveil en fanfare.

67

Cette nuit-là, la canicule s'est installée sur Marseille. Le vent de la course restait tiède sur mes bras nus. La ville s'ouvrait. Se donnait. Pour pas un rond. Indifférente. Accablée. Dans sa nuit déserte trouée de néons. On la violait de vitesse et de bruit. Les tympans fracassés. De douleur. De plaisir.

L'eau du port était noire. Plate comme un goudron. Immobile. Les mâts verticaux. Figés. Troncs parfaits d'une forêt brûlée.

On s'est arrêtés au bas de la Canebière. Le silence est tombé sur nous. Et la ville s'est mise à sentir. Une odeur âcre de bitume chauffé, moirée par le parfum rampant du poisson et les relents de la vase. L'huile, aussi. Vidanges sauvages et fuites de moteur. Giclures et taches grasses sur le quai poussiéreux. Dans le ciel laiteux, stagnant, presque rose, le nuage des pétroles de Fos se mêlait au charbon de Gardanne, craquant de soufre. La coulée fadasse des savonneries enrobait le crépitement du café brûlé et du cacao des banlieues est.

On avançait, palpitants, écœurés et pourtant hérissés de désir, au milieu de ces senteurs troubles. La nuit les bloquait sur la ville et la mer fermée par un mur d'invisible chaleur.

Rachid me tenait par la taille. Son bras se collaient contre ma peau moite serrée dans la soie rouge. Je rêvais de déchirure dans cette humidité de port en fermentation. Il respirait lentement. Se gonflait de ces odeurs mêlées de vie et de mort. De déchets. De scories. Les laissait sortir à regret de ses poumons. Je comprenais pourquoi la Sainte-Victoire, pour lui, sentait le vieux.

Marseille était autour de nous. Avec son parfum de ville. Comme un grand corps de pute fatiguée après cent mille passes. Peut-être déjà morte sous ses fards. Charogne où s'anime une seconde vie. Luxure morbide. Décomposition. Cette ville putain un peu vérolée, vulgaire et grasse, livrée dans sa nuit d'insomnie, il l'aurait bien baisée à même le trottoir au coin d'une rue sale. Et il allait la quitter. Pour moi. Il a fermé les yeux. Renversé son visage vers le ciel absent. Il a fait :

— Marseille... Marseille...

On a tourné dans les rues éclaboussées de lumières mortes. Seuls. Et puis, comme je ne voulais ni rentrer chez Fernand ni aller à l'hôtel, il ne restait plus pour nous accueillir que mon appartement déserté depuis le soir du procès caricature.

Six mois. Tous volets clos. L'étuve faisandée. Le lit toujours défait. Sur la table de la cuisine, les deux tasses. Avec les cuillères collées au fond dans le café sec. Verni. Une chaleur à crever. Il est allé à la fenêtre sans allumer la lampe. Il l'a ouverte sur la nuit lourde. Des moustiques sont entrés. Enragés. Pas de fraîcheur. Il a montré le ciel où la lune s'étalait :

— C'est l'Afrique qui vient à nous…

Il s'est appuyé au dormant, la tête contre le bois. Son profil se dessinait en silhouette noire sur la lune blanche. Arabe comme je l'avais jamais vu. Le front et le nez bombés. Les lèvres charnues. Le menton dur. Le cou très long et la nuque creuse sous le moutonnement dru des boucles crêpées par la sueur. Dolichocéphale, comme disent les anthropomachins. Venu d'ailleurs, en tout cas. Pour repartir ? Pour rester ? Comment savoir ? Ça dépendait de lui ? De moi ? Ou alors…

Je me suis levée. J'ai rampé jusqu'à lui. J'ai noué mes bras autour de ses jambes. Traîné ma bouche ouverte sur ses pieds nus. Ses mollets. Ses genoux. Ses cuisses. Soûle de son odeur. Les yeux troublés de larmes. Enragée de désir. J'enfonçais en gémissant ma bouche et mes mains dans tous ses creux et replis moites. Salés. Les poils bouclés de son sexe. De sa poitrine et de ses bras. Chavirée de parfums fauves qui explosaient dans ma tête. J'entendais le duo affolé de son souffle et du mien. Dans la nuit volontaire des yeux serrés sur le frémissement des peaux. Il s'est plié en deux peu à peu. Comme un arbre coupé s'écroule. Et il est tombé vers moi. Lentement. Son ventre collé à mon dos. Il s'est enroulé autour de moi. Double fœtus sur les draps froissés, où se creusait, mouillée, notre empreinte jumelle.

L'Afrique était sur nous.

68

Un mois dans ce bain turc. Au ras de la route tremblaient des mirages. Flaques virtuelles. Lacs fuyants. Le ciel vibrait derrière le soleil blanc. Les platanes pâlis tremblaient dans la lumière. La ville s'étouffait. Les nerfs tendus lâchaient. Comme des cordes à linge trop chargées. Des cris giclaient par les fenêtres ouvertes. Les minots se roulaient dans la poussière. S'aspergeaient aux fontaines. Longues traînées de crasse sur leurs bras et leurs jambes nus. Les mères, en sueur, les poursuivaient. Les gifles volaient bas. On s'insultait pour un mot de travers. Un regard appuyé. Coup de tête. Coup de poing. Coup de reins. Coup de sang.

Nous passions lisses et clairs dans cette fournaise. La chaleur, comme le soleil, lui allait. Parfois, la nuit, je m'éveillais. Il était penché sur moi. Il me regardait :

— T'es sûre que tu veux pas des fraises ?

— Des fraises ? En pleine nuit ? Pourquoi je voudrais des fraises ?

— Je sais pas moi, il paraît que les femmes enceintes ont envie de fraises…

Je le taquinais :

— Tu sais bien que moi, j'ai toujours préféré le melon…

Ou alors, il posait sa main sur mon ventre et me disait avec la moue d'un gamin qui réclame un autre bonbon :

— Tu crois qu'on peut ? Qu'on va pas finir par faire une connerie ?

Nous passions nos journées entre la corniche et Cassis. Le bruit de la moto déchirait le silence incandescent des pinèdes. Et ce fracas me délivrait. Faisait exploser ce rideau de plomb.

Les familles macéraient dans la touffeur des cuisines sans air. Chaque jour ajoutait un degré au précédent. Pour le 15 août, on a dépassé les 40. Le curé des Accoules s'est mis à sonner le tocsin pour éloigner des jeunes qui tournaient en mobylette autour de son église. Rachid appréciait :

— Même ton bon Dieu perd les pédales. Faut dire que la chaleur, c'est plutôt une invention du diable…

Toute la nuit, les cars de police sillonnaient la ville, sirènes hurlantes. On ramassait des femmes battues. Des gamins à moitié assommés. Des ivrognes. Des camés qui s'écharpaient. Place de l'Opéra, les putes faisaient de l'or.

Grève des dockers. Des éboueurs. Manifestations. CRS. Accidents de voiture. Ambulances. Les quais de la Joliette dégoulinaient sous les tas oubliés de bananes pourries. La ville se décomposait. Odeurs d'égouts saturés. Ordures à moitié incinérées. Fumées noires qui stagnaient. Percées par les mouettes, arrogantes comme des corbeaux.

Il s'en allait, mystérieux dans la salle de bains. Revenait en cachant derrière son dos un gant de toilette gorgé d'eau qu'il pressait brusquement sur mes reins. Riait de ma surprise. Puis il jouait à faire remonter les gouttes vers mes épaules en soufflant contre ma peau. Il pouvait y passer des heures. Des heures pendant lesquelles j'oubliais complètement que les thermomètres plafonnaient.

Quand l'eau était évaporée, il s'asseyait en tailleur à côté de moi et caressait mon ventre. Un peu honteux de sa tendresse qu'il cachait sous des mots brutaux :

— Merde ! Et c'est quand que tu grossis un peu ?

Ou alors, il me mirait, un œil fermé, au ras du matelas, et criait tout à coup :

— Ça y est ! Tu gonfles ! Je te jure que tu gonfles.

Il m'auscultait, jouait au docteur, l'oreille collée à mon nombril :

— Je l'entends. Il…

Je lui coupais la parole :

— Il ou elle…

Il se mettait à rire et me soulevait dans ses bras.

— Il ou elle ! Je m'en fous ! Tu peux pas savoir à quel point !

Et il frottait sa tête bouclée contre mes seins qui avaient doublé de volume.

— En tout cas, il ou elle crèvera pas de faim !

Et il attaquait lui-même le repas. Avec un appétit !

69

Un matin, il m'a dit :

— C'est bien beau de se regarder dans le blanc des yeux et de baiser, mais faudrait peut-être penser aux bagages. C'est pas la porte à côté, l'Australie ! Et d'après Fernand, c'est le far west !

Fernand connaissait l'Australie. Évidemment. Où il avait échangé des pièces de camion contre des peaux de kangourou. Dans des temps immémoriaux. Va donc vérifier…

Je n'osais pas trop dire que Sydney était la capitale d'un pays moderne, t'as qu'à voir l'opéra. Mais leur idée, c'était plutôt le bush. Tout plein d'aborigènes patibulaires mais francs comme l'or. Avec des kangourous de deux cents kilos écrasés comme des moustiques au bord des routes. Et des troupeaux si énormes que les chiens couraient sur le dos des moutons. On s'est donc mis à prospecter dans Marseille, pour réunir les trésors exotiques indispensables à tout explorateur.

Rachid m'entraînait dans les *general stores* de son Marseille. Boulevard de la République. Le long des quais.

Du côté de la Joliette. Ces anciens comptoirs du Levant aux senteurs d'épices et de cuir mal tanné, tournés vers l'autre rive de la Méditerranée. On y vendait des denrées mystérieuses dans des ballots cerclés. Marchandises à prendre ou à laisser. En gros. Non déballées. Grouillement d'Arabes, de Maliens ou de Libanais en transit. Bricolant au noir entre deux fausses cartes de séjour. Contrats de travail bidon. Noria de camions transport-en-commun à travers l'Espagne et le Maroc. Monde parallèle, philosophe ou indifférent. Habitué aux misères et aux aridités. Fatalisme millénaire des peuples du Sud.

Marseille coupée en deux par le fleuve à sec, roulant les klaxons fous de la Canebière. Artère battante. Haute tension. Overdose de centigrades et de décibels. Du côté de la rue de Rome, on transpirait des paumes et sous les bras. On voyait arriver l'Afrique, descendant le boulevard d'Athènes et le cours Belsunce, sur les épaules nues de ses hommes maigres. Cauchemar d'invasion. Intact dans mon souvenir, ce patron de bistrot, adipeux, court, chauve. S'épongeant le cou avec son torchon. Montrant du menton à un client mal rasé l'esplanade squattée autour de la porte d'Aix.

— Ça grouille de crouilles…

Et l'autre, écroulé au comptoir. À son douzième pastis moitié-moitié :

— La chaleur, c'est leur truc, à ces salauds ! C'est comme le boucan. Ils en bavent même pas. Ça doit les faire bander…

Un petit jeune, pas blanc-blanc mais pas noir-noir non plus, malien ou antillais, est passé au ras de la terrasse. Sur une 49,9 kittée. Repeinte au pinceau en rose dégueulasse (rien à voir avec les super customs au candy de Pierre-Marie…). Il pétaradait vilain, le casque passé au coude, style *no future*. La roue avant a ripé sur la bordure de béton. La mob est partie en vrille. Raclant le goudron de ses pédales. Elle s'est arrêtée dix mètres plus loin, couchée sur le côté comme une sauterelle morte. Le gamin a roulé-boulé jusqu'au milieu de la chaussée. Le patron a ricané en torchant pour la dixième fois son verre :

— Un de moins !

Mais déjà le motard fou était debout. Il époussetait son jean crevé aux genoux. Le client a poussé un soupir accablé :

— Tu parles ! Ils sont increvables ! Faudrait les égorger un à un !

Et il a fait un signe horizontal du pouce devant son cou. Deux gars, assis au fond devant des bières, se sont mis à rigoler. Gras. Rachid s'est levé. Il est allé s'accouder au comptoir à quelques centimètres du type. Il le dépassait de toute la tête :

— Tiens, l'homme, si tu veux casser du bougnoule, commence par moi…

L'autre s'est mis à bafouiller. Rachid avançait sur lui. Le forçait à reculer à coups de ventre. Le type se tassait de plus en plus. Rachid l'a conduit comme ça jusqu'à la porte entrebâillée des W-C. Il l'a poussé à l'intérieur. A refermé derrière lui sur une odeur de pisse.

— Aux chiottes, l'égorgeur !

Et il s'est retourné vers le patron. D'un revers de bras, il a balayé les verres qui sont allés exploser dans la rangée d'apéros. Martini, Picon, pastis. Au tapis. Le patron a essayé de plaisanter :

— C'était pour déconner…

Rachid a levé un sourcil :

— T'as pas de bol : j'ai pas le bouchon à la déconne aujourd'hui…

— C'est pas méchant. C'est juste pour dire. Tiens, moi, les bronzés…

Rachid a saisi la balle au bond :

— Pourquoi ? T'as rien contre les bronzés, toi ?

Le patron s'est récrié :

— Moi ? Risque pas ! C'est tous des clients…

Alors Rachid s'est avancé sur la terrasse. Il a appelé le petit qui essayait de redresser à la main son garde-boue tordu.

— Hé, jeune ! Amène-toi ! Le patron te paie un coup à boire !

Le gamin est arrivé en riant de toutes ses dents sur sa figure brune. Étonné. Étonné mais content. Le taulier affichait un sourire figé qui ressemblait drôlement à une grimace. Il a posé devant le petit le verre qu'il tenait depuis le début. Rachid le lui a renvoyé en le faisant glisser le long du zinc :

— Et rince le verre, gros dégueulasse ! Ça fait une heure que tu le tripatouilles !

Les yeux du garçon allaient de l'un à l'autre, vaguement inquiets. Comprenait rien au film. Il a fini son coca juste au moment où le client, encouragé par le silence, glissait un œil prudent par la porte des cabinets.

— Ferme ça ! a braillé Rachid. Ça pue la merde et la trouille !

L'égorgeur a disparu derrière le battant claqué en vitesse. Les deux gars du fond n'avaient pas bougé. Semblaient se désintéresser de l'affaire. Rachid a craché par terre.

— On en a plus dans la gueule que dans les couilles, ici !

Toujours pas de réaction. L'un des deux buveurs de bière a allongé la monnaie sur le marbre. Ils se sont tirés sans regarder derrière eux. Classique.

Le gamin regardait Rachid, maître du terrain, la bouche ouverte, béat d'admiration :

— Ben vous alors…

On est sortis sur le trottoir. La mob refusait de démarrer. Rachid a tendu le doigt vers le moteur :

— Regarde ! T'as la durite d'admission d'essence qui a giclé…

— Vous vous y connaissez ? a dit le petit.

Il a enfilé le fin tuyau sur le carburateur.

— Un peu, a dit Rachid en enfourchant la moto garée à côté de la terrasse.

Le jeune a lâché un : « ahhhhh ! » extasié de mourant qui entrevoit la lumière blanche. Sa vieille tripe rosâtre a démarré dans un ferraillement de crécelle. Il nous a fait un signe en V de la main avant de s'éloigner. La consolation du vaincu. J'ai jeté un clin d'œil amusé à Rachid :

— C'est bandant d'être la femme de Zorro !

Il m'a regardée, mi-figue mi-raisin :

— Tu te fous de moi ?

— Non ! Mais je trouve que tu as changé. Tu n'aurais jamais fait ce safari, l'année dernière…

Il a modulé un long sifflement avant de dire, le pouce montrant le bar derrière son dos :

— Mais l'année dernière, j'avais pas encore passé trois mois en taule parce que des cons de cette espèce mouillent pour leur piaule en placo et leur bagnole de merde, et qu'il faut les rassurer !

J'ai souri en grimpant sur la moto.

C'était vraiment de la rigolade le bruit de la mob à côté de ce vrombissement d'avion. Il a carrément tourné l'engin et rempli le bar de fumée. Le moteur hurlait pleins gaz. Avant de partir, il s'est retourné et il a hurlé :

— Tiens ! Fume ! C'est du belge !

On s'est arrachés dans une gloire d'huile brûlée. Des passants, immobiles, nous regardaient passer. Les yeux exorbités. Les deux mains sur les oreilles.

En arrivant, je lui ai dit :

— Fais arranger ce pot : c'est dingue ce boucan…

Il s'est retourné vers Marseille, tapie comme une panthère derrière un mur vibrant de chaleur. Il lui a montré le poing :

— Jamais de la vie ! On part dans une semaine ! D'ici là, il faut qu'on lui fasse pisser le sang !

Et il a donné un coup d'accélérateur à vide avant de couper les gaz.

En passant dans l'entrée, il a jeté un œil sur la boîte aux lettres :

Charlotte et Rachid Sahli.

En belles italiques à boucle, façon exercice d'écriture pour cours préparatoire :

— Qu'est-ce que tu écris bien, Monamour !

Il m'a arrêtée au passage et serrée contre lui. Sa main a glissé entre mes seins jusqu'à mon ventre :

— S'il écrit comme toi et s'il compte comme moi, ça va être quelque chose, celui-là !

J'ai repris, obstinée :

— … ou celle-là !

Il a fait mine de se fâcher :

— Ça va ! Ça va ! Tu vas pas recommencer !

J'ai glissé ma bouche entre son cou et sa chemise ouverte. Mais qu'il était sexy, le monstre ! Aussi peu mari que possible…

— T'es le vrai macho !

Il a poussé un cri terrible :

— Il a bougé ! Je te le jure ! Il a bougé ! Je l'ai senti !

Il. Il. Il. À moins sept mois, Il bougeait, Il écrivait, Il comptait... Comment lui faire une fille ? C'était raisonnablement impossible.

Il m'a portée dans ses bras jusqu'à sa chambre, comme si j'allais accoucher d'une minute à l'autre.

Autour de nous, de la Viste à Menpenti, de la Rose au Prado, la ville croupissait dans des touffeurs de marécage. Les ventilateurs brassaient un air gluant. Des grappes de mouches bleues venaient s'abattre. Se coller. Puis repartaient. Sans but. La nuit, des éclairs de chaleur fissuraient le ciel. Sur les draps mouillés, une bête accroupie dans tous les ventres était prête à bondir. Hérissée. Folle. Électrique. Marseille avait les yeux rouges. C'était pas le moment de lui faire pisser le sang...

70

Nous passions. Là. Au milieu. Lisses et heureux. Nous remplissions les cantines qui nous suivraient en Australie. La plus petite restait vide. De temps en temps, il me la montrait du doigt, les yeux brillants :

— Celle-là, elle est pour lui !

Lui. J'avais abandonné la lutte. Remballé la bannière du féminisme.

Et puis, un matin, le dernier, il m'a dit :

— Viens ! C'est le moment. On va la remplir !

On est partis. Jusqu'à ce magasin de layette de la rue Paradis. La vendeuse était charmante. Amusée par ce jeune couple bébête aux alliances rutilantes. Qui offrait un trousseau de roi à ce bébé encore invisible.

On choisissait n'importe quoi. Rachid, surtout. Des petites culottes. Un éléphant en peluche. Des chaussures minuscules. Un biberon musical. Il farfouillait dans tout ce petit linge fin, rose et bleu. Moi, je regardais ses mains. Si grandes, si belles. Longues, brunes, nerveuses. Les doigts secs. Les ongles nets. Les pouces arqués. Ce fin duvet qui courait sur leur dos, vers le poignet où glissait la gourmette de l'Américaine. Mais à son annulaire, l'alliance. Mon alliance. J'ai glissé ma main sous la sienne dans la douceur veloutée des petits vêtements. J'ai soufflé à son oreille :

— J'ai envie de toi…

— Encore ?

— Toujours…

Il a souri. Un peu serré mes doigts. Levé la tête. Et, à la vendeuse :

— Vous avez des cabines d'essayage ?

Elle nous a regardés. Étonnée. Ses yeux allaient de lui à moi, aux minuscules habits que nous venions de choisir. Mais le client a toujours raison. Les sourcils au milieu du front, elle nous a montré un rideau de velours vert monté sur anneaux au fond de la boutique.

Rachid a tout de même décroché un cintre au hasard. Il m'a jeté dans les bras une blouse en mousseline rouge. Pour femme enceinte de grand luxe. Côté Prado. Rive gauche.

— Tiens ! Essaie ça ! C'est ton style…

Le rire pétillait en rides étoilées au coin de ses yeux. J'ai obéi. La cabine était large. Forcément. Prévue pour des formes plantureuses et maladroites. Avec un grand miroir en pied. Éclairée par trois barres de néon rose. Je me suis regardée un instant, nue, avant d'enfiler la chemise plissée. Rachid avait raison : ça commençait à se voir. Pas grand-chose. Un léger bombement au niveau du nombril. Là où se creusait si fort, d'habitude, ma taille de fourmi de méditerranéenne. J'ai entendu sa voix, de l'autre côté du rideau :

— Ça te va ?

Et il est entré. Il continuait à parler en se dégrafant. En relevant les plis fluides. Les remontant le long de mon dos. Pour les rabattre sur mes épaules.

— Ah, oui ! C'est chouette ! C'est fin ! C'est doux…

Il m'a retournée et courbée en avant, face au miroir. Continuait son commentaire décalé :

— Et puis ça bouge, ça glisse… Très bien ! Attends… penche-toi ! Il y a un petit truc, là. Comme un défaut. Qui tend le tissu. Approche…

Une main sur ma bouche déjà ouverte sur un début de cri. Un bras autour de ma taille pliée. Il a cramponné mes cheveux au ras de ma nuque à pleines dents, me ramenant contre lui d'un coup sec de mâchoire chaque fois que son ventre me jetait en avant. Je plantais mes ongles affolés dans le dos de ses mains. Crochée de toute part. À pleines griffes. Ancre. Grappin. Un cri rouge, étranglé, montait et descendait de ma gorge à mon ventre. Prisonnier. Fusant le long de cette chaleur qui me traversait. Me quittait et m'habitait de plus en plus vite. De plus en plus fort. Tout s'est brouillé en secousses géantes. Tremblement de terre. Crevasses débordant de lave incandescente. Explosions de bombes jaillies du magma. Volcan ressuscité. Dans un crissement délicieux de tissu déchiré, la belle chemise rouge s'est ouverte du haut en bas.

Tandis qu'il me tenait, courbée, haletante sur son bras replié, il a lancé, d'une voix claire :

— Tiens ! tu vois que ça va mieux comme ça !

Le souffle court, j'ai réussi à dire :

— T'as toujours de nouveaux trucs !

Il a fait un geste définitif de la main en se reboutonnant :

— Toujours ! Et t'as pas encore tout vu !

Il a soulevé le rideau, s'est un peu baissé pour sortir, et :

— On la prend !

La vendeuse souriait. Un peu rouge. Beaucoup, même. Peut-être pas, sûrement pas dupe. Elle a commencé à plier la robe. Et puis, tout à coup, son regard est passé par-dessus le comptoir et l'épaule de Rachid. Jusqu'à la vitrine. Deux femmes voilées s'étaient arrêtées. L'une d'elles portait un bébé dans ses bras. L'autre tenait par la main un petit garçon de trois ou quatre ans. Elle balançait doucement un vieux landau fané.

La première a montré un article exposé. En appuyant son doigt sur la glace.

— Ah non ! a fait la vendeuse.

Elle a bondi vers la porte tournante jusqu'au trottoir écrasé de soleil. D'un geste impérieux, elle a chassé les deux femmes. Elles se sont serrées l'une contre l'autre. Apeurées.

Au moment de rentrer dans la fraîcheur climatisée de la boutique, la vendeuse a frotté rageusement la vitrine avec un kleenex. Le sourire avait disparu des lèvres de Rachid. À son regard sombre, la femme venait de se tromper. Elle en a rajouté :

— Vous comprenez, ça fait un gosse tous les neuf mois pour toucher les allocations et ça vient tout salir sans jamais rien acheter. Leurs mouflets, ils les enroulent dans de vieux chiffons...

Rachid était toujours muet. Avec, sur les joues, ces taches blanches que je connaissais bien. Et qui viennent aux peaux métisses sur le coup d'une grosse émotion. Il s'éventait avec le chèque qu'il venait de remplir. Huit cent quatre-vingt-douze euros. Exactement. Il l'a tendu à la vendeuse. Elle a vérifié machinalement les chiffres. Le montant. La signature. Et ses yeux sont tombés sur le nom. Rachid Sahli.

Elle s'est mise à bégayer :

— Mais, monsieur… monsieur…

Rachid a repris le chèque. Très calmement. Il l'a déchiré en quatre morceaux et l'a laissé tomber sur le sol :

— Tout compte fait, le nôtre aussi, on l'enroulera dans de vieux chiffons. Tu viens, Charlotte ?

Avant de sortir, il s'est retourné vers la vendeuse :

— Et pour la cabine d'essayage…

Il a fait un geste de la main, le majeur tendu entre les autres doigts repliés :

— … au poil !

Et on s'est retrouvés dans la rue poudreuse chauffée à blanc. L'air était lourd. On était mal.

Sur le trottoir, il y avait un petit vieux. Avec un chapeau de paille de l'ancien temps. Un canotier. Il agitait à bout de bras une peluche délabrée. Il chevrotait aussi fort qu'il pouvait :

— Madame ! Madame !

Les deux femmes voilées se sont retournées. Elles ont hésité. Se sont concertées. Ont accéléré le pas. Mais le vieux pépère les avait déjà rattrapées. Il soufflait fort d'avoir couru. Il a tendu la peluche au gamin :

— Tiens, petit ! Tu as perdu ça…

L'air s'était allégé. On était mieux. On est partis en courant main dans la main. Bousculant sans merci les marcheurs accablés. J'ai fini par crier, à bout de souffle :

— Arrête, Rachid ! Arrête ! J'en peux plus !

Il a freiné en pleine course. S'est retourné vers moi. Déjà affolé :

— Ça va pas ? Le petit ?

J'ai éclaté de rire.

— Oh si ! Ça va ! Trop, même… trop !

Et je me suis jetée dans ses bras. Le soleil tombait droit sur nous. Vertical. On n'avait plus d'ombre. On était des anges.

— Je t'aime, Rachid ! Je t'aime !

La foule, suante et lourde, roulait en marée contraire. S'ouvrait sur nous comme sur l'étrave d'un bateau. Il était contre moi. On serrait entre nous ce « petit » invisible qui bougeait enfin. Pour la première fois.

Il était drôle, fort et tendre. Il aimait la bouffe, la baise, la danse et la bagarre. La chaleur et le bruit. Il aimait la vie. Il m'aimait. Il aimait Marseille. Avec ses odeurs grasses de haine et de pétrole. De poisson pourri. D'amour à vendre cher ou à donner gratis. Et moi, je l'aimais. La certitude éblouissante que nous étions un roc. Une île. Un phare. Insubmersibles. Pourquoi fuir ? Le vent brûlant gonflait sa chemise blanche. Comme une voile. Un drapeau de paix. J'ai murmuré :

— Et… si on restait, Rachid ? Si on restait ?

Sans hésiter, il a répondu :

— OK, Monamour ! On reste !

Fernand ne serait pas content. Mais sa mère ? Il fallait lui dire tout de suite qu'on s'accrochait. Qu'on allait se battre. À côté d'Alim. Et des gentils petits vieux. Contre les racistes militants et les racistes en pantoufles. Les dealers. Les islamistes. Les sales cons. Les pauvres cons. Le monde entier s'il le fallait.

On a enfourché la moto. Elle a démarré dans une gloire de poussière et de bruit. Cette traversée de Marseille ! D'une beauté ! D'une insolence ! Quand on est arrivés à la Rose, il s'est arrêté au bas de l'immeuble. Il aurait dû couper le moteur. Mais il a accéléré pleins gaz. À vide. Une fois. Deux fois. Trois fois. J'ai crié :

— Arrête, Rachid, arrête ! Il faut faire réparer ce pot…

Il a fait oui de la tête et il a braillé :

— Demain ! Promis !

C'est à ce moment que le coup de feu a claqué. Après, je sais plus…

Cet ouvrage a été composé
par Atlant'Communication
aux Sables-d'Olonne (Vendée)

Impression réalisée par Rosés
en février 2009
pour le compte des Éditions Archipoche.

Imprimé en Espagne
N° d'édition : 91
Dépôt légal : mars 2009